Death

Before

Dinner

E. C. R. Lorac

論創海外ミステリ

Ronso Kaigai MYSTERY

190

殺しのディナーにご招待

E・C・R・ロラック

青柳伸子 ◎ 訳

論創社

Death Before Dinner
1948
by E. C. R. Lorac

目次

主要登場人物

アンリ・デュボネ……ル・ジャルダン・デ・ゾリーヴの店主
ヴァレンタイン・グラル……新聞の編集長。アンリ・デュボネの友人
ディグビー・フェネル……マルコ・ポーロ・クラブの書記
ウィルトン・ブレイシー……マルコ・ポーロ・クラブの会長
エドモンド・バーナビー・フィッツペイン……文筆家
レイチェル・ヴァンミーア……旅行家。文筆家
バジル・リート……元登山家の書評家
アルシア・チェリトン……文筆家
ギュイ・ドゥフォンテーヌ……プラントハンター。文筆家
アン・マードン……文筆家
エリアス・トローネ……ペテン師。文筆家
ヴァルドン・コムロワ……登山家。科学者。文筆家
リチャード・グラフトン……船乗り。文筆家
ジャン……ル・ジャルダン・デ・ゾリーヴのドアマン
ルイ……ジャンの息子。ドアマン
ロバート・マクドナルド……ロンドン警視庁《スコットランドヤード》犯罪捜査課警部
ジェンキンズ警部補……マクドナルドの部下
リーヴズ警部補……マクドナルドの部下
ラグリー大佐……ロンドン警視庁《スコットランドヤード》警視監

殺しのディナーにご招待

第一章

一

アンリ・デュボネは芸術家肌だったが、多くの芸術家と違い、細かなことにまでよく目配りのできる、実務的良識のある男だった。フランス東部の田舎町ディジョンで生まれた。そこで両親が営んでいた居酒屋《エスタミネ》は、小さいながらも繁盛していたし、この上なく口やかましい客——フランスの実業家や販売外交員——をうならせるほどの素晴らしい料理を出していた。フランス軍を除隊後、アンリは広く旅をし、スイスからロサンゼルスにいたる各地でレストラン支配人としての修業を重ねた。行く先々で経験を積み、行く先々で田舎者ならではの粘り強い節約精神を発揮してこつこつと蓄えた。

　アンリ・デュボネがかねてからの野望を実現し、ロンドンにレストランを開業したのは、一九三八年のことだった。「オリーヴ園」を意味するル・ジャルダン・デ・ゾリーヴというその店は、ソーホー（ロンドン市の一区。外国人経営の（格安）料理店、ナイトクラブなどで有名）にあった。小さくても設備が整い、独創的とはいえ申し分のない趣味の装飾が施され、派手ではないのに人目を引いた。アンリとプロヴァンス生まれの妻ヴィルジニーは、ロンドンで抜群のディナーを出す店にしようと努力した。マダム・デュボネは料理の達人だった——

彼女の能力を表現するのにこれ以外の言葉は思いつかない。すべての偉人がそうであるように、彼女も使用人の監視を怠らなかったが、重要でない仕事は彼らに任せた。それでも、ル・ジャルダンが好評を博するようになった主菜《ピエス・ド・レジスタンス》だけはマダム自らが料理した。口の肥えた常連客に、毎日、ロンドンの一流レストランで出されるどんな料理にも引けを取らない一品を出した。

一九三九年に戦争が勃発すると、アンリは、「仕方ないさ《ク・ヴレヴ》——戦争なんだから《セ・ラ・ゲール》」と肩をすくめて腹を括った。一つの大戦を生き延びたのだから、もう一つの大戦だって生き延びてやるつもりだった。かなり先見の明のあった彼は、店の厨房に隣接する地階を手に入れて設備を整えた。そして、人と資材がまだ手に入るうちに補強し、控え壁で支え、掘り返して均し、ついにはほぼ難攻不落の地下シェルターさながらの地下食堂を作り上げ、お手頃価格のランチ定食を売り物にした。そうすることで、自らの野心との折り合いをつけたのだった。ランチは、安くても美味しかった。マダム・デュボネは、商売を知り尽くしていた。一スー（もとフランスの五サンチームまたは一〇サンチームの銅貨）でオードブルを、一サンチーム（一〇〇分の一フラン）でコンソメを、残り物で頬が落ちそうな美味しい鍋料理を作った。戦時中も、ル・ジャルダン・デ・ゾリーヴは満席の賑わいだった。アンリとヴィルジニーは、夜半までイギリス食糧省からの書類の処理に追われた。彼らには、田舎の農産物——鳥、野ウサギ、数つがいの仔ウサギ、新鮮な鮭や鰻、鴨の卵、野鴨——を提供してくれる仲介業者のつてがあった。その調達手腕は見事なものだった。アンリは、即金で支払うことができた——実際に支払ってもいた——し、客も、美味い料理には喜んで大枚をはたいた。ヴィルジニーは、呆れていた。「聖母マリアさま《サント・ヴィエルジュ》、驚いてしまうわ《セテトナン》、信じられない《セタンクロワイヤーブル》——ばかげてるったらないわ《セティディオ・メーム》……」——それでも、客は支払った。ロンドンの弾幕（敵の攻撃を防ぐため、横に砲列を敷いてたくさんの弾丸を一度に発射すること）のさなかも、アンリの店の常連客は、壁にオリーヴの枝のフレスコ画が描かれた地下室で食事をした。ときには壁が震え、陽気な会話の席に置かれたグラスがカタカタ揺れることがあろうとも、アンリの幸運は持ちこたえた。彼の店は、被害をこうむらずにすんだ。

二

一九四五年、アンリは、一階のレストランを再開した。ランチ定食はつづけていたが、マダムの創作した本日のおすすめ料理《シェドゥヴル》の代金を支払える富裕層の客はますます増えていった。〈アン・バ〉――地下食堂――は、ごくまれに開かれるパーティーのために取っておいた。アンリは、大量生産的な調理を勧めなかったし、パーティーの受け入れについては選り好みができるゆとりもあった。そのため、その客に、金銭だけでなく、芸術であれ、学識であれ、豪胆さであれ、ほかの人とは違う優れた特徴《カシェ》があると確信できないかぎり宴会を提供しなかった。アンリのアン・バには、文学同人から法曹界の名士、探検家、脱出クラブ、「レジスタンス」の生き残りが訪れた。アンリも頻繁に階下で客に乾杯した。アンリお気に入りの乾杯の音頭は、声には出さないが今も「打倒ドイツ《ア・バ・レ・ボシュ》」だった。

朝刊の編集長ヴァレンタイン・グラルが、フリート街の職場に向かう前にアンリと食前酒でも飲もうかとル・ジャルダンに入ってきたのは、ある寒い春の夜だった。グラルは、アンリがきちんとした字で書かれた「マルコ・ポーロ・クラブのご会食」という掲示を貼る作業の監督をしているのを見つけた。

アンリが、グラルを振り返った。「しめた《ア・ラ・ボヌ・ウール》！　きみなら、この人たちのことを聞いたことがあるんじゃないか、なあ《アン》？」

「あるとも！」グラルは答えた。「そのクラブは、伝説になりつつある。会員は、旅行家に探検家、発掘家など逸材揃いなのに加え、全員が有名な文筆家だ。出席者名簿はあるかい？」

アンリは、含み笑いをした。「だめだよ《ノン》、きみ《モナミ》——持っていたって見せるものか。すまないが、誰にも見せる訳にはいかないよ」

「いつもこうなんだよな」グラルは、ため息をついた。「誰も、正確な会員を知らない。クラブの会員は当初の十三人に限定されているという噂だが、これはよくある間違いかもしれない。会員の誰かが死ぬとか、何らかの理由で脱会したら、秘密の順番待ちリストから即座に欠員補充の選出がされるはずだ」

「そんなばかな《パル・エグザンプル》！」アンリは、つぶやいた。「そういうクラブとは知らなかった——冗談じゃない、わたしに、わかるはずがないだろう？　書記が誰かをきみは知っている、そうだね？」

「たまたま知っている」グラルは答えた。「ディグビー・フェネルが書記だ。メソポタミア人の頭蓋骨を発見したやつ——人類学者さ。ずば抜けた著名人だ。それから、ウィルトン・ブレイシーが会長のはずだが。チベットのラサに住んでいて、達人たちが実践するヨガに関する調査をしている。彼も、出席者名簿に載っているのかい？　いい機会だから教えてくれよ」

アンリは微笑み、白衣の接客係が手渡したグラスを掲げた。

「ご免《サリュ》だよ！　わたしにとっての機会ではないのでね、モナミ。ご警告には感謝するよ。ほかの誰にも、その神聖《サクレ》不可侵な情報は見せないことにする。そのリストは、しまっておくことにするよ。このクラブが、そんなたいした《オ・グラン・セリウ》ものとは少しも知らなかった」

「あのなあ、アンリ、そう杓子定規になるなよ。ぼくがここで待ち伏せして、誰が到着するかを見届けるのまで邪魔はできないだろう？　フェネルの顔には見覚えがあるし、ブレイシーも見分けがつくはずだ。ネルソン提督のような片目だから」

「片目だと、おい？　わたしにも見えないものはある」アンリが、つられて言った。

「しょうがないな《アンファン》、モナミ、わたしたちは友だちだ、そうだね？　だったら、わたしの顔に泥を塗るような真似はしないね？　このクラブは、クラブの大切な行事《アフェール》をわたしに任せた。わたしは、慎重にその手配をする、いいね？　それなのに、スパイを黙認すると思うかい？　モナミ、するはずがないじゃないか」

「おっしゃるとおりでございます」グラルは、悟りきったように言った。「目利きならまだしも、このクラブの存在を知っている人はほとんどいない。今夜、ぼくがここに来たのは千載一遇のチャンス。なぜって、このクラブの存在を知っているし、会員が著名人で、ある種の取決めに関して途轍もない牽引力があるというのも知っている。彼らには、東洋での仕事を探しているやつらに会員がしつこくつきまとわれないように保護するための機密法があって――」

「そして、内部情報とやらを求める新聞記者から彼らを保護するための決まり、そうだろ？」アンリが含み笑いをした。

　グラルが、からからと笑い、「それも確かに一理ある」と認めた。「だが、新聞記者なのを恥じていると思うなよ。うちの新聞が情報を必要としているのなら、それを得るため、たとえ火のなか水のなか。マルコ・ポーロ・クラブが特ダネだと言っているんじゃない――違うんだ。だがな、内部情報を手に入れられさえすれば、とても面白い特集記事になるかもしれない。彼らには、一風変わった性質を持つ彼ら独特の儀式があるはずなんだ」

グラルは言葉を切り、アンリの顔を窺った。だが、しし鼻をした店主の色黒の顔には、天職についた彼ならではの職業的愛想の良さ以外、何も浮かんでいない。グラルは、アンリの肩を叩いた。

「考えてみれば、きみには、会員に選ばれてもいいだけの資質が多々ある。忙しかった青年時代をいっときインドシナとシャム（タイの旧称）で過ごしたんじゃなかったっけ？　バンコクやサイゴンなどの土地について、驚くほど多くのことを知っていると常々思っていた」

アンリは笑い声を漏らしたが、顔は依然として愛想の良い無表情のままだった。「人を笑いものにしていい気持だろう、モナミ。確かに、あるときは料理人として、またあるときは賄い長や客室係のボーイとして旅をした。多くのことを学んだよ。だが、学会で重んじられるような学問ではなく、単なる雑学さ。ありとあらゆる雑学……その雑然としたところが、華やかな東洋そのものなんだろうな。さてと、モナミ、仕事に戻らないと。今夜は忙しいのでね」

「わかったよ！　明日舞い戻って、どうなったか聞くことにする」グラルが、こう言って戸口に向かうと、アンリ・デュボネは、その夜の最初の客であるこの男に他人行儀に小さく一礼をした。

三

ヴァレンタイン・グラルが、マルコ・ポーロ・クラブにあれほどの興味を示したので、アンリ・デュボネは、自分への評価が高まるように万端抜かりなく整えねばという思いをいっそう強くした。階下に行ってテーブルに目をやり、その見事な出来栄えに満足した。客は十人の予定で、弧を描くようにテーブルを配置した。中央には、アンリが誇りに思って当然の装飾が施されていた――青磁の上品さを中国の偉大な一時代の花のデザインが際立たせている七宝焼きの鉢が置かれており、鉢の底に水が張られ、浮かべた一輪の月下香の生花、その蠟のような白い花弁が甘い香りを放っている。アンリは小首を傾げて立ち、自分の素晴らしい鉢に見とれていた。部屋の一番奥には、大戦中にアン・バがメイン・ダイニングルームだったころに据えられたホットプレートと配膳台がある。アン・バが、隠れ家的な性質のディナーのために使われるようになった今では、広い床面積だとかえって仰々しいので、アンリ・デュボネは配膳部が見えないように衝立で仕切った。そして、今夜のディナーのために、彼のもう一つの宝物である中国製の刺しゅう入りカーテンも出しておいた。これを一つの衝立にかけると、繊細な蛍光照明の下でその丹念に織られた絹布の表面が柔らかな光を反射した。アンリはその絹に指で触れ、自分の考えた「もてなしの場」を吟味した。見事、いや、実に見事だった。ロンドンのどこを探しても、これほどの静けさは見つかるまい——物音一つ、この強化壁と床を通り抜けはしない。空気は温かいが新鮮、テンペラで陰影をつけた壁は染みも汚れもなく、ピエール・ルコック老人の描いたオリーヴの枝は、中国の柳模様の作風と多くの共通点がある。アンリ・デュボネは、一人でうなずいた。このクラブが名士の集まりだとしても、ちくしょうめ《ノン・ダン・ノン》、彼のレストランは、そのクラブにとって理想的な環境《ミリウ》を提供できた。

アンリが一階に戻ると、新たに到着した一人の客が、たった今彼が上ってきた階段のほうへ案内されようとしていた。先の少し尖った白い顎鬚を生やし、つばの広いソンブレロ（スペイン、メキシコ、米国南部などで用いる、通例、山高の麦わらまたはフェルト製の広縁帽子）をかぶり、黒いマントを優雅にまとった人目を引く風貌の男だった。アンリは、その男の眼鏡に太くて黒い絹のリボンがかけられ、凝ったデザインのストックタイ（首に巻く幅広の帯状の襟飾り）が昔風の高襟に巻かれているのを見逃さなかった。

「ムッシュー、招待状はお持ちでいらっしゃいますか？」アンリは尋ねた。客はうなずいてマントのポケットから招待状を取り出し、ややいわくありげな雰囲気でアンリに見せた。クラブの名前が招待状に記されているのを確認すると、アンリは恭しく後ずさりして一礼し、階段を身振りで示した。

「万事整っております、ムッシュー。本日、地階ではほかのディナーはご提供いたしません。ご指示はすべて承っております」

「よし。申し分ない……そのう――ほかの会員はもう着いているかね？」

「まだでございますが、ムッシュー、すべてご用意は整っております」

マントの紳士は、舌打ちしながら階段を下り、紳士用クロークに入っていった。きっと自分が最初に着いたので不機嫌なのだろう、そうアンリは思ったが、それにしてもあちらが早く着きすぎたのだ。クラブのディナーは七時四十五分の予定で、招待客は七時三十分に来ることとなっている。それなのに、まだ七時二十分だ。

アンリは、ほかの客の応対に追われながらも目を光らせていた、あえて言うならば、クラブの会員たちに。最初に到着した会員が時刻を間違えたのに気づいたようなので、アンリは少々愉快になった。というのも、その男は、一階に戻ってくるなり出口に急ぎながら、何やら忘れ物をしたとこぼしていたからだ。しかも流暢なフランス語で。アンリの耳は、純粋なフランス語の抑揚を聞きつけた。しばらくして男性二人が、女性二人を伴って到着し、アンリは、ワイン係のウェイターが、アン・バのアルコーヴ（ベッド・本棚などをしつらえるため壁の一部を引っ込ませた所）に設《しつら》えられたバーで客に応対するために下りていくのを見た。アンリは、クラブの書記からすべて準備が整ったとの指示を受け次第、ディナーを出すよう命じるつもりだった。この種の会合では、必ずと言っていいほど誰かが遅刻する――アンリには、それがわかりすぎるほどわかっていた。

四

その後、七時半から八時十五分前までに合計八人の招待客が到着し、バーが設えられているアルコーヴの周りに集まった。最初は、それぞれがまるで秘宝の守護者のように、いつもなら口数の多い人々のあいだに張りつめた沈黙が流れ、どことなくぎくしゃくした雰囲気が漂っていた。その侘しく、陰気な堅苦しさを破ったのは、バジル・リートだった。彼は五番目に到着し、バーに近づきながら陽気に語りかけた。

「やあ、みなさん！　みなさんがどなたなのかをぼくは知らないし、そちらもぼくが何者なのかをご存じないので、ぼくは、熱いレンガに乗った猫のようにそわそわしています。まあ、とにかく、お偉いさんたちが到着してどうしたらいいか指図してくれるまで、お願いですから少しばかり話でもしましょうよ」

「そうよ、そうよ！」こう答えたのは、黒い瞳の女性だった。「人間らしく振る舞える分別のある人がいてくれて大助かり！　クラブにどんな決まりがあるのか知りませんけど、貝のように固く口を閉ざしているなんて、もううんざり。どぎまぎするだろうとわかっていたから、今日は、下見がてらにここでランチを食べたのよ」女性は、リートに直接話しかけた。「以前にお会いしたことがあると思うのですが――バジル・リートさんですよね？　アルシア・チェリトンです」

リートは、会釈した。「お会いできて嬉しいです、ミス・チェリトン。やはり、もう会員になられていたのですね。中国南部の雲南省へのあの有名なご遠征のあと選出されたとか」

「どうもありがとう。でも違うのよ、まだ会員ではないの——少なくとも卵の段階かしら」と女性は答えた。「就任の宣誓をまだしていませんから」

「我々全員、運命共同体のようですな」背の高い、白髪の男性が言った。「ヴァルドン・コムロワといいます、どうぞお見知りおきを。運営に文句なんぞ言って、会員資格をひけらかしたくはないんだが、イライラしているお集まりのお客さま方を、このように各人どうしたものかと思い悩ませておくのはいささか心苦しい。ミス・チェリトン、これは見事なシェリー酒ですよ。ご一緒にいかがかな？」

「ええ、いただきます。それにしても、こんな型破りな幕開けは、計画的なんじゃないかしら」チェリトンは笑った。「わたしたち、わざとそわそわするように仕組まれていた。これから訪れる重大な瞬間の影響を強く受けるように計算されていたんじゃないの」

「その重大な瞬間とやらを、聞かせてもらおうじゃないか！」アルシアの背後から、太い声が問い詰めた。その予期せぬ太い声に、アルシアが、いささかビクッとして飛び上がった。「パレードが行なわれると、誰かが教えてくれた。そして、俺たちを畏怖と驚愕の念で打ちのめすような衣装をまとって会長が到着するんだとよ」

「ぼくの得た情報によれば、そんなことはまったくない」リートが言った。「照明を使ったまやかしがあるとは思うが、それはディナーのあとのことだろうし、このクラブが、仮想ゲームに成り下がったことは一度もない……おや、レイチェル・ヴァンミーアのお出ましだ——」

「ただ歩いて入ればよろしいの？　それとも部屋を横切ることに関連した難しい儀式でもあるのでし

ょうか？」

新来者は背が高く、スタイルの良い白髪の女性だった。アルシア・チェリトンが答えた。

「そのまま入っていらして！　誰も規則を知らないんですもの、破ったところで責められませんよ。自己紹介をしていたところなんです。代わりに紹介してくれる人がいないので」

「本来、そんなことをしてはならんことになっていると思うがね」先ほどのとても太い声の男性が言った。「きっとどこかで何かの手違いでもあったんだろう。だから、こうして収拾がつかなくなったのさ。ディグビー・フェネルが、とっくに着いていなければならんはずなのに……彼は書記だ。時間厳守にこだわるやつで、決められた時刻になるとドアを閉めちまって、客を一人も受け入れないと誰かが言っていた」

「ディグビー・フェネルをご存じなんですか、個人的に？」レイチェル・ヴァンミーアが尋ねると、男は慌てて答えた。

「いいや、だが、誰のことも知らん。自分のことで手一杯で、人と付き合っている暇などない」そして、声をやや低めて言い足した。「今夜の件への招待状を受け取ったときほど度肝を抜かれたことはない。どうしてまた、俺なんぞをと思ったよ。とにかく、俺は取るに足らん人間だ」

「ここにいらっしゃるのですから、それは謙遜しすぎだと思いますよ」レイチェル・ヴァンミーアが答えた。「お顔に見覚えはありませんが、顔を忘れっぽいのはいつものことですから。あら、今度はどなたかしら？」

次に到着したのは、ひょろっと背の高い男で、禿げ頭を取り囲むように白い巻き毛がうっすらと生えていた。食ってかかりそうな厳めしい顎をし、大きな猫背から頭がにょきっと突き出していた。学者によく見られる猫背よりも極端な姿勢だった。男は、怪訝そうにあたりを見回してからバジル・リートに話しかけた。

「ご挨拶に伺うべき主催者がどなたなのか、どうかお教えください。この畏れ多い会合に、わたしは不案内なようです」

「それでしたら、現在ここに集まっているみんなとまったく同じですよ」リートが答えた。「主催者がまだ到着していないので、これからどうなるのか想像するしかありません。ぼくはリートといいます。シェリー酒でも、ご一緒にいかがですか。見てのとおり、みんなで未知なる物に備えて守備を固めているところです」

「ありがとうございます、リートさん。自己紹介をさせてください——エドモンド・フィッツペインといいます」

「光栄です！」リートが言った。「バルムにおけるカルデア（メソポタミア南東部に広がる沼沢地域の歴史的呼称）発掘に関する論文を楽しく読ませていただきました——きわめて学術的な論文でした」

　大男は、顔を陽気にいっそうほころばせてリートを見つめた。「とても嬉しいです。実に嬉しいです。ここで専門家の方々にお会いできるのをずっと楽しみにしていました。ブレイシーが会長だと、聞いておりますが」

「そうですが、会長の席が今夜はなかなか塞がらないようです」リートが答えた。「それどころか、何から何まで、どうも妙でしてね」

「いかにも」フィッツペインが声を潜め、大きなまん丸い頭をリートのほうに突き出した。「お集まりの方々のどなたがトローネ、エリアス・トローネという名前の人なのか、お教えくださらぬか？」

「知るかぎり、このなかにはいませんよ」リートは答えた。「その人は誰ですか、クラブの会員ですか？」

「そうでないといいのだが、きみ、そうでないと。その男は、大ぼら吹きなのでね」フィッツペインが、鋭い口調で言い返した。「スクルーテイター誌に彼が書いた記事を読んだのだが――誤解を与えるような意見ばかりの、まったくもって酷い寄せ集めで、確かに一見もっともらしいが、専門知識が欠如している。トローネが今日の客人だとわかっていたら、たとえ無料でも、この招待をお受けしたものかどうか躊躇しただろう」

「なるほど。ですが、ここにいないのですから、彼が招待されているとお考えになられたのは勘違いだったのでしょう」リートは、すぐ後ろにいたコムロワを振り返り、「トローネ、エリアス・トローネという珍しい名前の男を知っていますか？」と尋ねた。

「知っているとも。中国人の盗賊と付き合いのあった、とんでもないろくでなしだ――アーガス紙に掲載されたやつの記事が嫌でも目に入っただろう。すこぶる賢く、はなはだ勇敢でもある。専門の中国研究家の振りなどしなければ、先陣を切って称賛してやるところだが、あいつの発表にはむかっ腹が立った。あいつがどうかしたのかい？」

「こちらのフィッツペインさんが、トローネがこのパーティーに来ると思い込んでいらっしゃるんだ」

「おいおい、やめてくださいよ！　トローネが、マルコ・ポーロに！　裁判所で道化師が首席裁判官の隣に座っているのを見ることになると言っているようなものだ！」コムロワが、きっぱりと否定した。

とても太い声の男が、次に口を開いた。「とにかく、トローネが招待されているとどこのどいつから聞いたんです？」

リートは、エドモンド・フィッツペインを振り返った。「うーん、トローネのことをぼくにおっしゃったのはあなたです。彼がここに招待されているとお思いになられた根拠は何ですか？」

ひょろ長い男は、非常に気分を害したようで、かなりつっけんどんに会話に加わった。「根拠は、標準的な鑑識眼のある人間なら明々白々。トローネの帽子がクロークにあるのを見たし、内側にやつの名前もあった。その目で確かめにいったらどうだ」

コムロワが口笛を吹いたかと思うと、リートのほうを見て小声で言った。「おい、どこかで何やらふざけたことが起こっているぞ。きみは、気丈なやつのようだね。頼りにしているよ！」

この思いがけない語り口はどういうことなのかと尋ねる隙をリートに与えず、コムロワは、大声でバーにいたワイン係のウェイターに話しかけていた。

「このクラブは、これから十分間の会議に入るので、部外者は全員退出してくれ。十分したら、ディナーを出すこと。わかったかい、きみ？」

「かしこまりました《パルフェトマン》、ムッシュー」

ウェイターが会釈して退出し、ドアを閉めると、コムロワは、客の輪に向き直った。

第二章

一

　ヴァルドン・コムロワは、印象的な顔立ちの男だった。がっしりとして背が高く、彫の深い顔にくぼんだ黒い目をしている。白髪だが、顔にはどことなく若々しさがまだ残っており、せかせかと早口で話すさまは、まるで若者さながらだった。そのコムロワが、いささか芝居がかった態度で顎を突き出し、挑みかかるような目で客たちを見た。

「みなさん《メスィウ・エ・メダム》、出しゃばりの厄介者だと、わたしをつまみ出そうとお考えのことでしょうが、一つお尋ねしたい。わたしと同じように、このパーティーがどことなく胡散臭いとお思いになられた方はいらっしゃいませんか？」みんなが死んだように黙りこくっていたので、コムロワは先を急いだ。「全員が、マルコ・ポーロ・クラブの会合への出席を求められた。招待状の添え状には、会員に選出されたと記されていた——少なくとも、わたしの添え状にはそう記されていた。みなさんはいかがです？」

　コムロワが、周りの客たちに挑発的な目を向けると、しぶしぶ返ってきた答えは……そうだ……そうさ……そうよ。

「全員がそうだったのですね？」コムロワは、黒い目を明るく輝かせた。「一度に八人の新規会員が選ばれ、かねてからの会員は一人も現れていない。クラブの書記も、ほかの役員も。会長すら。マルコ・ポーロ・クラブの重鎮が、わたしたちの存在を認識しているという証拠すらない。ディナーは、確かに注文されている。だが、誰が注文したのか、どうすればわかるんです？　つまり、わたしたちは担がれたんですよ。この招待は、手の込んだ悪ふざけということです」

抗議のざわめきが沸き起こるなか、エドモンド・フィッツペインが、かなりのしわがれ声を張り上げた。

「このような当てこすりは断じて許さん！　非常識もはなはだしい。このようにたしなみのない、礼儀にもとる行ないをする者がどこにいる？　さっそくディグビー・フェネルのアパートに電話をして説明を求めよう」

「急いては事をし損ずるぜ」太い声がした。「俺は、グラフトンという者だ。知っていったい何になる？　俺は、まったくの無名の人間だ。ここに来てからずっと引っかかっていた気持ちを、コムロワさんがずばり言ってのけてくれた――今回のことは現実ではない。でっち上げさ。理由は誰にもわからん。だが、誓ってもいい、これはでっち上げだ。あんたらのほんとんどの名前は知っている。著書をずいぶんと読ませてもらった。だが、悪いが言わせてもらう。この部屋にいるみんなは、一人として傑出した人間じゃない。かなり知られている人もいるし、全員が、いくつかの興味深い探検をしたことはあるが、マルコ・ポーロ・クラブは、平均的な能力、平均的な勇気、平均的な知性なんぞに見向きもしない。優秀な人間、抜群の人間しか認めない。俺たちは、抜群かい？　俺は、絶対に違う」

バジル・リートが、いきなり笑った。浮かれ笑いではなく、腹立ち紛れの笑いだった。「ぼくたちでは、力量不足だって！　おい、いい度胸しているじゃないか、グラフトン。力量不足。そうさ、そのとおりだ、言われなくてもわかっている！　担がれたのさ、みんながみんな」

　エドモンド・フィッツペインが、むせて咳き込みそうなのを必死に堪えているようなので、コムロワが背中を強く叩いた。

「まあ、まあ、穏やかに！　気を落とさないで！　グラフトンとわたしの状況分析が正しいのだとしたら、笑ったほうがいいが――」

「笑うだと？」フィッツペインが食ってかかった。「偽りの口実でここに呼び出され、侮辱されたうえに、単なる凡人でしかないと言われたんだぞ――それなのに、笑えだと？」

「すべてが、かなり屈辱的に聞こえるのはわかりますよ」レイチェル・ヴァンミーアが言った。「誰だって笑いものになどされたくありませんからね。でも、もし騙されたのだとしたら、そしてこのディナーが見せかけだけの悪ふざけなのだとしたら、これ以上ことが大きくなる前に天狗の鼻をへし折ってもらって良かったですよ。ディグビー・フェネルに電話をして、なぜわたしを会員登録しに来てくれないのかと問い質し、『あんた、どうしてまた会員になるために招待されたなどという夢をみたんだい？』と言われるのはご免こうむります。それこそ、言ってみれば屈辱的ですよ。実のところ、わたしたちはみんな同じ木に登らされたということでしょう、違いますか？」

　レイチェル・ヴァンミーアが、先ほどのヴァルドン・コムロワと同じように、顎を突き出し、挑発的な目で一同と向き合うと、いきなり笑い声がして緊張を和らげた。心から喜んでいる、そんな明るく陽気な笑い声だった。

「ごめんなさい、みなさん！」アルシア・チェリトンが言った。「でも、おかしいったらないわ！

そのふざけた人が誰なのか、そんなことをするほど図太い人が誰なのか知りたいわ！」

「わたしがお答えしよう」コムロワが言った。「エリアス・トローネについてのフィッツペインさんの発言を聞いて、何もかもどうかしていると確信した。ここに集まっているみなさんが、マルコ・ポーロ・クラブのディナーに招待される可能性は確かにあるだろうが、トローネが招待されることなど断じてない。あいつはぺてん師だが、ユーモアについての独特の考え方があってね。誰か――あいつを鼻であしらったか、恥をかかせた人間――に復讐をするためにあいつが仕組んだに違いない！　きっと今夜の悪ふざけを新聞で報じる計画を立てたはずだ。『マルコ・ポーロ・クラブの偽パーティー』原文のママ！　いくつかの大見出しが躍るだろう！　だが、みんなで協力してかかれば、そんなものは失敗させられる。これは、我々のクラブを発足させるための、我々のディナーということにしよう。一致団結すれば、切り抜けられる」

「そうですね、そういう手もありますね！」バジル・リートが満足そうに言った。「でも、店主たちが、漏らしてしまうんじゃありませんか？　ぼくたちは、マルコ・ポーロ・クラブのディナー名簿に載っているのですから」

「俺に任せろ！」グラフトンが言った。「この店の経営者のアンリ・デュボネにしたって、俺たちと同じで担がれるのは気に喰わんだろう。だから、何が起きたのかを話し、今度のことを外部に漏らさないように頼めば、アンリは、死んだように口を閉ざしているさ。エリアス・トローネとその手先の記者どもが、ネタ目当てにここに押しかけてきて嗅ぎ回っても、マルコ・ポーロ・クラブのことを耳にすることは絶対にない。そうとも。これは、オクタゴン・クラブのディナーだ――総勢八人だからオクタゴン、八角形とはうってつけの名前じゃないか。そして、オクタゴン・クラブの最初の規約は、いけ好かん、あのチビ野郎、エリアス・トローネを必ず失脚させること。賛成かな、オクタゴンの同志諸君？」

「賛成！　満場一致《ネム・コン》で可決だ！」コムロワが叫んだ。

「よしきた！　じゃあ、アンリと話をつけてくる」グラフトンが言った。「そのうえで、アンリが俺たちのために用意してくれる絶品のディナーを頂戴しようぜ。そして、ディナーのあとでまた会議を開き、俺たち独自の規約、俺たち独自の儀式を決め、俺たち独自の復讐計画を練ろう！」

「やれやれ、これでようやく今夜のディナーを楽しめそうだわ」アルシア・チェリトンが本音を吐いた。

二

ディナーは、もちろん申し分なかった。アンリは準備に労を惜しまず、ロンドン切ってのディナーを出した。澄んだスープからライスプディング（米を牛乳で煮込んで砂糖を加えたもので、イギリスの伝統的なデザート）にいたるまで、最高級の折り紙つきだった。

アンリは、生じてしまった状況についてリチャード・グラフトンから説明を受けて、しばし当惑した。一瞬ではあったが、面目を潰されたと思った。ル・ジャルダンが新聞に載る――このことは、人々の脳裏に刻まれてしまう。フランス人は、悪い冗談を好まない。

グラフトンは、難しい仕事を見事にやってのけた。ごく手短に、訛一つない流暢なフランス語で自らの疑念をアンリに説明してから、計画された対抗措置の概略を説明したのだ。マルコ・ポーロ・クラブのことは一切、他言無用。何を尋ねられても、アン・バでのディナーはオクタゴン・クラブの発足記念ディナーだと答え、トローネと思しき紳士が現れたら招待状を提示させ、付添人が来てからディナーに加わるよう求めること。トローネがどんな風貌の男かを聞くと、アンリはすぐに思い出した。

「その方でしたら、もうお見えになられました。早く着きすぎたので、ほかの会食者の方々が到着なさる前にまた出ていらっしゃいました」アンリは言った。

グラフトンはうなずいた。「そんなことだろうと思った。間違いなくまた出ていったんだね?」

「間違いございません、ムッシュー。この目でしかと」

「わかった。では、ディナーを始めるので、そろそろ出してくれるかい」

グラフトンは地下に下りていくと、紳士用クロークにこっそり入り、エリアス・トローネの帽子を探した。トローネが好みそうな帽子なら察しがつく。広いつばがウェーブした黒いフェルト帽で、バルセロナやリオで買えるような代物だ。その手の帽子は、クロークには見当たらなかった――見つけたのは三つだけで、グラフトンとリート、そしてコムロワの帽子だった。エドモンド・フィッツペインお気に入りの黒いホンブルグ帽（山の中央が窪み、つばの両側が反り返った紳士用中折れ帽の一種）も見当たらず、グラフトンは含み笑いをした。

「哀れなやつめ！　さては、ずらかったな――二流の人間と混同されたくなかったんだ――俺たちみたいな……大バカ者め！」

急いでみんなのところへ戻ると、ちょうどスープが出されていた。コムロワがテーブルの中央に陣取っている。リートがグラフトンを振り返った。

「コムロワさんを会長にするべきですよ。何といっても、このクラブの創立者は彼でしょう?　フィツツ老人はどこです？」

「退散しちまった。留まったら品位が下がるんだろうよ。ミス・ヴァンミーアの隣のやつは誰だい？」

「ドゥフォンテーヌですよ。崑崙《こんろん》山脈（中国、チベット高原の北を東西に走る山脈）で登山をしたやつで、プラントハンター（未知なる植物を探し出し、持ち帰ることを目的に採集する植物の専門家）の端くれです。そして、そいつの隣にいる小柄のがっしりしたおばさんは、アン・マードン。自分の船で航海して、多くの詳細な海図を書いた人です」

「ありがとよ、これですべて合点がいった。コムロワにリート、ドゥフォンテーヌ、フィッツペイン、アルシア・チェリトン、レイチェル・ヴァンミーア、そしてアン・マードン。ずいぶんいるじゃないか。トローネが仕組んだんなら、あいつもなかなかオツムがよろしいこって！　連中のなかに、本当の役立たずはいないもんな。あのあんぽんたんじじいが、さっさとずらかったのは残念だがな。いびつな八角形かもしれんが、材料はまずまずだと思うぜ。そうだ、ディナーのあと、八人目の会員を選出しないとな」こう言うと、リチャード・グラフトンは、アン・マードンとレイチェル・ヴァンミーアのあいだにスッと入り込んだ。

三

ギュイ・ドゥフォンテーヌは、この日のディナーについて振り返るたび、それまで経験したどんなディナーよりも楽しかったと太鼓判を押した。ともかく、ディナーは順調に進んだ。誰もが絶好調のようで、誰もが気楽に生き生きと話し、美味い料理を堪能した。

ドゥフォンテーヌは、人知れずアルシア・チェリトンの隣に座っていた。コムロワの予期せぬ最初のスピーチが終わるや部屋中に鳴り響いた彼女の自然な笑い声が気に入っていたのだ。その笑いは、神の恵みのように感じられた。それまでの緊張と衝撃を打ち崩したからだ。アルシア・チェリトンが、奇想天外な大芝居を本当に面白がっているのだとしたら、ほかのみんなも、踏みにじられた尊厳など捨てて笑えるはずだ。彼女の笑いにどれほど感謝したことかというギュイの言葉に、彼女は、込み上げてくる笑いを隠さず彼を見詰めた。

「あら、あなた、笑ったのは、あの瞬間からやっと本当に楽しめたからなのよ」彼女は、打ち明けた。「あのね、それまではびくびくしていたの！　あの不吉な招待状を受け取ったとき、死んでしまいたくなるほど精神的に参ってしまって。だって、身の程はわかっていましたもの。グラフトンさんに『この部屋にいるみんなは、傑出した人間ではない』と言われて、思わず彼を抱きしめそうになったわ。自分が傑出した人間じゃないのはわかっているし、なりたいとも思わない。面白いからいろんなところへ行って、いろんなことをやっているだけのずぶの素人なの。それなのに、お偉いさんたちとゾッとする夕べを過ごすことになると思い込んでいたんですもの。そういう席では、乏しい知恵を絞って、そのお偉いさんたちの記念碑的な著書を全部読んだ振りをしなければならないでしょう――読んでもいないのに！　名著なんて読んでいられないわ！」

「ぼくもだ」ドゥフォンテーヌも同感だった。「どこぞの学識ある『お偉方種』とやらに、形態学（生物の形態と構造を扱う生物学の一部門）の曖昧な点について議論を吹っかけられると、やけにコチコチになることがある。ぼくが植物採集を始めたのは、金になるからなのに。いくつもの無茶な遠征の金をどうにか工面しなければならず、チベットのプリムラ（サクラソウの一種）でずいぶんと稼がせてもらった。知る必要のあることだけは知っているが、大したことはない。ちなみに、今食っているのが何なのかもわからないが、べらぼうに美味いことだけはわかる」

「チドリの蒸し煮シャンピニオン――傘が開いていないマッシュルーム――添え、それから元気のないリーキ（セイヨウニラネギ。タマネギ、ニンニクと類縁）のように見えるのはチコリ。ほんと素晴らしいわ！　美味しいお料理には目がないの」彼女は答えた。

一つ置いて隣にいるグラフトンが、彼女の目を捉えた。

「同感だ！　話にならんあのトローネが、このもてなしを手配したのだとしても、ル・ジャルダン・デ・ゾリーヴを選んだんだから、まんざら捨てたもんじゃない。少なくとも、美味いディナーを確保してくれたんだもんな」

「エリアス・トローネとは、いったい何者なんです？」ドゥフォンテーヌが尋ねた。

「とことん悪賢い卑劣なやつさ」グラフトンが答えた。「ほぼ世界中を旅したことがあり、ほぼどんな言語でも話せるが、原始的な下劣野郎であることに違いはない！　宴会で声を張り上げたりすりゃ、まともな人間なら、きまり悪くて体が火照っちまう。俺が思うに、このちょっとした離れ業《トゥル・ド・フォルス》はフィッツペインに一杯喰わせるために仕組まれたのさ。内情に通じているやつなら、フィッツペインが、マルコ・ポーロに入ろうと躍起になっていた噂を聞いたことがあるし、それだけではなく、トローネがスクルーテイター誌に書いたうぬぼれも甚だしい、くだらん記事のことで、フィッツペインはあいつを攻撃していたし……いよう、会長が、議長をお勧めになろうとしておられる。会長のため静粛に！」

コムロワが起立し、笑顔で会食者を見渡した。

「オクタゴンの同志諸君。そろそろ今宵の深刻な問題について協議すべきときが参りました。コーヒーも出されたことですし、ウェイターには退出願おう」

ウェイターが出ていきドアが閉められると、コムロワはつづけた。「我々の機構、規約、儀式について合意する前に、まず行なわねばならない儀式があります。オクタゴン・クラブが、ほかのいずれかの団体と何らかの関係があるというあらゆる証拠を隠滅しなければなりません。グラフトン、すまないが、その素敵な七宝焼きの鉢をどかし、ワイン係のウェイターが忘れていった真鍮のお盆を置いてくれないか。ありがとう!」

グラフトンが会長の前に真鍮のお盆を置くと、コムロワは、ポケットから正方形の封筒を取り出した。

「これは、今夜、わたしをここへ召喚した手紙——厚紙のカード——です。著名なクラブの名前が美しいカッパープレート書体で印刷されています」

コムロワは、上品な仕草で招待状を何度も何度も引き裂き、その千切った紙片を真鍮のお盆に落とした。それから、タイプ打ちされた一枚の紙を封筒から出し、それも引き裂いた。「これが」彼は、宣言した。「オクタゴン・クラブ会長としてのわたしの初仕事です——この悪質な偽書状を破棄することが。同志である会員諸君、わたしの例に倣うようみなさんに求めます! ご理解ください。この時点より、このような招待状と添え状を所持していることは、醜悪この上ない背信行為の証拠とみなされます!」

「そのとおり! 実にごもっとも! 証拠など地獄に堕ちろ!」リートが叫んだ。

お盆が会員から会員へと回され、各自が順次招待状と添え状を取り出した。そして、みんながそれをズタズタに裂くと、真鍮のお盆に紙片の白い山ができた。

「そんな紙切れ、燃やしちゃいましょう！」アルシア・チェリトンが提案したが、コムロワは答えた。

「マダム、この状況で焼却などしたら問題になるし、クラブ室を煙で充満させたくはない。この紙片をその悪質な偽造にふさわしい地下牢に預け入れるよう、リチャード・グラフトンに要請する」

大きな笑い声が沸き起こり、グラフトンは真鍮のお盆を掲げ、「しからばロンドンの下水管へ！」と宣言した。「これ以降、これらは人目に触れることはない！」

レイチェル・ヴァンミーアが、巻き煙草に火をつけ、すぐ近くにいた人を振り返った。「わたしの脳は、どうも回転が鈍いようですね」彼女は言った。「今の今まで、困惑していました。まず、ここに来てマルコ・ポーロ・クラブの学識者たちと対面する勇気を奮い起こさなければなりませんでした。わたしのような凡人にとって、それは苦しい試練でした。次に、ここに着きましたら、招待はでっち上げで、楽しい仲間たちもろともバカにされていたと言われた。それは構いません。でもね、まさかそれがゴシップ欄にでも載ったら、少しばかり屈辱的なのではないかしら。次に、招待状を破棄するように求められ、ようやくその本当の理由がわかりましたよ。この注目すべきパーティーへの招待状をまだ持っているただ一人の人物が、この悪ふざけを仕組んだ不届き者で、その人が招待状を取りだしたら笑い者になる。つまり、やぶ蛇になるということ。傷つくのは、ほかでもないその人だけ。そうですよ、この対抗手段はとても妥当です！」

グラフトンがレイチェル・ヴァンミーアとアン・マードンのあいだの席にそっと戻ってくると、マードンが言った。

「証拠を隠滅するという考えに拍手を送っていたところだけれど、少なくとも一人は、まだ招待状を持っているわ――怒りんぼのフィッツペインがね」

グラフトンは、笑い声を上げた。「あのなあ、ミス・マードン、なけなしの一ドルを賭けてもいいと言う気かよ！　今夜の取引を公にできないやつが一人いて、それがフィッツ爺さんだとでも。歯ぎしりしながらこの裏切りの場からとっととずらかったところを見ると、やっこさん、いの一番に招待状を破り捨て、自分の顔が知れ渡っているどこかへすたこらさっさ。こんなところには来たこともないと証明するためのアリバイ作りをしているさ。フィッツペインが恐れているのは、ただ一つ、笑いものにされること。考えてみりゃ、俺たちだって笑いものになんぞされたくはない。とどのつまり、俺たちは回避行動を取っているんだろう、違うかい？」

レイチェル・ヴァンミーアがうなずいた。「そうですよ、さすがですね、あなた！　でも、もう一点気になることがあります。嫌われ者のトローネさんが、どんな手に出るかわからない人だという些細な証拠を基に憶測されたのでしょう？　充分な理由などないのではありませんか？　トローネというラベルのついた帽子が紳士用クロークにあったという事実は、大した証明にはなりません。とにかく、わたしにはそう思えます。あなたが、ご自分で彼の帽子をクロークに置いたのかもしれない、そうでしょう、グラフトンさん」

「いや、ごもっとも、実に鋭い観察だ」グラフトンも認めた。「その帽子を証拠に入れることさえできなくなった。消えちまったんでね。それでも、アンリ・デュボネと話したら、トローネが、今夜この店に来た最初の客だったと言っていた。アンリはやつに会ったそうだし、どんなやつだったか俺に話してもくれた。しかも、アンリは、やつの持っていた招待状にトローネという名が記されていたのを見ている」

アン・マードンが、戸惑い顔でグラフトンを見た。「いいわ、それならトローネが確かにここに来て悪ふざけを仕組んだということにしましょう。でも、彼は、今までどこに行っていたの？　どうして帽子をクロークに置いていったの？」

「まったくわからん」グラフトンが答えた。「何から何まで謎だが、トローネを知っていたら、入れ子細工の箱みたいなやつだとわかるだろうよ。一つ箱を開けたら、それより小さな箱がなかに入っていることの繰り返し。あいつを理解している振りをしても無駄だ。そうさ、俺にゃ理解できないやつだが、うがった推測をさせてもらえば、裏でこんな悪ふざけができるやつは、トローネしかいない。あいつは、そういう星の下に生まれたのさ――独創的で悪戯で、腹黒い。確かに、俺たち誰もが、今夜の離れ技《トゥル・ド・フォルス》をやってのけることはできたかもしれない。あんたたち、ミス・マードンも、ミス・チェリトンも、ミス・ヴァンミーアもだ。だがな、理由が思いつかん。俺の見たところ、あんたらには、この世で考えうる動機がない。ところが、トローネにはあった。フィッツ爺さんを罠にかけようとするだけの充分な理由があったんだ。それが悪巧みの真の理由だと確信している。残る俺たちは、ほんの刺身のつまってことさ」

「そんな風に説明されたら、何もかも辻褄が合うわね」アン・マードンがこう言うと、レイチェル・ヴァンミーアが、別の言葉で言い替えた。

「このでっち上げには、非常に専門的な知識が必要だったと言えると思いますよ――餌食の選択などね。今度の悪ふざけを成就させたくても、わたしには、どなたを招待したらいいかわかりませんでした。確かに、ここにいらっしゃるみなさんの噂を聞いたことはありますよ。でも、そのなかのどなたかが、マルコ・ポーロ・クラブの本物の会員なのかを知りませんでした」

「トローネのほうが、あんたより勝っているのはそこさ」グラフトンが言った。「ある夜、ノーマッズ・クラブでトローネが延々としゃべっていたのを聞いた覚えがある。マルコ・ポーロの会員名簿を手に入れたと自慢していた。あいつは、抜け目のない悪人なのさ。そして、言うまでもなく、俺たち八人をここに集めたやつは、間違いなく抜け目のない悪人だ。ここにいる一人ひとりがどんな人間で、何を成し遂げたか知ってるかい、ミス・マードン？」

「いいえ、はっきりとは。アルシア・チェリトンの噂なら聞いたことがあるわ――ボイルのランチタイム・レクチャーで、彼女の講義を一度だけ聞いたことがあるから。それから、ヴァンミーアさんについては、彼女の本を読んだことがあるし、彼女の絵も観たことがある。リートさんについては……よく知らないわ……登山家じゃなかったかしら？　彼の処女作を読んだはずだし、その後、彼はヒマラヤが舞台の小説を書いたの。もしかして、ほかのどなたかと混同しているかしら？　コムロワさん……うーん、名前は覚えているのだけれど……旅行に関連する科学研究のようなことを――冶金学だったかしら？　放射性鉱石の探索……違うわ、まるでダメ。もちろん、人のことを知っているべきなのでしょうけれど、なかなかできなくてね。だって航海に出たら、一度に何か月も新しい本なんて見ませんもの。古い本を何冊か持っていって何度も読み返すの。コンラッドの作品ならほとんど暗記しているはずだけれど、ここにいるみなさんの書いた本のタイトルは一つも言えないわ。あなたが何をお書きになったのか、まったく思い浮かばないの、グラフトンさん」

「思い浮かべなきゃならん理由など、どこにもない」グラフトンが、陽気に言った。「しょっぱなに俺の本分について話しただろう、大した人間じゃないと？　リートなら、みんなが何を書いたか知っている。書評家だからな。公平で博識な、べらぼうにいい書評家でもある」

「どうやったら書評が書けるのかと思うと、落ち込んでしまうわ」アンが、ゆっくりと言った。「書くって大変。自分の本を次から次へと生み出すのは、わたしにとって血の滲むような作業だけれど、それでもほかのみなさんの本を読まなければならないことほど大変ではないわ」

周囲からどっと笑い声が上がったので、彼女は四角い顔を紅潮させながらも話をつづけた。

「物事を成し遂げる力があって、しかもいろんなことを見て知って、そのうえで大概の人が大切にしている安全や安心、友情とか、どんなことを犠牲にしてでも多くを見たいという奇妙な気持ちに常に突き動かされているのに、どうして家で座って、ほかの人がもうやってしまったことについての本を読まなければならないの？　そんなのおかしいわ」

「あら、あなた、わたしたちみんなおかしいんですよ」レイチェル・ヴァンミーアが言った。「安心や安らぎ、お金さえあれば手に入るものを欲しがる人の奇矯《ききょう》さもあるし、安心や安らぎ、お金を軽蔑する人、自分の思い描いた理想にしか従えない人の奇矯さもあるんです。でも、ほとんど誰もが、何らかで認められたいと思うもの、あなただってそう。そうでなければ、素敵なドレスを買って、今夜のマルコ・ポーロ・クラブのディナーに来たりしなかったのではないかしら？　いいですか、わたしたちみんな、このご招待を信用して受け入れたんですよ。嬉しくて舞い上がるとか、いろいろだったんじゃないかしら？」

アンは笑った。「そうね。おっしゃるとおりです。わたしたちみんな、弱みを……でも、今夜のことは、わたしに大切なことを教えてくれました、わたしにはそれがわかります」

「何を学んだのかは、聞かないことにしよう」こう言ったグラフトンの声は、とても優しかった。

「あんたの言ったことに、俺もまあ同感だが、あるとても賢い男が前に言っていた言葉を引用させてもらおう。『一人の人間のうぬぼれを想像するのは、円の中心を想像するのと同じくらい自然なこと』なんだとさ。そうだよな、それに自分の能力を過小評価するやつは、自分を信じて出発できないんだから、どこにもたどり着けやしない」

第三章

一

　アンリ・デュボネは、夜店じまいをしてから、いつものように店内を巡回した。もう通常より遅い十一時半だったが、アン・バのパーティー客は、まだお開きにしたくなさそうだった。ウェイターたちのイライラした素振りも無視していたので、ついにアンリ自ら、そろそろ〈閉店〉の時刻だと伝えに階下へ出向いた。そのアンリさえ、少しばかり言い淀んだ。ドゥフォンテーヌが旅人の話をしており、それがまたいい話だったからだ。全員が、それぞれの話をしていたところで、嬉しそうな、生き生きとした雰囲気があり、アンリはそういう光景を見るのが好きだった。もてなし上手のアンリは、彼らの笑い声、彼らとの機知に富んだ軽妙な会話を楽しんだ。彼は、絶品料理、厳選したワイン、うっとりさせるような雰囲気を提供したが、このような集まりの本当の意味での成功は、客の質──真価を知る能力が客にあるかどうか──にかかっていた。アンリならエスプリという言葉を使うのだろうが、今回のパーティーは、明らかにそのエスプリを示していた。さんざんな幕開けからパーティーを大成功へと導いた彼らを、アンリは尊敬していた。

それでも、すべての仕事が滞りなく行なわれたかを確認しながら店内を巡回しつつも、アンリはまだ不快感を払拭できずにいた。礼儀を非常に重んじる彼は、ル・ジャルダンが、こんな事件《セタフェール》の舞台に選ばれたという事実を受け入れられずにいた。それは侮辱だった。ひょうきん者《ファルスール》が、有名ホテルのリッツやサヴォイ、バークリーでこんなことをやらかすだろうか？　真剣に考えるにつけ、セタフェールは許せなかった。一階のレストランと厨房を点検してから、アンリはもう一度階下に下りていった。彼は、中国製のカーテンを忘れていなかった。ジャンは、言いつけどおりきちんと畳んで片づけただろうか？　アン・バの電気をつけたアンリは、不満そうに舌打ちした。ジャンのやつ、カーテンを忘れたな――このままでは、明日の朝、掃除人が来たら埃まみれになってしまうじゃないか。アンリは、刺しゅう飾りのあるカーテンを外して丁寧に畳んだ。この逸品は、サイゴンで手に入れた。しかもとても安い値段で。きっと盗品だったのだろうが、そんなことはどうでもよかった《ナンポルト・クワ》。畳んだカーテンを慎重に腕にかけ、アンリはもう一度ざっと部屋を見渡した。そして、以前使っていた配膳台を目隠ししていた衝立を押しのけた途端、驚愕のあまり息を呑んだ。台の下の暗がりにあるあれは何だ？　コートか、それともマントか？　アンリは、しばし立ち尽くしたが、頭のなかで不吉な予感が強まっていった。黒いコートが……なぜ……？　不安を抱きつつ、とうとうアンリは腰をかがめ、すべすべした黒いラシャを引きはがした――そしてうめき声を上げた、大きなうめき声を。

　ここで、こんなことが起ころうとは。苦々しい思いで、自分が二つの大戦を生き延びたことを思い出した。わたしは働いた、がむしゃらに。そしてレストランを開き、天下一品という好評を博した。ル・ジャルダンの名声に瑕をつけるような後ろ暗いこと、いかがわしいことなどは何もなかった――それなのに今、男の死体が、使われなくなった配膳台の下に転がっている。

壁に押しつけられた黒装束の男の姿は、恐ろしいと同時に滑稽でもあった。先の少し尖った顎鬚、凝ったデザインのストックタイ、黒い絹のリボンには見覚えがあった——それが何者なのか、わかりすぎるほどわかった。あのとんでもない《サクレ》ディナーに最初に到着した客、エリアス・トローネだった。

「こんちくしょう《サクレ・ノン・ドゥ・ノン・ドゥ・ノン》！　不愉快もはなはだしい《アン・ヴォワラ・ユヌ・サル・イストゥワール》！」アンリ・デュボネは、悪態をつきながら立ち上がってグロテスクな死体を見下ろし、愛してやまない自分の店、ジャルダンの名声を思った。警察、記者、世間からの注目……あの死体が見つかった場所……そして、アンリ・デュボネは、悲痛な心持でうめいた。

二

アンリが電話の前に立ち九九九にダイヤルしたのは、それから五分ほどしてからだった。彼は葛藤した。本能が、死体を移動しろと言っている。上に運んで外に持ち出し、排水溝でもどこでもいいからどこか余所へ移せと。もろもろの考えが脳裏をよぎる……彼の車、川、V2号（液体燃料によるロケット弾。第二次世界大戦末期、主に対英国ロンドン攻撃用にドイツ軍が使用した）が地面にこさえた大きな穴、爆撃によって廃墟と化したソーホーの教会がいいのでは？　だが、アンリにはできなかった。思い惑う心の奥底に、法と秩序を尊重する気持ち、用心深い先祖代々から受け継いできたブルジョアとしての体面があった。人には、してはならないことがある。法に触れるくらいなら破滅の危機に瀕したほうがましだ……悲しいかな、彼にはできなかった。

「ル・ジャルダン・デ・ゾリーヴの経営者、アンリ・デュボネと申します。うちの店のテーブルの下に男性の死体が……知らない人です。たった今見つけました……どこにも触れていません。わかりました、ムッシュー、お待ちします」

アンリは、受話器を置いて眉をなでた。こうしたからには、すぐに警察が店に来てしまう。はじめてのことだ。アンリは、徐々にエリアス・トローネ、マルコ・ポーロ・クラブ、新しくできたオクタゴン・クラブ、すべての旅行者、すべての探検家、すべての登山家、すべての航海者、落ち着きもなく次から次へと旅をしているあの変人たち全員を激しく罵った。なんでやつらは家にいて、まっとうな《コンヴナブル》暮らしをしないんだ？　冒険だと？　冒険など糞くらえ、あんな連中《セ・ジャン・ラ》など糞くらえ！

　警察は、彼を長くは待たせなかった。まさかと思うほど早く、一台の車が外の通りを近づいてきた。誰が見ても、一目で警察の車だとわかってしまう。苦々しく思いながら、アンリは　ドアの掛金を外した。背の高い男が立っていた。「デュボネさんですか？　ロンドン警視庁《スコットランドヤード》に電話をなさいましたね？」

　静かな声だ、喚き散らしてばかりいるほかのやつらの声とは違う、そうアンリは思った。

「はい、ムッシュー。申し上げたとおりです。どうぞお入りください」

アンリが脇によけると、四人の男が入ってきてフロントに置かれた傘のついたランプの仄明かりのなかに立った。最初の二人は私服警官、あとの二人は制服警官だった。制服警官の一人は、お馴染みの警察の制服、もう一人は薄手のコートに浅い縁なし帽姿だった。彼らは、自分の立居振舞を心得ているようで、慌てることも、騒ぐこともしない。巡査がドアの脇に、浅い縁なし帽の男がフロントの脇に立った。アンリは、先ほど言葉をかけた男のほうを向いた。あのような静かな声で話した人間が責任者のはずだと感じたからだ。

「アン・バの」彼は、悲しそうにつぶやいた。「地下の、以前使っていた配膳台の下です。戸締りをしたあと見回りをしておりましたら、見つけました。こちらです。爆撃中は地下を使っておりました」

「覚えていますよ」静かな声が答えた。

「奥さまのラビオリを、よくこちらで堪能しました」

「何ということでしょう《パル・エグザンプル》！　では、わたくしの店をご存じなのですね？」アンリは叫んだ。「とてもきちんとした《コンヴナブル》店だとおわかりでしょう？　警察が監視下に置かねばならなかったいかがわしいレストランではないと？」

「存じておりますよ」相手が答えた。「あなたのレストランは、素晴らしい評判を得ていらっしゃる――料理だけではありません」

「ああ、ムッシュー、こんなことが、ここで起こるとは！」アンリは、苦々しい思いだった。

その権能をアンリが即座に見抜いた、静かな声をした長身の男、マクドナルド警部は、階段の一番下に立ち、アンリが指差したほうを目で追った。死体が、壁を背にして横たわっていた。まっすぐ後ろに押しやられ、しかもスチーム暖房機のラジエーターパイプを背にしているではないか。それは、監察医を困らせることになる大問題だった。マクドナルドは背をかがめ、だらりとした手に触れた――まだ硬直していない。彼は、アンリを振り返った。

「この男性をご存じですか？」

「いいえ、ムッシュー。今夜、うちの店に入ってくるのを見かけたように思いますが、また出ていきました。ここで食事はしなかったと思います」

「今夜、この部屋を使ったのですね？」

「はい。パーティーがございまして。とても奇妙な集まりでした。台を動かしますか、つまりその、死体をお調べになりたいですか？」

「いや、まだ結構です」マクドナルドが答えた。「監察医が、間もなくこちらに到着します。それまでは、死体をそのままにしておいたほうがいいでしょう。その奇妙なパーティーについて話してください」

アンリは、部屋の奥に進み、椅子を二脚引き出した。「よろしいですか《ペルメテ》、ムッシュー？　大変な一日だったものですから。それに、できればあれを見たくありませんので。マルコ・ポーロという旅行家のクラブについて聞いていただけますか、ムッシュー？」

マクドナルドがうなずくと、アンリは語りはじめた。すべての要点を網羅しつつも、概略説明は簡潔明瞭で、アンリの説明は上手かった。その語り口にはドラマチックな要素があり、マクドナルドがフランス語を苦労せずに理解しているとすかさず察したアンリは、フランス語の表現を随所に交えた。

アンリが、エリアス・トローネについてのグラフトンからの問いについて詳しく説明し終えたちょうどそのとき、監察医が到着した。ひょうきんそうな目をしたワシ面の痩せた男だった。マクドナルドが、椅子から立ち上がった。

「またお呼び立てして申し訳ありません、先生。死体はこちらです」

エマソン医師は、低い唸り声もろとも腰を曲げ、持っていた懐中電灯で死体を照らしてから背を伸ばした。

「まったくありがたいこって、警部。この男が死んだ正確な時刻を教えてくれとでも？――返事は不要。こんなラジエータなど、ぶっ壊してしまえ。まあ殺された直後に、そこに押しやられたんだろうな、そうだろう?」

「ええ。そのようですね。もう死体を見ていただいたので、台を動かします。リーヴズ、死体を押さえていろ、それっ!」

死体の上から台をどかすと、エマソン医師は検査に取りかかり、マクドナルドは死体の横たわっている場所を吟味した。

床はコンクリートだった——マクドナルドは、この隠れ家レストランが最初にオープンしたときに友人の建築家と、その建設方法について話した覚えがあり、構造全体にコンクリートが塗られているのを知っていた。コンクリートの上に、消音効果のある柔らかい絶縁コルク・リノリウムの被覆が厚く施してある。部屋の中央に絨毯が敷かれ、ドアから食卓にかけて毛足の長い青い絨毯が帯状に敷かれていたが、死体はコルク・リノリウムの上に横たわっていた。リーヴズ警部補が、マクドナルドの思考の流れをたどってリノリウムの床を踏み鳴らすと、くぐもった重々しい小さな音しかしなかった——反響も振動もなく、床の絶縁被覆材にブーツが当たる、弱い音だけだった。

「よし、リーヴズ、ちゃんとやれよ。転げ回るのは得意だろう」

リーヴズが丸太のようにバタンと床に倒れたのに、その転倒によってもほんの小さな音しかしない。マクドナルドは、それが床の被覆材によるだけでなく、振動がないせいでもあると気づいた——反響も共鳴もなかった。近くのテーブルに載っていたグラスが反応して音を立てることもなく、震えさえしない。

「そのまま動かずにいろ」マクドナルドにこう言われ、リーヴズは、無為に横たわっていた。マクドナルドが、リーヴズをリノリウムに沿って押しやると、床に研磨剤が塗られているため簡単に動いた。

「さあ、いたずらが終わったんなら、はっきり言えることが少しばかりある。だが、ほんの少しだぞ」監察医は、しゃがんだ。「被害者は撲殺された――重りのついた管のようなもので。頭頂骨が粉々に砕かれている。その後、その熱いパイプに押しつけられた。跡がついているのが見えるだろう。被害者はいつ死んだか？　さあね。こんな具合だ。その一撃で被害者は死んだ。戦闘用の斧で殴られたかのように床に倒れたが、即死でなかった可能性もある。昏睡状態のままかなり長時間生きながらえていた可能性もある。つまり、被害者の血液循環がまだ機能していた可能性もあるということだ――徐々に弱まってはいただろうが、わたしの温度計算を歪めるに足る程度には機能していた。しかも、被害者の温もりは保たれた――そのパイプは、かなり熱かったはずだ。検死後なら、さらに詳しい話ができるかもしれんが、現段階では推量にすぎん。死後三時間、いや四時間かな？　誰にもわからん。わたしの推測ではまあ三時間だろうが、ひょっとするともっと長いかもしれん」

「とにかく、二時間以上ということですね？」マクドナルドが尋ねた。

「そういうこと。死後二時間は経過している。四肢が冷たくなっている。うん、それが決め手だな。被害者のポケットを調べたいかね？　被害者を死体置台にさっさと載せれば、役に立つことをわたしが知る可能性もそれだけ増すんだがね」

三

死体が救急車で搬出されてしまうと、マクドナルドは、ほんの数時間前にオクタゴン・クラブが発足したばかりのテーブルにアンリとともに着いていた。偉大な司法機関が発動し、ロンドン警視庁犯罪捜査課の者たちが、あちこちうろついては眠りについたばかりの人々を起こしていた。マクドナルドは、自分の出した指示の結果を待つあいだ、アンリと座って話をした。いつものように静かに、かつ良識的に話し、手持ちの物証を最大限に活用した。マクドナルドは、経験豊かな捜査官だったが、二十五年におよぶ犯罪捜査は、犯罪捜査の技術以外にも大切なことを教えてくれた。それは、個人との向き合い方だった。場合によっては、目撃者に対して昔ながらの恐怖心を引き起こす威嚇的な手法が正当化されているが、それは少数の事例にすぎないとマクドナルドは信じていた。怯えた目撃者は、愚かで不正確な目撃者でもある。威嚇されていると感じた人間は、しばしば意固地になり頑として自分の意見を変えない。マクドナルドは、フランス語が堪能であり、アンリ・デュボネがどういうタイプの人間か察知していた。この男は無法者でもなければ、軽率でも、無分別でもない。生来、慎重で用意周到で、わざわざ面倒なことに首を突っ込みはしないが、怒らせると意固地になり、深い恨みを抱きかねない。マクドナルドは、協力を求める人のように気軽に話しかけ、相手の言葉を尊重した。

「あなたは、故人が七時二十分過ぎにこちらに来たのをご覧になった。彼は、マルコ・ポーロ・クラブのディナーについて尋ねた。そして、招待状を提示し、まるで場所を知っているかのように階下に下りていった」

「そのとおりです《パルフェトマン》」アンリが、小声で答えた。

「以前、この店で彼を見かけたことは？」

「それについては、よくわかりません」アンリは答えた。「見覚えがありませんでした。あのマント、あの帽子姿のその男性は絶対に見たことがありませんでしたが、よくよく考えてみますと、どことなく馴染みの人のような——名前ではありません。あの名前は知りませんでした」

「彼は階下に来た――あなたは？」

「一階の店におりました。みんなが、忙しくしておりました。わたしが一番奥のテーブルの脇に立っておりましたら、あの男性が再び現れるのが見えました――つまり、後ろ姿、マントと帽子が見えたのです。何やら忘れ物をしたとルイに言っているのが聞こえました。とても流暢な発音のフランス語でした。『ちょっと失礼します。大事なことを忘れていたものですから』と、冗談《プレザントリ》めかして言いました。早く着きすぎたのが気にいらないのだと思いました。男性は、見栄を張るタイプでした――あのマントといい、帽子といい、小男を目立たせるように選ばれていましたからね。おわかりになられますか」

　マクドナルドは、うなずいた。「ええ、ご説明がお上手ですね。彼が戻ってきたのには、気づかれなかったのですね？」

「はい、ムッシュー。でも、わたしはとても忙しかった《フォル・オキュペ》ものですから。ルイなら、知っているでしょう。ドアの脇に立っていましたから」

「お答えいただきたいとても大切な質問が一つあります」マクドナルドが言った。「監察医は、正確な死亡時刻を特定できていません。故人は、ほかの会食者たちと同席もしなければ、おおっぴらに交わりもしなかったのを、あなたはご存じです。彼は、クロークのどこかに隠れていたに違いありません。戻ってきたとき、クロークに帽子を残しておいたのですからね」

　アンリは、うなずき、「あそこでしたら、簡単に隠れられます」と返答した。「トイレはたくさんあります。『夜の何時に彼が殺されたのか？』とお尋ねでしたら、そうですね、可能な時刻は一つしかありません。ディナーを出す前に、フィリップというワイン係のウェイターが退出させられました。

お客さま方が、起きてしまった事態について話し合われました。その後、ムッシュー・グラフトンが、わたしと話をするために出ていらして、ご老体――ムッシュー・フィッツペイン――は、店を出ていかれ、お食事はなさいませんでした。ほかの方たちは、部屋の一番奥のバーを囲んでいらっしゃいました。そのときではないでしょうか――ウェイターは一人も通りかかりませんでしたし、お客さま方はみなさんで、衝立から離れたところで談笑なさっていましたから。その床は、音がしません。一撃、一突きで殺せます。ほかの部屋でしたら、それは無理でしたでしょう。死体が倒れれば大きな音がします。ですが、アン・バではしません。爆弾でさえ、部屋を震わせはしなかった。静かなものです」

マクドナルドは、うなずいた。「そうですね。その点は、おっしゃるとおりです。あの男性が殺害された時刻についてのあなたのお話には興味がありますが、それが唯一可能な時刻ではなかったはずです。夜遅くなって殺害された可能性もあります」

アンリは、考えてから答えた。「ディナーは、老紳士――ムッシュー・フィッツペイン――が退出なさって少ししてからお出ししました。その後一時間、ウェイターが通用口を出入りし、衝立の前を通りました。コーヒーとお酒を出し終えたのは、九時近くでした。このトローネが、そんなに長く隠れていたなどということがありますか？」

「彼の計画によりけりです」マクドナルドは答えた。「彼は何をしようとしていたのか？　ディナーが進むあいだ、ずっと衝立の後ろに隠れていた可能性もあります。何もかも問題ですが、事実の記憶がまだ鮮明なうちに、あなたのご意見を伺いたかったのです」

ちょうどそのとき、リーヴズが入ってきた。「グラフトンさんが、おみえになりました、警部。さっそくお会いになられますか？」マクドナルドは、うなずいた。

「ああ、入るように言ってくれ」

四

「こちらにいらしていただいたのは、今夜の事件について何か情報をいただけるのではないかと思ったからなのですよ、グラフトンさん」マクドナルドは言った。「まず、遺体安置所で死体の確認をするよう頼まれたはずです。ご確認いただけましたか?」

「ええ、エリアス・トローネとして知られている男の死体を確認しましたよ。本名なのか偽名なのかは、わかりませんがね。実は、クラブやパブのようなところで話すのを聞いた程度で、あいつについてはほとんど知りません。どこに住んでいたのかも、結婚していたのかいなかったのかといったようなことも」

「では、あなたがご存じのことについての話から始めましょう——今夜の事件についてどのようにご覧になられたのか」マクドナルドは言った。「どうしてご自分が尋問されることになったのか、不思議に思われるかもしれませんが、答えはいたって単純でしてね。今夜の宴会の支払いを小切手でなさったとき、デュボネさんにお名前とご住所をお伝えになられたからです」

グラフトンは笑った。「少しばかりやっかいなことになりましてね」彼は答えた。「客として招待されたんだから、誰も支払いをするなど予期していなかったでしょう。それで、小切手帳を持ってきていた俺が全額を支払い、ほかの連中にあとで返してもらうのが一番手っ取り早かった。アンリは、俺のことをよく知らなかったので、名前と住所を教えようと身分証明書を見せたんです。供述するつもりなら、お定まりの詳細を言えってことですね。リチャード・グラフトン、四十五歳、住所、フリート街トリニティ・コート五。職業は――まあ、文筆家ってところかな。戦時中はイギリス商船隊に所属――二等水兵でした」

「ありがとうございます」マクドナルドが言った。「では次に、今夜の会合へのみなさんのご出席についてですが」

グラフトンは、にやっとした。大柄で、がっちりした肩、長い腕、大きな手をしている。ありふれた豊かなねずみ色のふさふさした髪で、頭頂部が白くなりかけている。四角い顔に四角い顎、深い皺が横に刻まれた平らな広い額。ハンサムとは言い難いが、もじゃもじゃの眉の下の、窪んだ真っ青の目が顔を明るくしている。こちらを注意深く観察している目だ、そうマクドナルドは思い、グラフトンがこちらをひたと見据え、手足を静かに落ち着かせているのを察した――そこには怯えや苛立ちは微塵も見受けられず、健康的な落ち着き、心身の自制と調和が感じられた。

「今夜の会合への出席については」グラフトンがおうむ返しに言い、またにやっと笑うと、きっと結んだ頑固そうな口の脇に予期せずえくぼができた。「俺たちは、間抜けの集まりだったんじゃないんですかね。マルコ・ポーロ・クラブについて聞いたことはありますか?」

「ええ、少しばかりですが」マクドナルドは答えた。「山岳会会員の友人が、クラブのことをついでに《マン・パッサン》口にしたのを聞いたことがあります」

「どんな集まりにも、一流の人間がいるようですね」グラフトンが言った。「そして、俺のような凡人は、そいつを紳士気取りと罵る。マルコ・ポーロについてはかなり聞いたことがあって、会員になるってことは、旅行家としての名声の極みを意味するんだそうです。超一流の競馬クラブ、メリルボーンクリケットクラブ、王立ヨットクラブの、まあ、旅行家版てところですかね。だからこそ、あの招待を鵜呑みにした自分が間抜けだったと認めるんだが、それにしてもまんまと嵌《はま》っちまった。ボンド街（ロンドン中央部の一流商店街）のどの文房具屋でも買えるようないい板紙のカードが入っていて、『マルコ・ポーロ・クラブ』とタイプされていた。俺の名前もタイプされていて、一番下に『夜会用準正装』、セント・ジャーミンズのクラブ事務局までご返信を、とあった。何もかもきちんとしていて、目立ったところはなかった。そいつを証拠として提出できずにすまないが、申し合わせで破棄しちまったんでね——それについては、あとでお話ししますよ。それから、添え状があって、これもタイプ打ちされていた——上質の紙にきちんとタイプされ、ディグビー・フェネルと解釈できる象形文字のサインがしてあった。サインの下に名前がタイプされていたのでね。添え状に、明解な言葉で『グラフトン殿貴殿がマルコ・ポーロ・クラブにお詳しく、会員の数名をご存じであると私が信じるのにも理由がございます。先日の会議で、貴殿が当クラブの会員に選出されましたことをご連絡申し上げます。この選出の受理をご希望でしたら、入会のため次回ディナーにご出席ください。お知らせを同封いたします。二点書き添えさせていただきます。弊クラブの終身会費は、ほぼ無料です。私共は世間の注目を避けておりますので、このお知らせとご招待はご内密に願います』と書かれていた」ここでまた、グラフトンはにやりとした。「こんな具合に、ちゃんと書いてあったんですよ。だから、丸ごと鵜呑みにしちまった。要求どおりセント・ジャーミンズのフェネルに返事を出し、その添え状と招待状をポケットに入れて持ち歩き、ときどき読み返してはいい気分になっていた。そうとも、俺は格好のカモだったのさ」

「そうは思いませんよ」マクドナルドは言った。「あなたは、とんまなどではありません。茶の隊商のルートに関する著書を読ませていただきましたが、わたしなど、あの本を読んだに違いない何千人もの読者のほんの一人にすぎません。一九三九年の夏、あの本は次々に増刷されましたからね。その後、あなたは船乗りの冒険談をお書きになられた。『アウローラの指』でしたか?」

　グラフトンが、いきなり子どものように顔を赤らめ、「それはどうも」とだけ言った。「それにしたって、間抜けだった。ディグビー・フェネルのような男たちが俺をどう見ているかぐらいわかっても良さそうなのに――洟《はな》も引っかけやしないだろう。確かに旅はしたし、本で少しばかり稼がせてもらったが、俺の本など俗受けする作品にすぎんと自覚している。ブレイシーが本を書いたら、ダウティ(イギリスの旅行家、詩人)の『アラビア砂漠紀行』やT・E・ロレンス(イギリスの軍人、考古学者。映画『アラビアのロレンス』の主人公のモデルとしても知られる)の『知恵の七柱』と同じ棚に置かれるはずだ……そうさ、わかっている、俺は餌に喰いついちまったのさ。そんなアホを笑えばいい!」

「本筋から逸れたそのような思い込みは、しばらく忘れましょう」マクドナルドが言うと、グラフトンはうなずいた。

「腹の内はわかる。明白な事実だけを知りたいんだよな」

第四章

グラフトンは、煙草に火をつけてからつづけた。「俺たちは、七時四十五分からのディナーに七時三十分に来いと招待されていた。寒い夜だったが晴れていたので、フリート街からここまで歩きながら、ブレイシーやフェネル、ニール・ダクレスのことをできるだけ思い出そうとした。準備万端で臨もうと、やつらの本を読み直しておいたんでね。著書をわざわざちゃんと読んでくれたやつには、お偉いさんだって気持ちいい反応を示してくれるはずだ。タイミングを上手く合わせたので、ソーホースクエアを横切るとき七時半の鐘が鳴った。ここに着いたら、別のやつが入るのが見えた——ドゥフォンテーヌだった。あいつが最初に着いた正真正銘の会食者だったと思うが、最初に下りてきたのは俺だ。ドゥフォンテーヌはフロントで、アンリがいつも置いているバルカンの煙草を買っていた。招待状にアン・バとあった——前に来たことがあるので、どういう意味かはわかっていた。胸がいっぱいになりながらロビーを突っ切ると、そこの階段の降り口で招待状の提示を求められた。それから、紳士用クロークに下りてきてコートをかけた。正直なところ、足のあたりがひんやりした——そわそわしたよ、まったく。学校に入ったばかりのガキのような気分で少しばかりうろうろしていると、ドゥフォンテーヌが来てコートを無造作に放り投げた。まだ誰だか知らなかったので、その平然とした雰囲気が羨ましかった。二人で、おおむね同時にダイニングルームにふらりと入った。ドゥフォンテーヌは立ち止まり、そこの衝立にかかっていた刺しゅう入りのカーテンに目をやった。俺は、そこの隅っこのバーにさっさと向かった。一杯やれば、その場にふさわしい気分になれるんじゃないかとワインリストを眺めていると、女が二人入ってきた。一人はアルシア・チェリトンで、もう一人はアン・マードンだったが、そのときはまだ名前を知らなかったので、でくの坊のように突っ立っていた。どういうのが礼儀なのか、愛想よくするべきなのかどうかわからなかったんでね。そのう、トローネがマルコ・ポーロについて長々と話すのを聞いたことがあるが、やつは、クラブの儀式にはしちめんどくさい規則があると言っていた。フェネルのやつ、何をぐずぐずしているんだ、さっさと姿を現せよと思っていた矢先、バジル・リートが入ってきた。あいつには見覚えがあったし、あいつが割り込んで、規則なんぞについては何も知らないが自己紹介をさせてくれと、さっそくしゃべりだしたのでほっとしたよ」

グラフトンが一息ついたので、マクドナルドはメモから目を上げた。「理路整然と話してくださいました。ドゥフォンテーヌさんが、あなたより少し前に到着したのをご覧になられた。チェリトンさんとマードンさんは、あなたより少しあとに入ってきて、バジル・リートさんが次に到着した」

「ああ、そのとおりだったと思う。コムロワは、リートのすぐあと、あるいはすぐ前に入ってきたに違いない。気づいたら、二人で一緒にいた。リートが自己紹介し、ミス・チェリトンはあいつと顔見知りだったようだ。それから、コムロワが名乗り、クラブの連中はいささか退屈なので、俺たちをイライラさせるとか何とか言った。酒を飲んで、みんな、そろそろすっかりいい気分になっていると、ミス・ヴァンミーアが入ってきた。そういえば、会場が何だか舞台装置のように設《しつら》えられていると思ったっけ。その衝立はさしずめ舞台の袖といったところかとね。ドアが隠れる角度に衝立が置かれているので、入ってきてもドアのところでは見えなかった。誰もが衝立を回って突然登場するから、いわば劇的な効果があった。見事な中国製のカーテンで部分的に覆われた衝立が、とりわけあつらえ向きの背景になった。最後に入ってきたのは、エドモンド・フィッツペインだった。みんな、あいつのことは少し知っていたように思う。実のところ、あいつは俺たちのなかで一番の大物だった。勿体つけてクラブの書記のことを聞き、自分に対する儀式的な歓迎もないのかとやけに腹を立てていたようだな」

「ヴァンミーアさんが到着してからどのくらいして、フィッツペインさんは到着しましたか？」マクドナルドは尋ねた。「数分後ですか？」

「ああ、そうだったと思う、五分近くしてからだろうね。みんなで話していて、いつの間にか時間が経っていたからはっきりしたことは言えない。そういえば、ディナーが始まってくれればいいとは思っていた。腹が減っていたんでね。ううん、フィッツの爺さんが少ししゃべり、バジル・リートが丁寧に受け答えをし、上手いこと機嫌を取った。するとフィッツが、トローネはここにいるかと訊いたんで、ちょっとした騒ぎになった。リートが、トローネとは何者だと訊くと、コムロワが、トローネについて鼻息の荒い言葉を吐いたものだから、俺は、何かがこんがらがっているという気がますます強くなった。すべてが期待外れだった——だが、俺の意見なんぞ聞きたくはないんだろう」

「とんでもない、聞きたいですよ」マクドナルドは答えた。「そのまま、すべてのことをどう思われたのか教えてください」

グラフトンはテーブルに両肘をつき、四角い顎を四角い拳に乗せて向こうの隅のバーカウンターを見つめた。

「俺は期待していたんだ。著名な偏屈老人たちの集まり、儀式に則った紹介という仰々しい作法《グランド・マニエール》をね。そして、ほかの誰よりもずっと若造の俺が、地位も低いと感じながら、『ありがとうございます。心から光栄に存じます』とつぶやく……てなことを。それなのに、自分とどっこいどっこいのやつらの集まりだった、何が言いたいかわかるかい。そりゃ愉快で面白い、いい連中だよ。だがね、途轍もない大物でないのは確かだ。旅する変人が、雁首を並べていた。みんな何かしら書いたことはあるが、俺たちの作品など詰まるところB&B——飯の種——として書いた本でしかなかった」さらに、グラフトンはつづけた。「資金繰りのために書いたんで、真面目な姿勢で書かれた文学ではない。バーの周りには、ダウティやT・E・ロレンスのような人間もいなければ、スヴェン・ヘディン（スウェーデンの探検家・地理学者）やフレヤ・スターク（イギリスの探検家・著述家）のような人間もいなかった。それどころか、ひとかどの人間の知り合いは一人もいなかった。わかるかい。すると、フィッツの爺さんが、トローネのことを訊き、あいつの帽子がクロークにあったと言うじゃないか。その途端、ピンと来て、みんな担がれていたんだと察しがついた。トローネのやつだって、まさか！——だが、トローネは、こういう芝居を打つろくでもない野郎だったし、トローネのことをペテン師だと言い張る勿体つけたフィッツペインがいた」

マクドナルドはうなずいた。「なるほど、よくわかりました——それから？」

「それから、コムロワが、いきなり場を仕切った」グラフトンが言った。「ほら、みんなが戸惑っていると、必ずリーダーが現れて、ばらばらのやつらをまとめるものだろう？　そんな感じだった。コムロワも俺と同じ不安を抱いていたが、行動に出る資質を持ち合わせていたんだな。俺はそんなんじゃなく、人に従うタイプだが、コムロワは先頭に立つ。やつが、すぐにウェイターを所払いしてから長々と熱弁を振るい、俺が感じていたことを言葉で表現してくれ、それから俺も自分の考えを言い、あいつを後押しした。俺たちは、それをほかのやつらに説明した——みんな、担がれていたんだとね。フィッツの爺さんが顔を蒼くして怒り、フェネルに電話をすると言いだすと、アルシア・チェリトンが笑った。どうして、それが大ごとだったのかわからんが、とにかく大変なことだった。俺たちはみんな、ちょいとばかげていると感じていた——期待外れの結果とかいろいろだったが、それなのに彼女ときたら、腹の底からおかしくてたまらないから笑ったんだ。どれほど滑稽かを彼女はわかっていた——それにしても、自分がこけにされているときに笑えるなんて大した女だよ。コムロワがつづけて、ここにいる八人で俺たち自身のクラブを作り、マルコ・ポーロ・クラブとの関わりを連想させるようなことはことごとく否定しようと提案したので、俺がアンリ・デュボネと話をつけにいき、状況をすっかり知らせてくると言った」

グラフトンは言葉を切った。「みんなの動きについて知りたいんだろう？　フィッツペインが入ってきてから、俺たちは、全員そろってバーを囲んでいて、最初に部屋から出たのは俺だった。俺は、あの衝立をちらりと振り返った。トローネが、そこで立ち聞きしているのを見つけてもおかしくなかったからね」

「ですが、配膳台の下は見なかったのですね？」マクドナルドが尋ねた。

「ああ、見なかった。そのバーのテーブルと同じように長い布がかけてあったんで、誰も入り込めないと思っちまった。クロークはちゃんと覗いてみた。ざっと見ただけだが、もしトローネがいたら、鼻っ柱をへし折り、耳たぶを引っこ抜いてやったのに、誰もいなかった。そのとき思ったんだよ、『あいつのことだ、よくよく考えて逃げ出したな』とね。ほら、クロークには裏口があるだろう——

あんたも知っていると思うが」

「あなたが、どうしてそれを？」マクドナルドが不審に思って尋ねると、グラフトンはつづけた。

「一九四一年のロンドン大空襲のあいだにここでよく食事をしたんだが、そのときにアンリに訊いたんだ。店が倒壊したらどうするんだとね。そしたら、裏に防空壕に通じる、観音開きの鉄のドアがあって、鉄梯子を登って外に出られると言っていた。それを知って、前より気が楽になったよ。生き埋めになるのは真っ平ご免だと、常々思っていたんでね。その鉄のドアがクロークにあるのを俺が知っていたんだから、トローネも知っていたはずだ」

マクドナルドがうなずくと、グラフトンはつづけた。「余計なお世話かもしれんが、トローネがこの店を選んだのは、言うなれば、店の作りを知っていたからだと思えてならない。その鉄のドアは、鎹《かすがい》で内側から留められてはいるが、鍵はかかっていない。それはそれとして、次に俺たちが何をしたか知りたいんだろう。俺はアンリを探しにいき、ありのままの事実を伝えた。古狸だから、協力してくれるとわかっていた。自分の大切な店が、山師のような計画に使われたことをこれっぽっちも喜んじゃいなかったが、きっと詮索好きな記者どもを鼻であしらってくれるとわかっていた。トローネが夜好んで着る服について説明すると、アンリは、やつが間違いなくここへ来たと言った——七時二十分に姿を見せてからまたぶらりと出ていったとね。俺が下の連中のところに戻ると、フィッツの爺さんが消えていた。出ていくのには誰も気づかなかったようだ。爺さんは、ほかの連中がテーブルにつこうと動きだしたのを見計らって出ていったに違いないから、誰も抜け出すのを見なかったんだろう。二、三人に出ていくのを見なかったかと訊いてみた。アルシア・チェリトンは、爺さんが戻ってきて隣に座り、ディナーを台無しにするんじゃないかと思っただけでもゾッとすると言った。彼女は、爺さんを勿体ぶった退屈なじじいだと思っていたし、みんなが爺さんと目を合わせないようにしていたんじゃないかね。そうそう、一つ言い忘れていたことがある。アンリと話したあと、クロークに戻ってトローネの帽子を探した――フィッツ爺さんが見たと言っていたんでね。ところが、なかった」

「それに間違いありませんか？」マクドナルドが尋ねると、グラフトンはうなずいた。

「ああ、自信を持って言える。帽子は三つしかなかった――俺のと、コムロワのと、リートのだ。フィッツペインの帽子もなくなっていた。ひょっとして爺さん、トローネの帽子を窓から投げ捨てたのかなと思った。爺さんなら、そういう子どもじみたことをやりかねない。まあ、俺にはわからん。わかっているのは、帽子が三つとコートが三着あったことだけさ。少し不可解だったが、腹ペコでもあったんで、ディナーを食いに部屋に入った」

マクドナルドは、絶え間なくメモを取っていたが、せっせと速記していた手を止めて尋ねた。「招待状を破棄したことについて話されましたね。それはいつのことですか？」

「ディナーの最後、コーヒーが出されてからだ。コムロワが突然思いついたんだが、あいつの言いたいことはわかった。俺たちは、招待状を一通たりともまずいやつに渡したくなかった。たとえトローネがふざけた真似をしようとしても、やつには何の証拠もないってことさ。あいつが、やり手の新聞記者を送り込み、マルコ・ポーロ・クラブのディナーについて問い合わせをさせても、来る場所を間違えられたようですね、と物柔らかに言われるのが落ちだろうよ」

「なるほど、そうですね、その点はわかります」マクドナルドは答えた。「それが、コムロワさん自身の考えだったことに間違いありませんね？」

「俺の知るかぎり」グラフトンが答えた。「俺の考えじゃないのはわかっているが、俺も同感だった。

みんなで招待状と添え状を破って真鍮のお盆に入れ、俺がトイレに持っていって流し、はいそれまでさ。そのあとは、落ち着いて話に花を咲かせ、アンリに追い出されるまで動かなかった。べらぼうに楽しい夜でもあった」

グラフトンはまた一息つき、ひそめた眉の下の青い目を輝かせてマクドナルドの顔を窺った。「そっちのために、できるだけ協力したんだ」彼は言った。「その代わりと言っちゃなんだが、一つか二つ教えてくれないか？」

「質問によりけりです」マクドナルドは答えた。

「トローネの死体をどこで見つけたんだい？」

「以前使われていた配膳台の下です、その衝立の後ろの。棒のような物で殴り殺されていました」

グラフトンは、口笛を吹いた。「何てこった！……どれくらいのあいだ、そこにあったんだい？あいつの死体が、パーティーのあいだずっとそこに転がっていたってことかい？」

「わかりませんが、その可能性が大きいですね。ですが、まだ見つかっていないのが凶器でしてね。凶器がないということは、計画的な犯行だったように思われます。この部屋にある物で、『こん棒』として使用できた物を何か思いつきませんか？」

グラフトンは、立ち上がってあたりを見回した。「ちょっくら見回っても構わないかい？　何か思いつくかもしれん。『こん棒』ねえ。外が柔らかくて、なかに重りがついている……どこかにドアストッパーがなかったかな……射撃用の革袋のような物……ロンドン大空襲中、ウェイターたちはあの別のドアを使っていた、今は長い鏡で目隠しされているドア。スイングドアで、柔らかくて重たいドアストッパーがついていた――」グラフトンは話すのを急にやめて鏡のほうへ歩いていき、じっとあたりを見つめた。

マクドナルドが言った。「思いついたのですね？　言ってごらんなさい」

グラフトンは向き直り、バーコーナーに引き返した。マクドナルドを見てはおらず、何やら考え込んでいる。「何で、あのドアストッパーのことを覚えていたんだ？」と、自問するように言った。「ここへ来たのは、ロンドンが毎晩のように機銃掃射されていた一九四一年の一月で……すごく騒々しかったときに一度、みんなでディナーのあともこの地下に居残った。イギリスの榴散弾の破片がパラパラと雨のように降ってきて、外に出たらそれこそ命を落としそうだった。ディナーがとっくに出されていたから、通用口は閉まっていた。あのドアストッパーがドアのこちら側に置きっぱなしにされていたんで、おっさんがつまずいて大の字に倒れた。ウェイターではなく、ここで食事をしていたやつだった。異様だった。やつが倒れても、けたたましい音はせず、ドスンと鈍い音がしただけだった。床の仕上げ材だ。音を弱める。あれには、誰かが手品をしたような不思議な効果があった。なにせ大きなやつがあんな風にすっ転んでも、ほとんど音がしなかったんだから。そういえば、やつが倒れたとき何かを叫び、そしたら若い女が悲鳴を上げたんだっけ……みんなの神経が、少しばかりぴりぴりしていた。やつがくたばっちまった、これはヒトラーの新しい企みだと女は思った。アンリが、心和ませる満面の笑みを浮かべて飛んできたっけ――ああいう時代、アンリは傍にいてほしい、いいやつだった。まったく動じないからな――アンリは女に笑いかけ、落ち着かせようと酒を飲ませた。転んだおっさんが、謝った……おっさんは、酔っちゃいなかった。ドアストッパーが重かったから、本当につまずいて転んだんだ」

グラフトンが、ややだしぬけに独り言をやめ、にこやかにマクドナルドのほうを見た。

「失敬。くどくど話しちまった。あの夜、家に帰ってから、あの出来事について短編を書いたものでね。俺は、自分のフラット（同一の階にある数室を一戸としたアパート）のドアを開けながら、おっさんが転びながら何を叫んだかを思い出したのさ。おっさんが転びながら英語で『ちくしょう《ザ・デヴィル》』と叫んだんだと思った。だが、あとになってようやく、実は何と叫んだのか合点が行った――『ちくしょう《トイフェル》！』だったんだ。転んだショックで、ドイツ語を思わず口走ったんだろう。大した話になったんで、イヴニング・クラリオン紙から十ポンドもらったよ。だから、ドアストッパーについて思い出したのさ」

「興味深いお話です」マクドナルドは、深く考え込む様子で言った。「当局には報告しましたか？」

「まさか！」グラフトンが言った。「当時、みんながスパイや敵の支持者のことばかり考えていたのは知っているが、そういう騒ぎには全然興味がなかった。五、六か国語で誓ってもいい、俺だってすっ転んだら、『ちくしょう《ブラスト》』と言うべきところを、同じ意味のトイフェルやデヴィルとか口走りそうだ。それに、俺はその翌日、大西洋護衛艦隊の貨物船に加わるために北へ向かった。今にして思えば、俺自身もうんざりするほどの苦労をしてきた……同じことだろうが、アンリにドアストッパーについて聞いてみたらどうだい」

マクドナルドは、うなずいた。「そうします。いい考えですね」

グラフトンは、もう一本煙草に火をつけた。「本題から逸れてしまったようだ」彼は言った。「検討してもらうため話しておく価値のあることが一つある。トローネ、あるいは今夜俺たちに一芝居打ったペテン師はえらく物知りか、でなけりゃえらく狡猾だったに違いない。フィッツの爺さんみたいなやつが、さらに調査してもらうためにディグビー・フェネルかブレイシーに電話でもしていたら、自分の計画がそっくり、出だしは良くても途中で失敗しちまう大きな危険を冒したんだからな」

マクドナルドは、うなずいた。「そうですね。確かに危険な要素はありました」

グラフトンが、にやっとした。「あんたが情報を流すつもりがないのはわかっているがね」彼は言った。「絶対にあんたも、俺と同じようにもう突き止めているはずだ。フェネルとブレイシーが、二人ともロンドンにいないのを。もちろん、この二人の著名人がたった今どこにいるのか俺に電話で教えてくれたわけじゃないが、想像はつくよ。ニュースを調べたら、俺じゃなくても想像はつく。UNO（国連）が、チベットと中国甘粛省の国境地域の問題について話し合うための専門家会議を招集した——適切に境界が定められていないからね。まあ、会議の専門家の名前は公表されていないが、フェネルとブレイシーがそのなかにいるってことは、中国蜜柑についてと同じぐらい俺にはよくかる。あいつらは、ヨーロッパのほかの誰よりも、世界のあの地域の地理に詳しい」またしても、グラフトンは人懐こそうな笑みを浮かべた。「それが、俺たちは間抜けの集まりもいいところだと言ったときに俺が考えていたことなんだ」彼は言った。「よくよく考えれば、悪ふざけだとわかりそうなものなのに、あの手紙にはどことなく催眠術のようなところがあった。マルコ・ポーロの会員に選ばれたってことが、批判精神を打ちのめした。俺がセント・ジャーミンズに出向いてディグビー・フェネルに面会を求めていたら、すごく面白いことになっていただろうな。俺たちの手紙を集めるために、誰かがそこでフェネルの代役をしていただろうからね。非常に立派な仕組みだ」

「ええ。『通例』という項目の下にくるでしょうね」マクドナルドは言った。「解決されていない、現実的な点があります。エリアス・トローネがどこに住んでいたかご存じですか？　彼のポケットには一種類のカードしか入っておらず、ノーマッズ・クラブの住所が印刷されていました」

「そこに滞在していたんだろう」グラフトンが言った。「どこに住んでいたかについては、皆目見当がつかん。自分の家があって、家賃や税金を払い、中産階級の快適な暮らしをしているトローネなど考えられん。家などなかったんじゃないかな——とにかくロンドンには。ティンブクトゥ（西アフリカのニジェール川近くの町。マリ共和国）かどこか、まさかと思うようなところに家を手に入れていたんじゃないのかい」グラフトンは、また黙り込んだかと思うと、いきなりくすくす笑った。「ちぇっ、大した話じゃないか！」彼は言った。「いつか、何もかも書いてやる」

「今はまだいけませんよ」マクドナルドが、釘を刺した。「『今はまだ』を、当面のあなたのモットーにしてください。わかっていますからね。家に帰ったら、何を置いてもまずパーティー参加者のどなたかに電話をし、何が起きたか教えて話し合うおつもりでしょう。人間として当然の衝動ですが、やめてください。あなたがおっしゃったように、『大した話』ですが、わたしは、殺人事件の捜査に当たっている警察官です。こちらが、そちらにご協力をお願いし、あなたは証拠を提供して協力してくださった。重ねてお願いします。今夜のところは、自分の道から逸れてこの話を広め、ほかの方々と話し合うのだけはやめてください」

　マクドナルドの素っ気ない静かな声は効果覿面《てきめん》、グラフトンの表情豊かな目から熱狂が消えた。

「殺人事件」グラフトンは、柔らかな口調で言った。「警察側の証人が、ありきたりの形で提示する面白みのない実証的な証拠とともに人が解釈する、そういう事件の一つ……そして、今回の事件は、ここで起きた。ことによると、俺たちから数メートルしか離れていないその衝立の陰で……」グラフトンは、マクドナルドと真っ直ぐ向き合った。「わかったよ。約束するが、その他言無用とやらはいつまでだい？　明日になってコムロワやほかの連中がつかつかやって来て、喘ぎながら話すなんてことはないだろうね？　それに、俺たちが話し合ったら、何かに気づく可能性もあるんじゃないかい？」

「ごもっともなご意見ですが、今夜のところは。明日までは、話すのを控えてくださ い」マクドナルドが言うと、グラフトンが答えた。

「わかったよ。明日の朝九時までは誰にも話さないと約束する。それでいいかい？」

するとマクドナルドがうなずいて同意を示した。

第五章

一

リチャード・グラフトンが、ル・ジャルダン・デ・ゾリーヴをあとにしたのは、夜中の一時半。出がけに、恰幅のいい陽気そうな男が店に入っていくのを見かけた。山高帽をかぶってはいたが、戸口にいた勤務中の巡査が敬礼したので、明らかにC・I・D（ロンドン警視庁犯罪捜査課）の人間だった。新たに到着したこの男、ジェンキンズは、すっかり白髪になった恰幅のよい、ずば抜けて法に詳しい警部補だった。ジェンキンズの妻は、夫が退職し、夫婦で田舎に住んで野菜を育てたいと強く望んでいた。だが、ジェンキンズも庭仕事が好きで、ロンドン北西部のウエストハムステッドでとても立派なトマトを栽培していたのだが、仕事を辞める気にはなれなかった。犯罪捜査課は彼の人生そのものだった。人情に厚く、思いやりのある彼は、愛情にも似た思いで多くの犯人たちを見つめていた。

グラフトンが到着する前にアンリ・デュボネと話をしたマクドナルドが、エドモンド・フィッツペインと連絡を取るよう電話で指示しておいたのは、ほかでもないこのジェンキンズだった。

ジェンキンズの第一声は、簡潔そのもの。「やれやれ、警部、彼は姿を消したようです」

「姿を消した、まさか？」マクドナルドは言った。「失踪は、フィッツペインの得手のようだ。何か詳しいことは？　一緒に地下へ来てくれ。奥さんに一流のディナーをご馳走したければ、ここに連れてくることだね。料理を楽しむだろう。ところで、フィッツ老人についてだが？」

ジェンキンズは腰を下ろし、アン・バを満足そうに眺めてから報告を始めた。

「エドモンド・バーナビー・フィッツペイン、紳士録によれば年齢六十、相当な有力者のようですな。素晴らしい旅行家。住所は、セントジェームズ、キング・ヘンリーズ・チェインバー五。聞こえはいい——とはいえ、行ってみるとかなり狭苦しい。古き良き時代には従者だったと自称する男が経営する男性用フラットです。リッジリーという人物で、かなりの変人。そのリッジリーによれば、フィッツペインは、真夜中過ぎに飛行機でイギリスを発ちました。発掘者の一行に属し、一行は自家用機をチャーター。これは、慎重に組織された遠征で、ずっと以前から計画されていたそうです。昨日イギリスを出発するはずだったのですが、フィッツペインが重要な行事に参加する可能性があるので延期したとのこと」

「大した話だ、とグラフトンなら言うだろうな」マクドナルドが、小声で言った。「リッジリーは、一行の目的について教えてくれたかね？」

ジェンキンズは含み笑いし、「ティンブクトゥに行こうとしていると固執していましたよ」と答えた。「実のところ、リッジリーは、フィッツペインのことも彼の旅のこともほとんど知りません。『ティンブクトゥに行った』の一点張りでした。聞いていると、何だかおかしくなりましてね。ティンブクトゥは地の果て、たどり着けない夢の国と、わたしの若いころは笑い話になっていましたから」

「ふーむ……もし本当にティンブクトゥに行ったのなら、連れ戻すのは笑い話に近いかもしれんな」

マクドナルドが言った。「空港には通知してくれたね?」

　ジェンキンズはうなずき、クククッと低い声でゆっくり笑った。「はい。捜査本部に戻るまでに、今夜八時以降にこの国を離陸したチャーター機を含むすべての飛行機について正確かつ詳細な情報が届いているはずです。むろん、この飛行機の話はガセネタで、その博学な紳士はストレタムか、マスウェル・ヒルなど、無害なロンドン郊外に行ったのかもしれません。一つだけ確かなのは、彼が定住所におらず、部屋を明け渡していることです」

「さて、悪ふざけとして本件の捜査を開始したようなので、訴訟過程も、おそらくその線で進むだろう」マクドナルドは言った。「現時点での概要についてだが」

　マクドナルドは要約説明の達人。ジェンキンズは、三分としないうちにマクドナルド自身がそれまでに摑んだ事件の概要について聞くことができ、考え込んだ。

「妙な話ですね、警部。フィッツペイン老人が、わざわざあんなことまでして大嫌いな人間を殺すという締めくくりをしたのだとすれば、老人を突き動かした、恨み以上に深い悪ふざけの動機があったと思うんですがね」

「なるほど、そういう見方もあるな」マクドナルドは言った。「ほかの客たちは、トローネ自身がペテン師だと思い込んでいる」

「そうかもしれませんが、もっと証拠がなければ、悪ふざけをしている最中に彼自身が殺害される羽目になってしまったという確信を得られません」ジェンキンズは言った。「次に来てもらうことになっているのは誰ですか?」

「コムロワという男だ」マクドナルドが答えた。「ここで彼の言い分を一緒に聞いてくれないか」

二

　ヴァルドン・コムロワが、警察官が二人もいるのに驚いた様子でアン・バに入ってくると、マクドナルドは言った。

「深夜にお呼び立てして申し訳ありません、コムロワさん。あなたの証言が、とても重要かもしれないと思ったものですから」

「お心遣いありがとうございます。マクドナルド警部でいらっしゃいますね？　こんなに早くここに舞い戻ることになろうとは思いませんでしたが、『不思議の国のアリス』じゃあるまいし、あのような〈いかれ帽子屋のお茶会〉のごときパーティーのあとでは、何があっても驚くには当たりません。わたしを叩き起こしにきた男は、とても礼儀正しかったという感じですが、明言回避賞をもらえるでしょうね。『犯罪が起きました』としか言わなかったのですから。それで、殺されたのは誰です？　アンリの高級な皿が盗まれたから、そら行け、と猟犬でもけしかけるようにベッドから叩き出したなどと言わないでくださいよ」

「もっともな理屈ですね、コムロワさん」マクドナルドは答えた。「男性の死体が、そちらの配膳台の下で発見されました。リチャード・グラフトンさんが、故人をエリアス・トローネであると確認なさいました」

「えっ、まさか！」コムロワが叫んだ。「ということは、あいつの楽屋落ちの結末はあまり面白くないことに――」

「彼に楽屋落ちがあったとお考えなのですね」マクドナルドが言った。「グラフトンさんにお会いしましたら、みなさんのディナーパーティーについてある程度話してくださいましたが、どうやらあなたが率先して、パーティーはトローネさんが仕組まれたのだと推測なさったようですが」

「ええ、そのとおりだと思います」コムロワが答えた。「ですが、そんなことは、トローネを知っていれば誰でもピンと来そうなものです。あいつは、そういうペテン師なんです。グラフトンも、わたしの言うとおりだと思ってくれました」

「ご指摘のとおりですが、その考えを持ち出されたのはそちらです」マクドナルドは言った。「その推測の裏づけとなる証拠がおありなのかどうかお聞かせ願いたい」

　コムロワは、顔をしかめた。「誰でも考えそうなことでした」コムロワは、おもむろに口を開いた。「あの瞬間に、圧倒的な説得力があったと思われる考えです。わたしは、あのディナーに招待されていた。マルコ・ポーロ・クラブについては噂でしか知らなかったし、その会員についてわたしが知っているところからすると、とても几帳面な集団でした――たとえば、ウィルトン・ブレイシーには、今どきの人たちのような砕けた態度はこれっぽっちもない。彼の講義を聞いたことがありますし、ある会議で議長を務めるのを見たこともありますが、几帳面さが骨の髄までしみ込んでいた。それなのに、このクラブの客としてわたしが到着しても、どうしたことかクラブの会員も役員も出迎えなかった。しかも、ル・ジャルダンは美味い料理を出すとかいう評判でしたが、この有名なクラブの雰囲気《ミリウ》とどうも合わなかった。だから、着く前から何となく疑っていたのはおわかりでしょうが、集まった面々を見て――へんてこんり、へんてこんり（『不思議の国のアリス』より。本来「へんてこりん、へんてこりん」と言うところが、驚きすぎてこう言っている）、とアリスなら言うところでしょう。そのうちにフィッツペイン老人がトローネのことを口にしたので、何もかもわかったような気がしたのです。たまたまトローネを夕方見かけたのですが、ハイエナのように笑っていましたから」

「どこで見かけたのですか？」マクドナルドが、口を入れた。

「ウォーダー街（ロンドンのピカデリーサーカスの近く。かつては骨董屋が多かった。現在は映画産業の代名詞）です。紀行映画の信頼性を調べる仕事を提供してくれた男に会うため、映画会社に行くところでした。実は、ここに来る途中だったのですが、その男がわたしに会えるのはそのときしかなかったので約束を入れました。でも、そんなことはどうでもいい。大事なのは、トローネを見かけたことです。あいつが夕方に好んで着るあの突拍子もない服をめかしこんで、サヴォイホテルのバーから出てきたんですが、一人で脇役の道化師のようにくすくす笑っていた。そういえば、何か悪戯を企んだんだろうと思いました。あいつは、ずる賢い老いぼれ悪魔ですからね」

「見かけたのは何時ごろですか？」マクドナルドが尋ねた。

「六時四十五分ごろです。チンと三十分話したと思うので、そのまま来れば、七時半から四十五分にここに着くのにたっぷり時間はありました」

「実際にこちらに着いた時刻はおわかりになりますか？」

「正確にはわかりません。ソーホースクエアを横切ったとき、三十分の鐘が鳴りました」

「この部屋に入っていらしたとき、会食者のどなたかと挨拶をなさいましたか？」

「いいえ。バジル・リートが、わたしの直前か直後に入ってきたのだと思います。わたしは、数分クロークにいました。チンのむさくるしい部屋で手が汚れたものですから。わたしがクロークを出る直前に、リートがクロークに入ってきたように思います。とにかく、このバーにいると、リートが入ってきて話しかけてきました。わたし自身、この部屋に入るなり、何か妙な雰囲気を感じました――みんながバーの周りで立ったまま、ぎくしゃくした感じで。フィッツペインがトローネのことを口にしてようやく、想像していた以上に何か妙だと判断しました」

「トローネに対してそのような深い不信感を抱くのはなぜですか？」マクドナルドは、不思議だった。

「彼のことをよくご存じなのですか？」

「誰もあいつのことはよく知りません、いや、よく知りませんでした」コムロワは答えた。「一、二度偶然見かけたことがありますし、あいつの噂をかなり聞きましたが、わたしが聞いたことなど証拠にはならないと思います」

「厳密に言えばそうでしょうね」マクドナルドは答えた。「ですが、心の奥にあった何が原因で、あなたがトローネを不穏の種であると決めつけられたのかお聞かせ願いたい」

　コムロワは、座って考え込んだ。肉体的に、コムロワはグラフトンとはまったく異なるタイプだと、マクドナルドは気づいた――グラフトンほどがっちりとした体格でもなく、身体もよく動かす。細く長い指を弄び、黒い目の上の眉をぴくつかせ、片方の足でそわそわと拍子を取っている。だが、観察が鋭く、頭が切れるという点はグラフトンとそっくりで、自分に対して発せられた言葉そのものはもとより、言外の意味にまで耳を傾けているように思われた。

「はい、わかりました」コムロワは、ようやく答えた。「トローネに最初に注意を向けさせられたのは戦時中のことです。数日休暇をもらったのですが、トニー・ジャクソンに、シャーロットストリート（ロンドンのウエストエンドにある通り）の酒場で食事をしようと誘われました。ジャクソンは、エイルマー・メインを連れてきました。人生の大半を東洋で過ごしたアメリカ人です。別のテーブルにも会食者がいて、この店は俺たちのものだとでも言わんばかりの騒々しい連中で、そのなかにトローネもいました。トローネについて何か知っているかとメインに訊かれたので、知らないと答えると、得意そうに凄い話をしてくれました。メインが言うには、トローネはブリストル（イングランド南西部のエイヴォン川に臨む市）の生まれで、イギリス人の母親と混血の父親――しがない船乗りで、マレー人と、半分白人の血が混じった中国人とのあいだに生まれた混血――のあいだにできた子だそうです。メインは、シベリア横断鉄道に乗ってハルビン（中国黒竜江省の省都）から旅をしていたときに、列車のなかで本人からこの話を聞いたそうでしてね。果てしなくつづくこういう旅では、男は話さずにいられないものです。トローネが十歳のときに母親が死に、その後はブリストルのスラムで独り生き延びてきたとか。読み書きができる程度までしか学校には行っておらず、新聞売りや、飲み屋の使い走り、飲食店の皿洗いをした――生き延びるためなら何でもね。だが、本を読んだ。二つの秀でた資質――書物に対する予想外に強い情熱と我が道を行く決意――を持ち合わせた妙な小僧だったに違いない。視学官や警察などの敵の目をことごとく掻い潜り、まったく何も持たず、誰に対しても義務を負うこともなく波止場で野宿し、何とか食い繋いだ。ブリストルのスラムをご存じなら、生き延びたあいつがいかにタフだったか想像できるはずです。十代の初め、不定期貨物船の給仕係として雇われた。その後、スカンジナビアの小麦輸送船に雇われた。あいつの最初の新聞記事が掲載されたのはオーストラリアで、二十一のときに小説を出版した。メインは、それを読んだ。本物の犯罪小説だと言っていました。あきれるほど下手くそで、言葉の持つがさつさや陳腐さがぎっしり詰まった残酷この上ないスリラー小説――それなのに、刺激的だった。霊感を感じさせるほどの独創的な筋立てで、メインは、さっそくトローネから買おうとした――版権のことです――ところが、トローネは版権を持っていませんでした。メインと会うころには、あいつも少しは学んでいたということです」

「トローネは、二十一のときにそのスリラー小説を書いたとおっしゃるのですね」マクドナルドが言った。「彼が何歳だったのか、おわかりですか？」

「五十歳前後かと」コムロワは答えた。「我々の戦争、どの戦争かおわかりですね、あの当時二十代でしたから」

　マクドナルドはうなずいた。彼も、〈五十歳前後〉だった。

「従軍したのでしょうか？」

「ええ。二等水兵でした。フォークランド諸島を生き延び、〈エムデン〉（第一次世界大戦中のドイツの軽巡洋艦、オーストラリア軍に撃沈された）の最後を見た。傷病兵として免役になってインドに戻り、そこで報道の仕事に就き、人目を引くための旅行活動を始めた。メインに教えてもらった、あいつの並外れた経歴をごく大雑把にお話ししましたが、もっと並外れているのはあいつそのものです。あいつには才能があった――途轍もない才能が。大胆不敵で、忍耐力と根性があり、最小限の装備でどこへでも行けたのに、ありのままの話をすることでは満足しなかった。根っからの嘘つきだった。事実と作り話を混ぜこぜにしたから、あいつの旅行本の価値がなくなった。至る所――メッカやラサ（中国チベット自治区の区都）、タタール地方（韃靼（だったん）地方。ヨーロッパ東部とアジアにまたがる地域を指す歴史的名称）など数々のありそうもない場所――へ行ったことがあると主張したし、あいつは地方色を上手く描いたから、ある専門家は度肝を抜かされた。あっちへさすらい、こっちへさすらい、本人が言うには、東洋のあらゆる支配者に歓待された。そのうえ、あいつは成り上がり者の最たるもの。学んだことは数々あったのだろうが、品位のへったくれもない。気取り屋で自慢屋、相手構わず侮辱する。なにせ、そうは見えないが、あいつは混血だったから。ユーラシア人のくず連中のケダモノのごとき御大層な騙しのテクニックを持っていた。これで、なぜわたしが、トローネのことを、あなたの言葉を借りれば不穏の種だと思い込んだのかおわかりでしょう？　それこそ、トローネが好みそうな悪戯でした」

三

アンリが、頼まれなくてもコーヒーを出してくれた。くせのないクリアな味の濃い熱々のそのコーヒーを、マクドナルドもコムロワも喜んで頂戴した。束の間の鯱張《しゃちほこば》らない休憩を取ると、マクドナルドが投げかけた質問に、コムロワは自分について、どぎまぎするでもなく、すらすらと語った。年齢は四十八、彼が〈我々の戦争〉と呼ぶ戦争で二年従軍し、一九一六年から十八年までR・F・C（旧イギリス陸軍航空隊）に所属した。その後、ロンドン大学で科学を専攻し、王立科学大学（現在のインペリアル・カレッジ・ロンドン）の鉱山学科に魅せられた。卒業後、登山の腕前を買われたこともあり、思いがけなく魅力的な職に就いた。カナダでウランを試掘する調査隊に加わるよう要請されたのだ。「この要請は、どんな学術の道にも引けをとらなかった」コムロワは言った。「旅行に夢中になりましてね。そのままロッキー山脈を越えてヴァンクーヴァー、さらに日本まで行き、その後はあちこち放浪しました。今回の戦争中は航海士を務め、あちこちで敵の無線信号を追跡していました。今度は、また中国に出かけたいと思っています」ここでコムロワは言葉を切ったが、またつづけた。「トローネは、呆れて物も言えないようなやつでしたが、中国にとても造詣が深かった。あんなに軽々しく見境のない嘘ばかりついていなければ、読む価値のある本を何冊か書けたかもしれないのに」

マクドナルドは、二人のカップにコーヒーを注ぎ足した。「トローネのことを、ずいぶんご存じなのですね」マクドナルドは、想像をめぐらした。「わたしの耳には、激しい嫌悪感ではなく、学問的な疎ましさのような気持ちを持って話しておられるように聞こえますが」

コムロワは笑った。「なかなか鋭いご推察です。科学教育を受けましたので、真実を尊重するようになったのでしょう。道徳的意味で言うのでも、学者ぶって言うのでもありませんが、専門知識のある人間が、トローネがそうでしたが、だぼらを吹き、風説に惑わされて自分の作品を貶《おとし》めるのを見たくないのです。それは、腐敗です。トローネは、腐りきっていました」

「興味深いご見解ですが」マクドナルドは言った。「彼を殺害した可能性のある人物は、ずばり誰だと思いますか？　そしてその殺害理由は？　学術的な非難は、殺人の動機にはなりません。腐敗にはなりえますが、その兆候の度合いにもよります」

コムロワも、先程のグラフトンと同じように、座っている静かな部屋を見回した。そして、オリーヴのフレスコ画とアンリの七宝焼きの鉢に目を止めた。

「トローネは、上海かシンガポールで殺されているか、東洋のどこかの港に放り投げられていてもおかしくなかったのです」コムロワは、おもむろに口を開いた。「だが、そうはならなかった。暴力が蔓延《はびこ》っている場所で数々のありえないような危険を生き延びてきたというのに、法が守られている平和な場所で死に遭遇した。彼は、この場所で殺されたのですよ。トローネが書いた地域に関して何らかの知識がある者たち数名が一堂に会した機会に」コムロワは一息つき、明らかに無関係なことを付け足した。「あの七宝焼きの鉢は本物ですよね。そして、アンリが衝立の上にかけた刺しゅう入りのカーテンも。アンリも、旅をしたことがあります。妙ですよね。わたしから見れば、トローネは、積もる恨みを晴らすために一芝居打ったのに、その手配に芸術的才能を示した。ここに集まった者は一人として傑出した人間でなかったと指摘するだけの図太さは、わたしにもありますが、全員が適切に選ばれ、適切な場所に連れてこられた。根っから悪趣味なトローネにしては、驚くほど上品です」

「こんな夜更けに、脱線はほどほどにしてください」マクドナルドが言った。「『積もる恨み』とは、具体的にどのようなことをおっしゃっているのですか?」

「そうですね、フィッツペインが、最近の書評でトローネを粉々に切り刻んだも同然のことをしたのです。怒りに任せてトローネの信用を失墜させた。あいつが、注目に値することをした――そればかりか、注目に値することを知っている――という事実を認めることとすらせずにね。トローネが、フィッツペインを辱めたいと思うのも無理はないですし、フィッツペインは、信用を失墜させられるようなミスを犯す人間ではまったくありませんから、トローネにしてみたら、攻撃するには冷やかすしかなかった。これが、今夜のパーティーについてのわたしの分析です。全員がその冷やかしに含まれることになっていたことは認めざるをえませんが、その侮辱によって本当に激怒するのはフィッツペインだけだったと思います」

「そして、それが、わたしの質問に対するあなたの答えなのですね?」

コムロワは、肩をすくめた。「フィッツペインがトローネを殺すことを、わたしに想像できるでしょうか?」彼は、考え込みながら尋ねた。「正直なところ、あなたがなさったように冷静に尋ねられたら、わたしには想像できないとしかお答えできません。ですが、フィッツペインが何をやらかすか、どうしてわたしにわかります? 知られざる怨恨、思いもよらない敵意の歴史が、今夜の暴力の背後にあるのかもしれません。あの二人がどこで出会い、どのように角突き合わすようになったのか、誰にもわかりませんか？」

「まったくそのとおりです」マクドナルドは言った。「ですが、同じことが、今夜お集まりのみなさん全員について言えるのではありませんか？」

「言えると思います」コムロワも認めた。「彼はどこで、どのように殺されたのですか？」

「この部屋のその衝立の後ろで殺され、死体は、配膳台の下に押しやられました。頭蓋骨が砕かれていました、一撃で粉々に。いわゆる撲殺です。数秒でできたでしょう」

コムロワは、向こうに畳んである衝立を見つめた。

「それなら、もしフィッツペインがやったのだとすれば、チャンスは二回しかありませんでした――到着したときと、出ていったときの。到着後ほんの数分だけ誰も気づきませんでしたが、そのときにやったとはとても思えません。やけに偉そうに、自信満々の態度で入ってきましたからね。それでも、今にして思えば、トローネのことを口にしたのは彼だけでした。ほかの者たちは誰も、トローネがここにいる――いや、いた――とは思いもよりませんでした。あの、警部さん、フィッツペインと話してみてはいかがですか？　お仕事柄、彼の特質を見抜くといった技量はおありでしょう？」

「あなたのおっしゃる技量とやらをその方面で実践する機会がまだ得られないもので」マクドナルドが答えた。「フィッツペインさんについて調査しましたところ、問い合わせをする一、二時間前にテインブクトゥに向けて飛行機でイギリスを出国したと判明しました」

「そんな！」コムロワは、叫んだかと思うと吹き出した。「ばかげている！」息が止まりそうなほど、愉快そうにまだ肩を震わせて笑っている。「タイミングが良すぎる。だが、これで、話に違った様相が加わりますね。それにしても、あのフィッツ老人が、今夜の騒動を仕組んだとはとても想像できません。あの老人は、権威と品行方正を旨とするような人間です。強大なマルコ・ポーロ・クラブを巻き込んだ悪戯を計画するなど想像もできません――ギリシアのアテナ神殿でヌーディストになるのと同じくらい彼にとってはけしからぬことのように思われます。そうですよ、この手のユーモアはトローネのほうが似つかわしい」コムロワは、またしても言葉を切り、マクドナルドを窺ってから言葉を継いだ。「あなたが、我々全員を疑っていることを忘れずにいるのは難しい。ことによると、わたしがやったとお考えなのでは？」

「そうではなく、ことによると、あなたが殺害した可能性もある、ですよ」マクドナルドが答えた。「手段は単純でした。事前にすべてを考え抜いた者なら誰にでも、機会を作れた可能性があります。動機については、あなたがトローネについて教えてくださった内容が、さまざまな動機を提起してくれました」

「その点は同感です」コムロワは、素っ気なく言った。「数度しか会ったことがありませんが、そのたびにふと、トローネは殺されて当然だと思いました。礼節と品位の規範にことごとく背いていましたし、頭が切れて実力もあったので、なおのこと攻撃的になりました。彼はどこに住んでいたのでしょう？　家族はいたのでしょうか？　分相応の家庭で暮らしている彼など想像もできません」

「それでも、ことによると、それとは逆に良き夫、優しい父親だったかもしれませんよ」マクドナルドが切り返した。

「父親――子どもたちの？」コムロワは疑った。「神さま、お助けを。とんでもない話だ！　考えてみれば、極東の数々の見知らぬ地にトローネの子どもたちがいるかもしれないが、それでは埒が明かない。問題は、トローネが、八人の人間にお前たちはマルコ・ポーロ・クラブのディナーに今夜招待されているのだとまんまと信じ込ませたあとで、こともあろうに今夜、ここで殺されたということです。賢いじゃないですか——これこそ、元気のいい猿が閃きそうな妙案ですよ」

「仕組んだのがトローネだという証拠は何もありません」こうマクドナルドが言っても、コムロワは考えを曲げなかった。

「トローネに違いない。トローネを殺す、ただそれだけの目的のために、フィッツペインがこのディナーを思いつき、言うなれば、凝った舞台装置のようなものを考え出すなど絶対にありえない。フィッツペインが、マルコ・ポーロ・クラブの名を無闇に使いなどするものか。細かいことに煩《うるさ》すぎるし、その手のことには頭が働かない人間です。そもそも思いつきが奇妙で気まぐれだし、フィッツは学究的すぎますから」

「フィッツペインさんについては、ひとまず置いておき、ディナーパーティーに話を戻しましょう。招待状と添え状を破棄するというのは、誰に背中を押されたのでもなく、あなたご自身でお考えになられたのですか？」

コムロワは、質問の裏に潜む意図を探るかのように、ロンドン警視庁犯罪捜査課の男の顔をしげしげと眺めた。

「そうとも言えますし、そうでないとも言えます」コムロワは答えた。「みんなでディナーの席に着こうとした矢先、バジル・リートがポケットから招待状を取り出して言ったのです。『これまでに引っかかったなかでとびきり上手い悪ふざけの記念に、この招待状を額に入れてもらおうかな』と。すると、アルシア・チェリトンが、『そんなことをしたら、この話がロンドン中に広まってしまうわ。わたしは構わないけれど、気にする人もいるのじゃないかしら』と答えたので、リートがつづけて、

『そうだね。忘れていたよ。誰かに見せたくなる前に破棄したほうがいい』というような内容のことを言った。そのとき、トローネに不利な方向に形勢を逆転させようとするつもりなら、証拠書類を直ちに破棄したほうが安全だという考えがわたしの心に浮かんだのです。そこで、すべての招待状が確実に破棄されるように、今度はわたしが少々芝居がかった役を買って出たというわけです。あなたからしてみたら、わたしがそんなことをしたのが、さぞ残念でしょうね――ペテン師の指紋を採取できたかもしれないのに」

マクドナルドはうなずいたが、その点についてそれ以上指摘はしなかった。その代りに、「ディナーのあと、お一人で席を外された方はいらっしゃいましたか?」と訊いた。

「いいえ。一人で席を外した者はいません」コムロワは答えた。「コーヒーのあと、みんなが動き回るというようなことはありました。女性たちは、女性がよく使う言葉で言うならば『ちょっとお化粧を直しに行き』、リートとグラフトン、ドゥフォンテーヌ、そしてわたしも部屋から出ましたが、おおむね一緒にいました。一人きりになったことはなく、わたしたちが動きだすとウェイターたちが入ってきてコーヒーカップを片づけ、ワイン係のウェイターが追加のビールを出しました。そのあとは、みんなで一緒にいました。みんながディナーの席に着いてからもお開きになってからも、常に誰かがそばにいましたから、個人的に血の復讐をする機会はありませんでした。ですから、ディナーの前に殺されたに違いありません」

マクドナルドが、うなずいて言葉を継いだ。「さて、あなたを一晩中ここにお引止めしたくはありません、コムロワさん。会食者のどなたかのご住所を教えてくださいませんか? リートさんでも、ドゥフォンテーヌさんでも、ご婦人方でも結構です」

「リートの住所は、〈ローヴァーズ〉という彼のクラブに訊けばわかるでしょうし、ドゥフォンテーヌとは、彼の代理人バーティス・クラウンを通して接触できるでしょう。ミス・ヴァンミーアはブルームズベリー（ロンドン都心部キャムデン区の住宅・文教地区）に住んでいますから、ロンドンの電話帳で調べがつくでしょう。ミス・マードンは、テムズ川河口のどこかのボートに住んでいるはずです――彼女の出版社なら知っているでしょう。ミス・チェリトンは――そうそう、ロンドンで車を手に入れたので、北部のペナイン山脈（イングランド北部のスコットランドとの境界付近からダービシアとスタッフォードシアへ南北に連なる高地）に行くと言っていました。定住所があるとは思いません。わたしは、グレイズイン・ロードに一時的《プロ・テム》にフラットを持っていますが、来月にはペルシアに行きたいと思っています」

「ありがとうございました。あなたへの招待状はご自宅宛でしたか、それとも出版社宛でしたか？」

「ほかの人と同じように出版社宛でした。悪ふざけにおける常套手段を使いましたね、そうではありませんか？　細かいところまで抜かりがない」

「実に抜かりがない」マクドナルドも同感だった。

第六章

一

　コムロワが出ていってしまうと、マクドナルドは、事情聴取のあいだ黙々とメモを取りつづけていたジェンキンズを振り返った。ジェンキンズは、寒い深夜だというのに、まるで午前十時のようににこやかに微笑んだ。

「うーん、警部、コムロワは、実に賢い男だと思いますよ――しかも、興味深い男でもあります」

「そうだな」マクドナルドも、そう思った。「一番興味深いと思ったのは、どのあたりだ？」

「トローネのことを、よく知っている――実によく」

「そうだな。コムロワが情報源と名指ししたエイルマー・メインと、連絡を取りたいところだが、アメリカに帰国してしまった――ラジオ解説をしている。ほかに何かあるかい？」

「招待状です。コムロワが破棄させてしまった」

「やれやれ。それが重要な点だ」

　ジェンキンズは、大きな顎を撫でた。「トローネも、同じ招待状を所持していたのでしょうか？」

「ああ。デュボネに提示したのだから持っていたはずだが、調べたときポケットには入っていなかった」

「となると、それも重要な点ですね。思うに、それが最重要点の一つかと。デュボネは、ディナーの注文を書面で受けたのですか？」

「ああ。わたしが預かっている。当然ながらタイプ打ちされていた。差出人の住所はセント・ジャーミンズとなっていた」

「高級な場所ですね」ジェンキンズは考え込んだ。「この事件は、ずいぶんと品がいい」

マクドナルドは、笑ってからあくびをした。「品が良かろうと悪かろうと、わたしたちが数時間眠る妨げにはならん。明日は、身を粉にして働かなければならなくなりそうだ。今夜のうちにしなければならんことが二つある。一つは、戦時中に使っていたという出口をざっと見ておくこと。もう一つは、グラフトンが言っていたドアストッパーについて尋ねること」

ジェンキンズは、マクドナルドのあとから階段につづくドアを抜けた。ドアの向こうは小さな四角いロビーで、右手に上へ通じる階段が、左手にクロークのドアがあった。紳士用クロークには、片側に個室トイレが三つ並び、それぞれの隅に手洗い器がついており、その上に小窓がある。クロークの奥に重い鉄のドアがあるが、わからないように濃いクリーム色のエナメルが塗られている。鎹《かすがい》で留められ、今は打ちつけて固定してある。

「リーヴズが、指紋検出器ですでに調べた」マクドナルドが指摘した。「指紋はなし、汚れのみ」そして、鎹を引っ張ってみると簡単に抜けたので、ドアを開けた。すると、くぼんだスペースがあり、朽ちた砂袋がロンドンの煤煙の下で崩れかかっていた。鉄梯子が、今でも地上に抜ける鉄格子に通じている。

「かつては、空襲警備員の詰所に使われていた」マクドナルドが教えた。「上の鉄格子にも砂袋が置かれていた。おい、有名な帽子が出てきたぞ――トローネの帽子だ」

開け放たれたドアから射す明かりに照らされ、ジェンキンズには、つば広の黒いフェルト帽が見えた。尻の下に長いこと敷かれていたかのように、しわくちゃに潰れていた。マクドナルドは、持っていた懐中電灯で慎重に周囲を照らしてから一歩足を踏み出し、その帽子を回収した。

「何者かが、最近ここにいたようだ」と彼は言った。「そこの砂の山を蹴散らした形跡があるが、見るかぎり手がかりとなる足跡はない。明日、きちんと調査させないとな。はて、あの鉄格子はどうかな――」

懐中電灯で照らしながら、マクドナルドは、砂を踏まないように注意しつつ暗く汚いスペースを横切って梯子を昇った。鉄格子のほんの一部分にマンホール用の蝶番を取りつけてあり、そこから南京錠の鎖がぶら下がっている。南京錠がこじ開けられ、今は緩くかけてあるだけなので、鉄格子を押し上げることができた。マクドナルドが再び梯子を下りてくると、ジェンキンズが尋ねた。

「梯子を昇るとどこに?」

「爆破された倉庫に通じる路地だ。その場所なら覚えている。なるほど、よし、これがグラフトンの言っていたもう一つの出口か」

「実に頭の切れる、観察力の鋭い証人たちがいるものですね」ジェンキンズに言われ、マクドナルドはクロークのなかに戻った。

警部は笑った。「そう。その表現が、今夜のパーティーの参加者全員に当てはまる。こぞって著名な旅行家であり、評判の良い文筆家でもある——資質も創意も充分にある。ほかの参加者たちが最初の二人の証人に引けを取らないかどうか、確かめるのが楽しみだ。まだアンリは起きているかな？」

アンリは、ぱっちり目覚めていた。仏陀さながらの謎めいた面持ちで一階のフロントに座り、まだ深夜前のように目が冴えていた。グラフトンが言っていたドアストッパーについてマクドナルドに尋ねられたアンリは、相変わらず謎めいた目つきで彼を見つめた。マクドナルドが話し終えると、アンリは中国の官吏のようにうなずいた。

「ウイ、ムッシュー。その方のおっしゃったとおりです。警部さんがお尋ねの重いドアストッパーが確かにございましたが、今夜、アン・バには置いてありませんでした。昔の通用口の向こう側にございまして、鍵がかかっております。さあ、ご案内しましょう」

アンリは立ち上がって鍵束をポケットから取り出し、マクドナルドを連れて地下に戻った。マクドナルドが尋ねた通用口は、縦長の鏡で覆い隠されてはいたが、支障のない程度に鍵穴ははっきり見える。アンリは鍵を差し込んで回し、ドアを押し開けた。スイングドアで、通用口によく見られるように外側にも内側にも開き、ドアの向こうに小さなロビーがあった。アンリが、電気をつけた。「このロビーは厨房に通じています。このドアは今では使っておらず、向こうの配膳窓《ハッチ》を使っています。小規模なディナーには不自由しませんし、手間もかかりません。ドアストッパーは、こちらにあるはずですが——」

アンリが狭い床に目を凝らし、マクドナルドも見回したが、童謡に出てくるハバードおばさんの戸棚のようにまったく空っぽなのは一目瞭然で、ドアストッパーはない。

「そんなばかな《パル・エグザンプル》」アンリが、小声で言った。「なくなっている……つい一週間前にはこちらにあったのですが。この目で《モワメーム》ちゃんと見ました」

「それなのに、今はない」マクドナルドは言った。「もう一度、ドアの鍵を閉めてみてください」

アンリが鍵を閉めると、マクドナルドは鍵を引き抜き、ポケットから取り出した道具で錠をいじくりにかかった。あっという間にドアが開いた。「ボタンフック（手袋や靴のボタンをボタンホールに通すのに使う）か曲げた針金があれば、我慢強い人なら誰にでも開けられるタイプの錠です」

「たぶん《プテトール》」アンリは、肩をすくめた。「それにしても、なぜ？」

「まだ証拠はありませんが」マクドナルドは答えた。「明日の朝、検討します」

　すると、アンリが、不満そうに小さなうめき声を上げた。

二

　マクドナルドは、自らに誓ったほんの数時間の睡眠を取ると、一晩ぐっすり眠ったかのように清々しい気分、冴えわたった頭で目覚め、トローネ事件で緊急に講じなければならない措置を考えた。鋭敏な精神を保っておくには、犯罪捜査課の人間にも睡眠は必要だが、組織そのものは決して眠ることがない。だから、朝食を取りながら検討すべきさまざまな報告書が、マクドナルドの元に届いていた。一つ目は、彼が強く求めていたトローネに関する詳細な説明だった。専門用語を抜きにすると、その報告書には、トローネの年齢は五十歳前後、身長約一六八センチ、体重約七十三キロとあった。背中にこぶができているかに見えるほど極度の猫背で、手足が非常に小さい。顔、頭の形、目はモンゴル系だが、先の尖った顎鬚とうっすらと生やした頬髯で、ある程度隠蔽されていた。逞しい体格、鍛え抜かれた身体。彼の死の特質に関する追記はなし。死因は、切り傷を負わせないよう厚手の包装材で覆った重い凶器で頭頂骨を強打され、一撃で粉砕されたこと。胃の状態から、数時間食事はしておらず、アルコールの摂取も見られない。右手の人差し指の爪が、損傷を負っている。六週間程前の皮下出血により爪が黒変しており、損傷した爪の伸び具合から、怪我の時期を特定できる。

　この報告書を脇に置き、マクドナルドは、エドモンド・フィッツペインの「ティンブクトゥへの」飛行の問題に取りかかった。フィッツペインは、ランカスターの民間航空機で深夜、クロイドン（大ロンドンの自治区）の空港を発った。世界的に認められている考古学者のジェイムズ・エンゲルボーン、地理学者、エジプト学者、発掘者として有名なブワソンという名のフランス人も同行した。この学者三人のほかには、フランス人とイギリス人の助手がそれぞれ一人と、搭乗員三人だった。充分な燃料タンクを備えていることから「長距離飛行」が可能なこの飛行機は、アルジェリアの首都アルジェのメゾンブランシェ空港を直接目指して離陸した。

　報告書に記載されていた次の点に、マクドナルドは特に興味を覚えた。飛行機は、予定されていたアルジェの空港には着陸していなかった。悪天候のため、どの飛行機もメゾンブランシェに着陸できなかったのだから、これは決して不審な状況ではない。しかし、ランカスター機が着陸したアルジェリア北東部のビスクラの空港当局が、ロンドン警視庁犯罪捜査課の要請に従ったフィッツペインの取り調べを行なわなかった結果、ロンドン警視庁から送信された通達を受け取る前に、フィッツペインは探検隊とともに空港を離れてしまっていた。マクドナルドにはパイロットの知人も多く、着陸空港の変更が、今月、二月には往々にして起きるのはよくわかっていた。地中海の嵐のせいでパイロットはさまざまな困難に遭遇するので、選んだ空港ではなく、可能な空港に着陸せざるをえないことがままある。ランカスター機の場合は特にそれが著しい。そういう状況にせよ、マクドナルドは、エドモンド・フィッツペインが、ル・ジャルダン・デ・ゾリーヴでのディナーに関する供述を求められる前に砂漠に逃げ込むための重要な戦略的優位を確保していたのではないかという不安を払拭できなかった。

マクドナルドが最初に単独で取り調べを行なうことにしたのは、「マルコ・ポーロ・クラブ」の招待状の件で返信先に指定されたセント・ジャーミンズ・ホテルだった。セント・ジャーミンズは、高級商店街ナイツブリッジのすぐ裏手の巨大な建物だ。居住用スイートルームを短期あるいは永久利用する予約ができる一流ホテルとして、マクドナルドは記憶している。その評判は、価格にひけを取らないくらい高い。とはいえ、真面目な意味でも評判が良く、「大使級の」贅沢、とマクドナルドはその評判の良さを独自に表現していた。セント・ジャーミンズの支配人からの犯罪捜査課への返答は、ほぼマクドナルドの予想どおりの結果だった。六週間ほど前の一月の第一週目に、部屋の予約の電話が入った。二月七日から十四日までの一週間、ディグビー・フェネル氏のために部屋を手配したいとのことだった。口頭でのこの予約は、当然ながら手紙で確認され、問題のその手紙はマクドナルドに提示された。一番上に「サセックス州（イングランド南東部の旧州）フリストン、ヴァンドン」という住所があり、タイプ打ちされており、末尾にはサインが走り書きされていたが、グラフトンが「ディグビー・フェネルと解釈できる象形文字」と供述したのと同じように、そのサインの下に名前がタイプされていた。この堂々たるホテルも担がれたと知って震え上がった支配人は、慌ててマクドナルドに弁解した。ディグビー・フェネル氏の名前は普通の参考書にも載っているので、手紙が本物かどうかという疑いはまったく抱かなかったという。マクドナルドにも、その供述は容易に納得できたが、話のつづきを待った。これもまた、予想どおりの結果だった。セント・ジャーミンズは別の電話連絡を受け、申し訳ないがフェネル氏は予約をキャンセルせざるをえなくなったが、彼宛の手紙を取りにホテルに立ち寄り、ホテルが請求するキャンセル料を支払うと言われた。ホテルのフロント係はすぐさま、ディグビー・フェネルを名乗るゲジゲジ眉毛に白い貧相な顎鬚を生やした白髪の男性が、あたふたと立ち寄ったので、セント・ジャーミンズ気付で届いた彼宛の数々の手紙を渡し、キャンセル料としてホテルが請求した金額を（現金で）支払ってもらったと証言した。そのフェネル氏という男性にもう一度会えば見分けがつくかと尋ねたところ、係の女性は首を横に振った。その男性が訪れたのは燃料危機が始まって間もないころで、ホテルの照明が最低限に抑えられており、フロントは非常に寒く、誰も細かい気配りをする気にはなれなかった。身分証明書の提示をこちらも求めず、相手も提示しなかった。著名人を名乗る客を疑うなど、セント・ジャーミンズの尊厳にもとる行ないであり、支配人が憂鬱そうに繰り返したとおり、疑う理由などまったくなかった。フェネル氏の振る舞いはまともだったし、予約した部屋のキャンセル料としてホテルが請求した金額をつべこべ言わずに支払った。最後にマクドナルドが、フェネル氏に関するどんな些細なことでも良いから何か覚えていないかと、もう一度フロント係に尋ねると、次のような答えが返ってきた。「その方は、酷い風邪をひいていらっしゃいました。あのころ、流行っていましたから。ですから、大きなウールのマフラーを首と顎に巻いておられました。ご老人のようで、声がとてもしわがれていました。右手の指の爪が一本、黒くなっていました――手紙をお渡ししたときに気づきました」

マクドナルドは、ホテルの協力に感謝し、ディグビー・フェネルというサインのある手紙をポケットに入れてセント・ジャーミンズをあとにした。専門家の手を煩わすまでもなく、ホテルから受け取ったその手紙が、アンリ・デュボネが提示した手紙と同じタイプライターで打たれたということは察しがついたが、それは、マクドナルドが驚くに足る問題ではなかった。

三

当然予想されたとおり、ル・ジャルダン・デ・ゾリーヴでのディナーに出席した男性四人は、翌朝さっそく集まって状況を話し合った。集まったのはリチャード・グラフトンの部屋で、グラフトンとコムロワが、マクドナルドとの事情聴取についてバジル・リートとギュイ・ドゥフォンテーヌに簡潔に説明した。起こるべくして起こった驚きの叫び声がやむと、コムロワが、昨夜と同じように再び主導権を握った。

「いつ、誰が、どうやってなどとあれこれ憶測する前に、トローネについて知っていることを洗いざらい出し合ってはどうだろう?」とコムロワは提案した。「人づてにせよ、わたしたち全員が、彼について何らかのことを知っているのだから」

「ぼくは、彼について本当に何も知らないと思う」リートが答えた。「知っているかぎり、彼と偶然出くわしたことはないし、名前を聞いてもピンとこなかった。どこかで彼の本を見たことはあるのだろうが、一冊も読んだことはない」

「そういう怠慢は、さっそく改めたほうがいいね」コムロワが助言した。「トローネの著書は、掛値なしに並外れた本だと言える。わたしは、手に入る彼の作品は手当たり次第に読んだ」

「あんたは、俺たちのなかでトローネ氏の第一人者だな」リチャード・グラフトンが、にやりとした。

「だが、あのろくでなしに出くわしたことがないと言うのは間違いだ」と、リートに目を向けた。「イースト・インディア・ドックス（ロンドン東部にあった埠頭群）の近くのパブを覚えていないか？　俺の記憶では、ジャマイカ・タヴァーンというんだがな――古びた居酒屋だったが、ラム酒が美味くて豊富だったし、客は乱暴だが、船乗りにしかわからん言葉について知り、チャンスを摑めるという点では役に立った」

最初に答えたのは、ギュイ・ドゥフォンテーヌだった。「その場所なら知っている――川べりの何が起きてもおかしくない物騒な路地にある。パブの支配人は、阻塞《そさい》気球（綱や索をつり下げて低空飛行で侵入してくる航空機からの攻撃を阻止する）みたいな腹をしたジョー・マーフィーという名の大男で、あの言葉遣いには度肝を抜かれるよ」

リートは、思い出そうと眉をひそめた。「ジャマイカ・タヴァーンねえ……名前は思い出せないが、路地を下ったところのパブなら覚えている――ずんぐりした形の狭い低層の建物で、屋根はタイル張り、窓は瓶ガラス。そこかな？」

「そこさ」グラフトンが言った。「俺は、ちょくちょくあそこへ行き、必ずと言っていいほどいつもネタを仕入れて出てくる。去年の秋、十一月の上旬だったはずだが、どえらい霧の夜、あの店にいなかったか？」

「ああ、そうそう」リートも、思い出した。「ジンジャー・マードックと行った――やつは一か月後、東海岸で地雷処理戦車に乗っていてくたばってしまった。ちぇっ、あそこは酷い店だよ。仲間連れが次から次へと押し寄せてくるし、煙草の煙と霧でカウンターの向こうが見えなかった。歩いて家に帰らなければならず、気づけばロンドン塔の門にぶち当たっていたっけ――くそ、一寸先も見えなかった」

グラフトンは、うなずいた。「そうだったよな。で、先の尖った顎鬚の男を覚えていないか？——小説家のジョゼフ・コンラッド（ポーランド人を両親に生まれたイギリスの海洋小説家）のできそこないみたいな顔をしたやつ」

「それは言いえて妙だね」コムロワが、話に割り込んだ。「トローネは詐欺師に見えるが、彼の出立ちにはどことなくコンラッドもどきを思わせるところが確かにあった」

リートが、テーブルを叩いた。「あそこにいた連中にしか通じない馴染みのない言葉を片っ端から使いこなしていたやつかな？　ポルトガル語にスペイン語、中国語、それからインドネシア語——冒瀆的な言動をこれでもかと呆れるほど並べていた」

「エリアスは、そういうやつなのさ——いや、そういうやつだったのさ」グラフトンが答えた。「多才だった。シナ海の台風のほら話をしていたんだが、その話の上手いのなんのって。あとでよくよく考えて、やっとたわ言だらけだったとわかった。あのあたりの海じゃ、何か月間かほとんどいつもサイクロンが発生しているが、トローネのやつは、月を間違えていた」

「彼にはよくあることだ」コムロワが言った。「しかし、ゆうべ会食したきみたち三人が、以前に会ったことがある、あるいは同じパブに行ったことがあるとは、興味をそそられる」

グラフトンが、うなずいた。「そこが肝心だ。トローネは観察が鋭く、何でも知りたがる。あいつのことだから、リートと俺が何者か、あるいは俺たちの名前でも調べたんだろう。だから、ゆうべの招待客に俺たちも入ったんだろうよ」

ドゥフォンテーヌが、ここで割り込んだ。「トローネが、ぼくたちを招待したと決めつけるのはどうかな？　わからないじゃないか——フィッツ老人かもしれないし」

「わたしか、きみかもしれん」コムロワが、唸り声で言った。「人目を引くために、トローネがどんな臭い芝居をするか教えてやろうか。わたしは、きみたちよりもトローネに会っている。マトンチョップによく食事に行くのでね――ほら、ロウアーテムズストリートの脇道にある、レストランが馬匹運搬車のように分けられている店だよ。トローネも、よくそこに行ったんだが、彼には、実にさまざまな仲間がいた。どこにいても、彼の声なら聞き分けられたし、姿は見えなくても、喚き散らしているのをよく耳にした」

「ほらな、あいつはどこに入り浸ってた?」グラフトンが強く出た。「波止場地域をちょくちょくほっつき歩いてはいたが、ロンドンのウェストエンド（ロンドンの中央部西よりの地域。富豪の邸宅が多く、また大商店・劇場・公園などがある）のどこかに住んでいたのさ」

「ぼくもそう思う」ドゥフォンテーヌが、だしぬけに言った。「たぶん、トローネと話したこともなく、彼のやり方も知らないのはぼくだけだと思うが、きみたちが言うような男を見かけたことがある――マントを身にまとい、つばの広い黒いフェルト帽をかぶったコンラッドのできそこないのようなやつ。シャフツベリーアヴェニュー（ロンドンの中央部ウェストエンドの劇場街）とジェラードストリート（ロンドンのソーホーにある通り。中華料理店が多くある中国人街）あたりで、夜何度か見かけた。かなり夜遅かったから、あのあたりに住んでいたってことじゃないのかな。それにしても、興味があるなあ、トローネがゆうべのパーティーを仕組んだのか、もしそうならば、誰をやっつけようとしたのか」

コムロワが、考え込むように目を細め、もう一本煙草に火をつけた。「まあ、今回のパーティーを仕組んだのはトローネだろうね。彼の考えそうなことだ。ほかには思い当たらない。とにかく、考えてみれば、ゆうべ出席した誰かだったに違いない。あんな悪事を仕組んでおきながら、大失敗の結果を見ないなら意味がなかっただろうからね」

「ええ。それにしても、ゆうべの本当の目的は悪ふざけだったんですかね?」ドゥフォンテーヌが、言いだした。「殺人の疑いをかけられるかもしれない複数の人間と一緒に、トローネをあそこにおびき寄せるためにわざと仕組まれたということもあるんじゃないですか? その場合、殺人犯は、姿を現さない。そいつは、ともかく建物のなかに身を隠し、殴り殺してから逃げたんだ」

「入ってくるのにも出ていくのにも、もう一つの出口を使ったのさ」グラフトンがつぶやくと、リートが口を挟んだ。

「もう一つの出口って?」

「以前の防空壕のドアさ」グラフトンが答えた。

「おい、リチャード・G、アンリの建物についての知識をそうやすやすと吹聴するんじゃない」コムロワが、素っ気なく言った。「仕掛け人が、ディナーに姿を見せなかった何者かだというドゥフォンテーヌの意見を受けて、諸君に検討していただきたい。この国のなかに、あれほど手際よく悪事を働くのに不可欠な情報と才覚のある人物を思いつくだろうか? あれは、ずぶの素人にできることではない。手抜かりがまったくなかったからね。その悪党は、マルコ・ポーロ・クラブを知っており、フェネルとブレイシーが海外に出かけて留守だと知っており、しかも誰を招待し、手紙の文面をどうすれば良いかを知っていた。今回のことは、一般的な能力だけを必要としていたのではなく、特定の知識を必要としていた」

「ちょっと、あなたは、自分の尻尾――いや、ぼくたちの尻尾――を追いかけているんですか?」リートが言った「トローネを殺したやつは、明らかにトローネを知っていたのだし、トローネを知っていたのなら、間違いなく同系列のほかの文筆家のことも知っていた。一般的なやり方では無駄だ。

細部にわたって筋道立てるのが、ぼくの好みです」

「たとえば？」コムロワが尋ねた。

「こんな具合です。トローネは、真っ先に姿を現した。その数分後に店を出て、誰にも気づかれずに舞い戻った――事実を取り違えていたら直してくれ」

「今のところ問題ないな」グラフトンが答えた。

「よし。舞い戻っても気づかれなかったのだし、目立った風貌の男だというきみたち全員の説明からして、二度目は、きみが話していた別のドアから入ってきたと仮定してもいいんじゃないのかい？」

「だから何なんだい？」コムロワが尋ねた。

「フィッツペイン老人が言いたい放題言い、コムロワさんがすかさず、悪ふざけを仕組んだのはトローネだと言うのを、トローネがこっそり聞いていたと仮定しよう。あいつについてのきみたちの話から、トローネが、衝立の後ろに隠れて盗み聞きしていたというのもあながちありえなくもないように思う」

「ああ、そのとおりだ」グラフトンが言った。「で、次にどうなったんだ？」

「トローネは、パーティーが計画どおりに進んでいないと感じただろうな」リートが答えた。「あいつが計画したのなら、その計画の一部は、劇的瞬間に秘密を暴露することで、コムロワさんの当て推量によって真相を見抜かれてしまうことではなかったはずだ」

「まあ、それは認めるよ」コムロワも同意し、リートはつづけた。

「トローネは、衝立の後ろにじっと隠れていた。グラフトンがまず、アンリと話しに出ていった、覚えているだろう。それから一、二分して、フィッツ老人がこっそり出ていった。アルシア・チェリトンが、ディグビー・フェネルやその仲間に行儀よく話をしなくてすむとわかって、どんなにホッとしたかと長々と話している隙にね……あのとき、みんなで、かなり騒いでいなかったかい？　とにかく、ぼくは、フィッツが出ていくのには気づかなかった」

「ぼくもだよ」ドゥフォンテーヌが、おもむろに口を開いた。「だが、ちょっと極端すぎないかな、そんな風に――」彼が口ごもって顔をしかめると、グラフトンが割り込んだ。

「現実を見据えようぜ。トローネは殺されたんだ。フィッツが、あいつの頭をぶん殴ったんじゃなければ、俺たちの誰かがやった可能性があるんだし、俺がやった可能性が大きい。最初に行動を起こしたのは俺だからな」

「だからこそ、きみがやったんじゃない」リートが言った。「ほら、きみは、部屋を出る理由をわざと明言しただろう――アンリに会うためだと。出ていくのを強調したから、きみが出ていくのにみんなが気づいた。フィッツは、気づかれずに抜け出したし、ぼくたちは誰も、老人が出ていくのを見たと言えない。フィッツが出ていくとき、トローネが悪戯根性を抑えられず、フィッツにわざとにやっと笑いかけた――そして殴り殺されたという可能性はないかい？」

「衝動殺人」コムロワが、ゆっくりした口調で言うと、ドゥフォンテーヌが咄嗟に口を挟んだ。

「もし、そういうことなら、フィッツペインは彼を殺す気などまったくなかったはずで、強く殴りすぎ、怖くなって台の下に死体を押し込んだことになる」

「そうだ。だが、彼は何を使ってトローネを殺したんだい？」コムロワが詰め寄った。「拳ではなかったし、フィッツ老人が、ポケットにこん棒を忍ばせてマルコ・ポーロのディナーに行くなどとても想像できん」

「ドアストッパーがあった」グラフトンが小声で言ってから、どういうことなのかを説明した。

気まずい沈黙が流れたが、やがてドゥフォンテーヌが言った。

「何はともあれ、フィッツペインはどこにいるんです？　彼に電話か何かした人はいるんですか？」

「俺が電話をした、いや、しようとした」グラフトンが答えた。「飛行機でイギリスを発っちまった。あとになって思い出したんだ。ポットウォロパーたちとサハラ砂漠に行くことになっていたんだとね」グラフトンは、リートを振り返った。「あんたは、世の中のやつらの度肝を抜かせたあのことを覚えているだろう。何冊かの書評を書いたんじゃなかったかい。陶磁器の装飾などによる文化伝承の解明者。そういう連中を、俺たちはポットウォロパーと呼んでいる。とにかく、フィッツは、フランス探検隊と北アフリカへ行っちまった」

「ええっ！」ドゥフォンテーヌが言った。「……それなら、とにかく警察は彼を捕まえられない――」

「あいつを捕まえる理由がないのは、この俺を捕まえる理由がないのと同じだ」グラフトンが言うと、コムロワが付け足した。

「わたしも数に入れてくれ。わたしは、証拠である招待状の破棄を提案した。あの警部は、その件でわたしを非難がましい目で見た」

「ちくしょう。ちっとも前に進まないじゃないか」リートが、がっかりした顔をすると、グラフトンが答えた。

「殺人の裏にある動機について態度を決めないことには、前に進まないと思うんだよな。今のところわかっているのは、自分がバカにされていたと知り、フィッツペインが激怒したということだけだ。そして、俺たちは誰も、それが妥当な動機だと納得していない。ロンドン警視庁犯罪捜査課が本腰を入れて取りかかれば、まったく違う何かが出てくるかもしれん。強盗と繋がりがあったのかもしれん。トローネが、遠征中に何かべらぼうに高価な物を拾った可能性は大いにある。あいつが、今度のディナーに行くことを誰かが知っていて、その機会を利用してあいつをやったのかもしれん。トローネは、フィッツ爺さんが入ってきて、パーティーに加わってから衝立の後ろで殺されたのかもしれんぞ。みんなしてアン・バでしゃべくっているあいだは、殴られる音には気づくはずはなかったからな」

「なるほど、そうかもしれない……」コムロワがつぶやいた。「つまるところ、わたしたちの誰かがいい、いい、ことによると……一杯やれば利くかな？」

「あなたにはいいでしょうね、顎鬚のご老体」ドゥフォンテーヌが答えた。

第七章

一

死体の身元が判明してしまえば、普通、警察は死亡者の住所の特定にほとんど苦労しない。ところが、エリアス・トローネの場合は数時間を要した。トローネの昨夜の着衣のポケットには、住所を特定できる物も身分証明書も入っておらず、コムロワが言及した、トローネが所属しているノーマッズというクラブは、トローネの住所を提供できなかった——取引銀行だけは知っていた。銀行の支店長は、捜査官らをノーマッズに引き返させた。クラブの書記は、ジェンキンズに放浪者《ノーマッズ》たちは、定住地を持たないことがよくあると説明した。

「会員のみなさんに定住所をお持ちいただけたらどんなによろしいでしょう」書記は、楽しんでいるともとれる、愛想の良さそうな目でジェンキンズを見つめた。「ですが、安定性ではなく移動性が会員資格となっている当クラブにおきましては、それもかないません。気の向くままにはるばるチベットやパタゴニアに行ってしまわれがちなトローネさんのような方に、定住所を求めてどうなりますか？　わたくしどもの会員は、定期便での旅を待ちません。行きたければ、行く——甲板員や一般船員、客室係であれ、たまたま適格と認められれば高級船員であれ。家畜運搬船であれ、貨物船やタンカー、石炭輸送船など、どんな船でも、放浪者《ノーマッド》にとっては役に立つのです。自宅の住所につきましては――まあ、おわかりでしょう?」

「まったくごもっともです」ジェンキンズが、お愛想を言った。「トローネさんが、殺害されましてね」

書記はうなずき、「ご愁傷さまです」と答えた。「心からそう思います。トローネさんは、なかなか面白い方でしたから、いらっしゃらないと寂しくなります。お気の毒ですが、仕方がありません……それに、とにかくここで殺されたのではありませんからね」

「常に明るいほうを向いていよう、ということですかな」ジェンキンズが、疑うように片方の瞼をごくわずかに震わせてつぶやいた。

トローネの自宅住所に繋がる情報をもたらしたのは、よくあるように、立番勤務の警官だった。ロンドンのウェストエンドを巡回している、あのぽかんとしていて愛想のいい、見たところ想像力に乏しい巡査たちは、しばしば地元の情報を豊富に持っている。彼らは、日雇いの女性清掃作業員、ウェイター、売り子、道路工事人、タクシー運転手、下宿人、浮浪者など、毎日欠かさず行き来する種々雑多な人間の寄せ集めを巡回区域の「常連」として書き留めている。ベイリー巡査が、新聞売りのドジャー爺さんに尋ねると、爺さんは答えた。「マントを着たやつなあ……ふうむ……その角の店のベインズの奥さんに訊いてみな。あの奥さんなら、めったなことじゃ見逃さない」すると、ベインズさんが言った。「あら、あの人……このごろ見かけないわね。ガーティー・メイに訊いてごらん。酔っぱらって暴れてさ、あんたらお巡りにぶち込まれるまで、あの女、その人のことをありがたがっていたから」

ガーティー・メイ婆さんは、警察を横目で睨んだ。そして、「謝礼金は？」とけんか腰に出た。

「出ないとは言っていないよ」ベイリー巡査は、お茶を濁した。

ガーティー・メイ（とても高齢で、なんともはや、とても汚らしい）が、とうとう言った。「ジェラードストリートの脇のイタ公レストランの隣にあるがらくた屋の最上階に行ってみな……あそこだと思うよ」

がらくた屋の所有者は、新参者だった。店と一緒に賃借人も引き継いだその男は、賃借人を建物から追い出そうと躍起になっていた。最上階の賃借人が殺されたと聞き、男は言った。「まあ、塵も積もれば山となるか……一人でもいなくなってくれたんだから……」

ついにマクドナルドは、エリアス・トローネの鍵輪を持ち、みすぼらしく汚らしい急な階段をいくつも上っていった。階段は、寄せ集めの古びた敷物と、さらに古びたリノリウムで覆われ、その上にロンドンの泥が脂ぎって煤のように積もっていた。

トローネの部屋は、老朽化した高層フラットの最上階で、ドアにはエール社製のシリンダー錠がついていた。マクドナルドは、鍵の一つを挿し込もうとした途端、鍵受けが出ているのに気づいた。つまり、触れただけでドアは開く。ドアを押し開けると、屋根裏部屋の窓にかけられた古い暗幕の端から薄明りが射し込んでいた。マクドナルドは敷居で立ち止まり、もっと雑然としていることを除けば下のがらくた屋と似たり寄ったりの部屋を見渡した。先に訪れた何者かが、ドアがしっかり施錠されていないのに気づき、部屋を荒らしたのは明らかだった。

リーヴズ警部補をドアの脇に立たせ、マクドナルドが、部屋を横切って窓際に行き埃っぽいカーテンを引くと、ロンドンの二月の灰色の光が屋根裏部屋を照らした。寝具が、古びた鉄のベッドの枠組みから消えている。毛くずを詰めたマットレスが、床に放り投げられている。床にあったはずの敷物は——ラグも絨毯もリノリウムも——そっくり無くなっている。引き出しが開けられ、なかの物が持ち去られ、本が床に乱雑に放り投げられ、書類が一面に散らかっている。ドアの脇のリーヴズと、窓際のマクドナルドは、感情に左右されないプロの目で尋常ならざるその部屋を見渡した。

「ドアが閉まっていないことに気づいた何者かが、気づかれずに運び出せる物をごっそりくすねたんですね」リーヴズが言った。「マットレスについては考えた末、価値がないと思ったが、服や寝具、鍋、洗面用品は持ち去った。ふむ、ふむ」

「まったくだ」マクドナルドも同感だった。「何かを探せばいいという問題ではなかった……マットレスや本がずたずたに引き裂かれていないし、書類が床に放り投げられているだけだ……きみの言うように、普通の略奪……ドアを開けたままにしたのは誰だろう」

「証拠を混乱させたかったのなら悪い考えではありませんよ」リーヴズが答えた。「通りのドアは一日中、そしておそらく夜も長い時間開いています。ドアを開けたままにすれば、誰かが必ず……」

マクドナルドは、トローネの鍵輪を持って再びドアのところに戻っていた。シリンダー錠用の鍵があったが、寝室のドアの錠には合わない。今度も、口火を切ったのはリーヴズだった。「頭をぶん殴ったのが誰にせよ、トローネのポケットを漁る時間はありました。彼らは、鍵を見つけてここに舞い戻った……そして、ドアを開けたまま立ち去った。だから、やはりきっと窃盗だったということで……」

「ポケットを漁ったのはわかっている、招待状が無くなっていたからね」マクドナルドが言った。

「タイプライターも持っていたはずだが……」

「ええ。それも無いですね」リーヴズが言った。「最近では二十ポンドもしますよ」

マクドナルドは、放り出され、床に散乱しているタイプ打ちされた書類を見ていた。

「だが、トローネのタイプ原稿の一部がここにあるぞ、リーヴズ。しかも、セント・ジャーミンズの手紙をタイプしたのと同じ機械でタイプされている。いやはや、わたしはとんだ間違いをしていた、つまりアンリ・デュボネの手紙をタイプしたのと同じ機械で打たれている」

「ということは、ほかの二人のやつらが正しかった、招待状を出したのはトローネに間違いないということです」リーヴズが言った。「紙も同じです。透かし模様を見てください」

「よし、ここを洗わないとな、きみ」マクドナルドが言った。「手袋は持っているね？　役に立つ指紋が出てくるとは思わんが、わからんからな。まずこのマットレスをどかそう……おっと、あれを見ろ！」

でこぼこしたマットレスを二人で持ち上げながら、マクドナルドは、何やら黒い物を見つけていた。見る影もなくぺちゃんこになってはいても、帽子は帽子――トローネ愛用のつばの広いフェルト帽――だった。

「どうして置いていったのでしょう？」リーヴズが尋ねた。「目立ちすぎて売れないからですかね？　ブーツやスーツは持ち去ったのに。何か妙ですよ。この手の帽子を、どうして二つも欲しがったのでしょう？　マットレスの下敷きにされるまでは、保存状態はとても良かったのに……」

「荷造りしにくいし、簡単に処分できない」マクドナルドがつぶやいた。「スーツケースのような物がいくつかあったはずだ……服や寝具、靴を入れた……どれも簡単だ。帽子は放っておけ。どうでもいい。デイヴィーズかクックを呼んできてくれないか、リーヴズ。それから、スーツケースを持ち去ったやつを探そう……車もあったかもしれんな。作業を進めてから、戻ってきてくれ。わたしは、この書類に取りかかる。何か摑めるかもしれん」

「了解です、警部。妙じゃないですか？　トローネは、ちょっとしためかし屋だった――しゃれた服を持っていたし、すっかり着飾るとダンディーに見えた――それなのに、こんなところで寝ていた。ぼくなら、ご免です」

「奇妙だよな」マクドナルドも同感で、ゴム手袋をつけ、タイプされた山のような書類を丁寧に床から拾い集めていた。「マルコ・ポーロ・クラブについて考えると、さらに妙だ。このトローネという男は頭が良かったが、寝泊りする部屋には潔癖すぎることはなかった。これは大事件だぞ、リーヴズ」

「百も承知です」リーヴズは陽気に言い、エリアス・トローネの大切な家財《ラル・エ・ペナテ》の略奪に関して走り回ろうと出ていった。

二

マクドナルドが、懸命にエリアス・トローネの散乱した書類を集めては分類しているあいだに、ギユイ・ドゥフォンテーヌは、レイチェル・ヴァンミーアをブルームズベリーのフラットに訪ねた。その朝、リート、グラフトン、コムロワと別れてから、詮索心旺盛な彼は、トローネの問題とアンリの店でのディナーパーティーについて知りたくてうずうずしていた。彼は、ヴァンミーアの日焼けした知的な顔をまざまざと覚えていた。ずば抜けて聡明な女性という印象を受け、昨夜の事件についてどう思うか訊いてみたい気がした。電話番号は難なくわかり、すぐに彼女の太い声が電話に出た。ドゥフォンテーヌが、トローネの死というありのままの真実を伝えると、彼女は驚いて叫び声を上げた途端、黙りこくった。

「もしもし……」彼は、もう一度声をかけた。「まだそこにいらっしゃいますか？」

「ええ。いますよ。思いがけないことだったものですから」

「そうでしょうね。この件については、みんな困惑しています。ちょっとお伺いして情報交換をさせてもらえませんか？」

「いいですとも。お昼ご飯のあと、二時ごろにいらして。ちょっと変なんです。何件か問い合わせてみたのですけれど。たった今話してくださったことを知っていたというのではないのですが、今回のでっち上げに興味があったものですからね。トローネの仕業だったとは、とても信じられませんでしたから。ですが、とりあえず、そのことは気にしないでください。二時ごろにいらして」

こうして、昼食後に約束のときがきて、ドゥフォンテーヌは、大英博物館近くのジョージ王朝風の広い部屋に通された。女性の居間にはまったく似つかわしくない、印象的な部屋だった。整理整頓が行き届き実務的で、壁には書棚とファイルが並び、家具は大きくて使い勝手が良さそうだが、けばけばしくなく簡素だ。縦長の窓が並ぶその大きな部屋には、色がまったくない。絨毯もカーテンや装飾品も、くすんだ色ながら埃一つない。花はなく、数枚の写真も白黒だ。黒っぽいスーツを着た白髪のレイチェル・ヴァンミーアが、その実務的な背景の一部であるかのようだ。彼女は、ドゥフォンテーヌを座り心地のいい椅子に案内し、煙草と灰皿、とても美味しいコーヒーを勧めてから切り出した。

「では、まずそちらから何もかも教えてください。そのうえで、問い合わせによってわかったことをお話しします」

ドゥフォンテーヌは、コムロワとグラフトンから聞かされた内容を詳しく話し、四人で行なった憶測の一部を付け足した。ヴァンミーアは、熱心にひたすら耳を傾け、言葉でも動作でも話の腰を折らなかった。彼女には、聞き上手たるべき非常に素晴らしい資質があり、座ったまま微動だにせず、目の前をひたと見据えている白髪の女性のひとかたならぬ関心を意識しつつ、ドゥフォンテーヌは、自分の話に夢中だった。彼が話をやめると、ヴァンミーアは視線を彼に移した。

「では、あなた方は、エドモンド・フィッツペインが腹立ち紛れにトローネを殺したという結論なのですね?」ヴァンミーアが言った。

「まあ、そんなところです」ドゥフォンテーヌは、蚊の鳴くような声で言った。ヴァンミーアの静かな声に、どことなく軽蔑が込められているのを察したからだ。

「どのような説明をされようと、フィッツペインは、あなた方のご期待には絶対に添えませんよ」ヴァンミーアが言い返した。「あのディナーに出ていた誰よりも、フィッツペインは暴力に屈しそうもない人です。あなたなら、トローネを殺しかねなかったでしょう。わたしも、コムロワもグラフトンも。ですが、フィッツペインにかぎってありえません。あら、違うんですよ、わたしは、あの人のことを知りません。あの人の経歴について知っていること、あの人について気づいたことから導き出した判断です。フィッツペインは、短気でうぬぼれが強く、横柄ですが、表に出ない堅実さがあります――あの世代ならではの堅実さが。いいえ、違います、フィッツペインにかぎってありえません」彼女は、微かな笑みを浮かべてドゥフォンテーヌを見た。「フィッツペインの世代は、安直な暴力では育てられなかった」ヴァンミーアはつづけた。「恥をかかされたと感じても、カッとなって《アン・パサン》つい人を殺すようなことはしません。誘因が、いい加減すぎますし、フィッツペインは、いい加減な人ではありません」

「まあ、ぼくは、多少いい加減ですけどね」ドゥフォンテーヌが言った。「だからって、人を殴り殺したりはしませんよ。あなただって、それについては大して異論はないと思います。ですが、トローネの死は、あのディナー、出席者、あのレストランと関連があったと思いませんか？」

「ええ、間違いありません」彼女は答えた。「トローネがあのディナーを仕組んだという憶測に、もろ手を挙げて賛成する気にはなれませんが——トローネがやったという証拠がありませんからね。ですが、ディナーとトローネの死には関連があったと思います、偶然にではなく根本的に。問題は、トローネを殺すどのような動機があったのかです」

「ちょっとわかりませんね。どうすればわかるんです？」ドゥフォンテーヌは尋ねた。「突飛な説を仮定することはできますよ——ゆすりとか——でも、当て推量にすぎないでしょう。トローネがゆすっていたのは、ことによるとぼくだったのかもしれない」

「それで、自分とわたしたちを隔てているのは衝立だけなのに、トローネが、あなたがこん棒で自分に襲いかかるように仕向けたとでも？」ヴァンミーアが訊いた。「いいえ。それは、ありえません。一つだけ、明らかだと思えることがあります。トローネがアンリのレストランで殺されたのだとすれば、自分にまさか危害を加える理由があろうとは予想もしていなかった人物に殺されたのです」

ドゥフォンテーヌは、ヴァンミーアを見つめた。「核心を突いているような気がします」彼は言った。「思いつきもしなかったが、そう言われてみれば、わかりきったことのように思える」

「このことは、ひとまず置いておき、個人的な側面に話を戻しましょう――トローネ自身とアンリの店でのパーティーに」ヴァンミーアはつづけた。「あなたとコムロワとグラフトンは、トローネの人生についての話を繋ぎ合わせました。しかも、とても興味深い話です。わたしも、トローネについて何かわからないかと調べてみました。みなさんが考えているように、わざわざ苦労してまででっち上げをする理由がトローネにあったのかどうか。あのでっち上げは、妙に中途半端だったと気づきませんでしたか？　ことの顚末を――八人の文筆家がこぞって悪ふざけに引っかかったと――新聞に載せてもらうためにトローネが仕組んだのだと、あなた方は思っていますが、記者は一人もネタ探しに現れませんでしたよ。わたしの推測では、出席者以外、あのパーティーに興味を持った人はいなかった」

「きっと、自分で報道するつもりだったんです。それなのに、予想もしていなかったような評判が立ってしまった」ドゥフォンテーヌが言った。

「トローネという人を『あらゆる角度から』知ろうとしてみました」ヴァンミーアは、物思いに耽りながらつづけた。「彼は、いろいろな側面のある人だったように思います。たとえば、いくつかの異なる名前で執筆していましたし、霊感に頼った駄作を何作か書きました――西部劇、怪談、低俗なスリラー小説といった」

「どうしてわかったんです？」

「聞くべき相手を心得ているからです」ヴァンミーアは答えた。「トローネの紀行作品は、あの人自身が交渉していて、著作権代理人《エージェント》を雇っていませんでしたが、無茶な独創性のままにどんどん書いたつまらない小説は、ステッピングが取り扱っていました――読み捨ての安っぽい作品を専門にしているエージェントです。トローネのような多作な現役の作家を抱えていれば、とても儲かる仕事です」

「トローネの一般的なイメージと合致しそうですね」ドゥフォンテーヌが言った。「コムロワが、トローネは素晴らしいアイディアを持っているのに、それをとんでもない作品に浪費していると言っていた。だからって、それで彼の死因に少しでも近づけるんですか？」

「どんな情報でも役に立つものですよ」ヴァンミーアは答えた。

ドゥフォンテーヌは笑い飛ばした。「それなら、談話も当てはまりますか？　ほかの出席者についての情報が、このエリアス・トローネという多面性のある変わり者を誰が殺したのか、あなたが推論するのに役立つとでも？」

「ええ。適切な情報を得ることさえできれば、役に立ちます」ヴァンミーアが言い張ると、ドゥフォンテーヌはつづけた。

「かなり大勢の容疑者がいますよ。フィッツペインがいる。自分の研究や著作において誠実さを失わない代表的人物、杓子定規で勿体ぶっていて、偉そうで、保守的な強い信念を持つヴィクトリア朝の堅物がね」

「ええ、偉い人です。確固たる地位を築いていますし、自分の業績にとても満足しています」ヴァンミーアが、小声で言った。「劣等感のかけらもない。この世のフィッツペインのような人たちには、人から後ろ指を指されるような卑しい秘密などありません」

「そして、その反対側にはぼくがいる——無名のプラントハンターだが、自分自身にはかなり満足している。好きなように生きられるし、幸せにしていられるだけの金は稼げますからね。精神修養を積んだ学者のコムロワもいる。コムロワは科学者だ——それで何か思いつきますか？　それからリート。

かなりの本の虫で、書評家でもあり解説者でもある。創作者としてよりも批評家として気楽な中年になろうとしている——そうそう、現在の旅よりもむしろ古《いにしえ》の旅についての尊敬すべき知識人でもある。骨の髄まで海の男のグラフトン。少なくとも一冊はベストセラーを書いているし、もっと書ける能力はある。アルシア・チェリトンとアン・マードン——二人ともあまり知られてはいないが、旅や本、社会との接触ではそれなりに成功している」

ヴァンミーアは微笑んだ。「表面的なことばかりですね。どれもこれも、彼らとトローネの人生行路がどこで交わったのかという疑問が常に脳裏をよぎりましたから、さらに調査をする価値があるようです」

ドゥフォンテーヌが、落ち着きなく体を動かした。「確かに、机上の空論かもしれません。その線に沿って核心に近づこうとしたら一生かかりますよ、ヴァンミーアさん。これまでのところ、あなたは、トローネが、自分を殺そうとしている相手についてこれっぽっちも不安を抱いていなかったという考えしか言っていないじゃないですか。ぼくたちは、激怒したフィッツペインが、衝立の陰で自分にほくそ笑んでいるトローネを見つけた、何となくそんな気がしているんですがね」

「それはありえません」ヴァンミーアが、きっぱり否定した。「よく考えてごらんなさい。あなたたちは、トローネが衝立の陰に隠れて立ち聞きしていたと思っている。それなら、フィッツペインの怒鳴り声が聞こえたはずですし、怒りっぽいフィッツペインが、尊厳を傷つけられていきりたっているのに気づいたはずです。それなのに、トローネは、フィッツペインが重たいドアストッパーを手に、自分の頭を殴るのをそのままぐずぐず待っていたでしょうか？　絶対にありえません。トローネは、個人的な暴力をおとなしく待つような人ではありませんでした。そのような見方は、まったく理解できません」

「見方といえば、何が起きたかを思い描くと、こんなのはどうですかね」ドゥフォンテーヌは持ちかけた。「トローネが衝立の陰でせせら笑っていると、何者かが一緒にせせら笑っていた。トローネが、まったく恐れを抱いていなかった人物、無頓着で、トローネの楽しみに加わっただけの人物。それなら、ぼくらの誰かということはありえない。一人として、自分がからかわれているのを喜んでいなかった。トローネを見つけたら、耳たぶを引っ摑んで引きずり出していたでしょう。これで、ぼくたちではありえなかったということになりませんか？　ウェイターか、アンリ自身だった可能性もあるのでは？　トローネを殺す理由はごまんとあったんですから」

　ヴァンミーアは微笑んだ。「先走りすぎですよ。情報もないのに、可能性ばかり論じても意味がありません」

「だが、ぼくたちは、いくつかの面白いことを思いついた――いや、あなたが、面白いことを思いついたんじゃないですか」

「わたしは、偏見にはとらわれません」ヴァンミーアが答えた。「推測するのは嫌いですし、想像だけで物を言う人を信用しませんが、証拠に基づいて、あえて次のような可能性があると申し上げましょう。トローネの死とマルコ・ポーロ・クラブのでっち上げをしようという思いつきには関連がありました。一方が他方に影響をおよぼしていました。トローネを殺したのが誰であれ、それは、トローネが恐れる理由のある人物ではなく、トローネが衝立一枚でほかの出席者と隔てられているだけなのに威嚇するように彼に迫ってきた人物でもなかった。トローネを殺したのが何者かについては、トローネの人生とそれに付随する事柄の調査によってのみ解明されるものであって、彼についての情報はどれも些細なもので役に立ちません」

　ヴァンミーアの声に、これ以上話すことはないといった姿勢が感じられたので、ドゥフォンテーヌは立ち上がった。「さてと、興味深いお考えをありがとうございました、ヴァンミーアさん。あなたの助言に従って、トローネのいつもの立ち寄り先にいる仲間たちの言い分を聞きにいくとしますか」

「ぜひそうしてくださいな。ですが、お仲間の文筆家さんたちの調査もお忘れなく」ヴァンミーアは釘を刺した。

三

　ドゥフォンテーヌが帰ってしまうと、ヴァンミーアは、便箋を手にして速やかに記録に取りかかった。先ほどの訪問者が語ったすべての事実、そしてその主張の一部を書き留めることに専念した。タイプ用の机には、ドゥフォンテーヌの電話を受け、トローネの死を知らされてから自らタイプした原稿が積まれていた。その原稿には、ル・ジャルダン・デ・ゾリーヴでのディナーのことが、会話の多くとともに正確に記述され、出席者の行動に関する覚書も含まれていた。ヴァンミーアは、ドゥフォンテーヌの訪問に関する自分の意見を書き終えると、白紙を手にして丁寧にファイルした。各用紙に名前——昨夜のル・ジャルダンでのパーティーへの出席者全員の名前——の見出しをつけ、アンリ・デュボネ、さらにウェイターの用紙も加えた。それを終えると書棚に近づき、図書目録、本屋のリスト、出版社からのお知らせ、広告のファイルを調べ、大量の参考資料のなかから選び出した、著者仲間それぞれに関する事実を書き留めた。

レイチェル・ヴァンミーアがまだ作業に没頭していると、フラットのベルが鳴った。書類をきちんと整え、見えないように覆いをしてから戸口に向かった。そこに立っていた背の高い男性を、彼女は不審そうに見つめた。

「レイチェル・ヴァンミーアさんですね?」男性が、こう言いながら名刺を差し出したので、彼女は読み上げた。「ニュー・スコットランドヤード、犯罪捜査課、マクドナルド警部」

「お入りください」ヴァンミーアは、穏やかな声で言った。「いつかお目にかかりたいと思っておりました」

マクドナルドは、きれいに片づいた部屋に案内されてから言った。「戦時中、わたしたちは仕事面で共通点があったと今しがた知りました、ヴァンミーアさん。中東の諜報支局にいらしたそうですね」

「はい。どうぞおかけください」ヴァンミーアは答えた。「何年かイランにいて、大戦の後期には左官級の将校の下に――やや緩い形で――配属されていました。わたしの仕事は、まず事実を収集し、次にその相互関係を比較することでした。確認された事実から取りかかるのが好きなのですが、事実を掘り起こすのも好きです。ゼロから始めてみました――今回あなたが担当なさっている事件、トローネ殺人事件をね、警部」

「わたしは幸運だと思います」マクドナルドは、灰色の目を輝かせて微笑んだ。「さっそくですが、トローネをご存じでしたか?」

「知りませんでした。ですが、魅力的な調査対象だと思います。ことによると、わたしのほうが、あなたより有利かもしれません。文筆家として、問い合わせをする際に誰に話を持ちかければ良いかわかっていますので、時間の節約になります。わたしの仕事の進め方をご覧になりたければ、どうぞ、こちらにあります。事実をお好きなように利用なさってください」

ヴァンミーアが、新しいファイルを見せると、マクドナルドは、きちんと書かれたメモを読んだ。

「冗長なところが多々あると思います。常に冗長さが伴いますが、それは問題ではありません」ヴァンミーアが言った。「自分で掘り起こした事実をそのように並べると、調査対象に共通する特徴がわかるのです。何の繋がりがあるのかと、お尋ねになりたいかもしれませんね。ギュイ・ドゥフォンテーヌが、インドのカメート山の麓の丘陵地帯で新種のメコノプシス（主にヒマラヤ・中国の山岳地帯に分布するケシ科の大型の多年草または一年草）を発見し、グラフトンとコムロワがドイツのハイデルベルクの大学院で研究をし、バジル・リートが新しい著作権代理事務所を開業すると言われており、アン・マードンが独創的な添乗員クラブを開設すると言っていたという事実がそれぞれ――」

「そのようなことはお尋ねしたりしませんよ」マクドナルドは答えた。「あなたが専門調査をなさっている事実をありがたく頂戴します。わたしにとって、非常に役立つかもしれません。ですが、詳細に取りかかる前に、一般的なご意見はありませんか？」

「疑う余地のない事柄だけです。ドゥフォンテーヌやほかの出席者にも、申し上げたことなのですが」ヴァンミーアは答えた。「では、申し上げましょう。価値があると思いますので――」

こうして、マクドナルドは熱心に耳を傾けた。

第八章

一

ドゥフォンテーヌは、レイチェル・ヴァンミーアのフラットを出ると大英博物館までぶらぶら歩いていった。別に展示品を見たかったわけではなく、ミイラのあいだをぶらついたらいい考えが浮かぶかもしれないと感じたのだ。ギュイは、動きつづけながら次々と浮かぶ考えを煎じ詰めるのが好きで、大英博物館の広大な静けさは、ロンドンの街角の喧騒よりも好ましいように思われた。そして、ローマ時代の皇帝や神々の彫像にはほとんど目もくれず、一階の展示室をゆっくりと歩いた。エルギンの大理石彫刻群（古代ギリシアの大理石彫刻）とエジプトの石棺をぼんやりと眺め、はたと気づけば日本の錦絵に囲まれていた。日本の絵師たちの描いた花鳥風月が、我を忘れて考え込んでいた彼の心にすっと入り込み、傍目には目的がないかに見える徘徊の原因となっていた問題についてある考えが浮かんだ。北斎の『神奈川沖浪裏』に見入っていたドゥフォンテーヌは、いきなり踵を返し正面入り口を目がけて突進した。そして、立派なポーチに出るや歩調を速め、真ん前を歩いていた男性に追いついた。

「リート！」ドゥフォンテーヌは、咄嗟に呼びかけた。「リート！」

バジル・リートが振り返り、ドゥフォンテーヌを見つめた。自分の考えにすっかり心を奪われていたのがよくわかる眼差しだった。

「やあ」リートは、曖昧な返事をした。「読み物でも？　すごいところだよね？」

「いや、読み物をしていたんじゃなくて、ふと閃いたんだ」ドゥフォンテーヌは答えた。

「閃いたって、何を？」リートが尋ねた。「小説、脚本、それとも崑崙《こんろん》山脈（中国、チベット高原の北を東西に走る古期褶曲山脈）への新しい遠征についてかい？　ぼくも、さっきまであれこれ考えていたんだが、無い知恵を絞り切ってしまって……」

「まさか、小説のはずがないだろう、ばかだな」ドゥフォンテーヌがやり返した。「ゆうべのことについての考えだよ、トローネについての」

「トローネ？　えっ！　まだ埋葬されていないのかい？　その件なら、今朝、じっくり話し合ったじゃないか。また蒸し返しているのかい？」リートの、なんとも気だるそうでよそよそしい言い方。

「あのなあ、ぼくにそんな振りをするのはよせよ」ドゥフォンテーヌが食ってかかった。「それとも、殺人などきみには当たり前のことだから、もう興味が失せた振りでもしているのか？　きみの周りじゃ、どれくらい頻繁に殺人が起きているのかねえ？」

「しょっちゅう起きていたさ、ロンドン大空襲のあいだは」リートは、素っ気なく答えてからつづけた。「すまない、ドゥフォンテーヌ。あそこで読み物をしていて、三文小説のようなトローネの事件のことなどすっかり忘れていたもので。幾時代もの英知に比べたら、トローネなどいささか軽薄に思えてね」

「軽薄であろうがなかろうが、誰かが吊るし首にされ、その軽薄さの好例に決着をつけるために死んでいくかもしれないんだぜ」ドゥフォンテーヌが言った。「ぼくは、そんな目に遭うのは真っ平ご免だ、それだけさ」

「きみのはずがないだろう？」リートが詰め寄った。「やったのはフィッツ老人、だから消え失せたんだという結論に達したんじゃないか。老人はきっと、イスラム教にでも改宗して、ロンドン警視庁犯罪捜査課の追っ手がおよばないメッカで研究をつづけるんだろうな」

「それがなあ、ヴァンミーアさんに会ってきたところなんだが、彼女は、フィッツペインがやったんじゃないと言い張ってね、そのとおりだとぼくも納得してしまった。じっくり考えてみようと博物館に来たんだが、北斎の作品を見ているうちにふと閃いたんだ」

「北斎と卑劣この上ない殺人——連続性が見えないが」リートが言った。

「博物館の図書館の雰囲気で、思考能力が鈍ってしまったんじゃないのか。よくあることだそうだから」ドゥフォンテーヌが答えた。「その教養ある無気力状態から、そろそろ正常に戻ったらどうなんだ。ぼくのむさ苦しいフラットに来ないかい。話がしたいんだが、通りはどうも煩くていけない」

「いいよ。好きにしろよ。だが、殺人の件について、ぼくの理解力を期待しないでくれよ。トローネの殺人はもちろんのこと」リートが言った。「トローネのことは、まったく知らないし、誰が彼を殺そうが知ったことではない。とにかく、ぼくは、フィッツがやったと思っている。担がれたことに、すっかり激昂していたからね。ところで、そのむさ苦しいフラットはどこだい？　歩くのが大好きなそこいらの人間とは違うので——」

「さては、怖気づいているね」ドゥフォンテーヌが言った。「ここを渡ってバスに乗り、シャフツベリー・アヴェニュー方面へ。グリーク・ストリートから外れてすぐのところに住んでいる——フラットを手に入れたんだ。ロンドンは、とにかくとんでもないところだから、どこに住もうとどうってことはない。ここだ、さあ乗った」

ドゥフォンテーヌが、リートをバスに押し込むと、黙ったまま座る二人を乗せ、バスは渋滞した道を唸るような音を立てながらのろのろと進んだ。リートは、やや抵抗しているようにも見えたが、ドゥフォンテーヌに促されてバスを降り、ソーホーの入り組んだ道をついていった。

「うーん、きみがどこに住んでいるのか知らなかったし、知っていなければならない理由もないが、まさかこんなところに住んでいようとはね」リートが言うと、ドゥフォンテーヌは、鍵を取り出し、薄暗い高層ビルの入り口を開けた。

「まあ、ここに実際に住んでいるってわけではないんだ。どこにも住んじゃいない」こう言って、ドゥフォンテーヌは階段を上っていった。「だが、ロンドンでの逗留場所のような物があると便利なので、チャールズ・ヴァンスとこの穴倉を共有している。でも、めったに顔を合わせることはない」

ドゥフォンテーヌは、鍵でドアを開け、リートが通れるように脇によけた。部屋は、意外と広くて明るく、汚れておらず、バジル・リートは満足そうに見回した。

「おい、きちんとしているじゃないか」リートは言った。「この辺りに、これほど住みやすい場所があるとは思ってもみなかった。なあ、あれは本物の……？」

リートは、壁にかけられた何枚かの版画を眺めだしたが、ドゥフォンテーヌが、腕を掴んで椅子のほうへ追いやった。

「トローネの件についてだよ」ドゥフォンテーヌが、きっぱりした口調で言った。「クロークにコートを置きにいったとき、トローネの帽子を見たかい？」

「いや、見なかった」リートは答えた。「探しもしなかった。他人の帽子になど、まったく興味がなかったのでね」

「それなら、いったいどうしてフィッツペインは、帽子に気づいたんだろう？」ドゥフォンテーヌが、食い下がった。「あの人は、普通なら他人の帽子になど気づくような人ではない。帽子が、目につく場所に置き忘れてあったから、嫌でも気づいたんだろうな。ぼくが持ち物を置きにいったとき、帽子は目立つ場所にはなかったし、きみも帽子に気づかなかった。コムロワさんとグラフトンもね。そして、グラフトンがあとで探しにいったら、もう無かった」

「ということは、フィッツがこっそり置いたか、話をでっち上げたように思えないかい？」リートがやり返した。「帽子があそこにあったのを知っていた、あるいはあそこにあったと言ったのは、フィッツだけだ。フィッツが殺人にまったく関与していなかったと判断した、そうきみは言うが、証拠からしてこの事件はフィッツの臭いがぷんぷんする」

「フィッツのことは、ひとまず置いておこう」ドゥフォンテーヌが言った。「北斎が、今度の殺人とどういう関係があるんだと訊いたね。ただ、博物館の錦絵を見ているうちに、ふと閃いたんだ。アンリの店の七宝焼きの鉢と中国のカーテンを覚えている。どちらも、まさに芸術作品だっただろう。あれは、東洋で手に入れたんだろうな。アンリは、あちこち旅をしているからね」

「だから何なんだい？」リートが尋ねた。

「つまりだね、トローネが、ディナーに最初に到着したのは間違いなさそうだ。アンリだけでなくウエイターたちも、トローネが来たのを見ている。だが、トローネが出ていくのを見たのはアンリだけのようだ。トローネが出ていかなかったとしたらどうなる？」

「だが、出ていったのさ。アンリが目撃したんだから」

「もしアンリが、あそこ——アン・バー——であいつの頭をぶん殴ったのだとしたら、自分の行動の痕跡を隠すために、トローネが出ていくのを見たと言うのが彼にできる手っ取り早い方法だった」

リートは目を見張った。無関心の振りも（振りをしていたのだとすれば）どこへやら、興味津々だった。

「閃いただけだろう」リートは言った。「裏づけとなる証拠がまったくない。アンリとトローネの繋がりは？　レストランの店主は、客の顔つきが嫌いだからといって衝動で殺したりはしない。自分の店で、殺人を起こすなどとんでもないことだ」

「当たり前だろうが、間抜け」ドゥフォンテーヌが言い返した。「誰も、トローネを衝動では殺さなかった、ぼくはそう確信している。すべて前もって考え抜かれていたのさ。殺したのがフィッツではないとぼくが信じているのは、『衝動殺人』という理論を信じていないからだ。ヴァンミーアさんが、フィッツペインのような細かいことにこだわる堅物が、いきなり頭がおかしくなって故殺を犯す、つまり一時の激情によって生じた殺意で人を殺すような愚かな真似をするなど絶対にありえないと言っていたが、まさにそのとおりだ。根本的な動機が裏になければならない」

「それなら、アンリの根本的な動機は？」リートが尋ねた。

「わからないが、二人は東洋で会ったのかもしれない。繋がりの可能性はある。あちこち旅をしてきたアンリ・デュボネのことだから、どこかでトローネに会ったかもしれないじゃないか。それに、ほら、トローネを殺す機会がアンリにあったのは明らかだ。トローネが到着してからぼくが到着するまで数分あった——次に着いたのはぼくで、そのすぐ後ろにグラフトンがいた。『衝動殺人』の理論を言っているんじゃない。ぼくが言いたいのは、アンリは、トローネを知っていた、そして今回のディナーを誰が手配したかを知っていたということだ。トローネは、何かアンリの弱みを握っていたから、必要な協力を得られると思いル・ジャルダン・デ・ゾリーヴを選んだのかもしれない。どうしてトローネは、ほかの出席者よりずっと早く姿を現したんだい？　最終準備を確認するために早く来るようにアンリに言われたのだとすれば、説明がつかないかい？」

「あのなあ、きみの話はずっと仮定ばかりじゃないか」リートが反論した。「犯罪捜査が、周知の事実に関係なくきみの想像力を使うことで成り立っているのなら、厨房スタッフからたまたま食事に来ていたお偉いさんまで、ゆうべレストランにいた全員を相手取った事件を想定できる」

「そうさ、それは認める」ドゥフォンテーヌも折れた。「だが、機会を証明しないと。どんな事実を、ぼくたちは知っているかな？　トローネの死体が配膳台の下で発見され、しかも熱いパイプに押しつけられていたから、死亡時刻を特定するのは難しい。あの熱いパイプがあるのを知っていたのは誰だい？　衝立を用意し、以前使っていた配膳台に必要以上に長い布をかけさせたのは誰だい？　フィッツペインが嫌でも気づくような、クロークの目立つ場所にトローネの帽子を置くことができたのは誰だい？　問題を混乱させるために帽子を隠したのは誰だい？　ポケットのなかを調べるのに充分な時間が経ってから、死体を見つけたと報告したのは誰だい？　そして最後に、トローネがレストランを出ていった、したがっておそらく実際に死んでいた時刻の数分後もまだ生きていたという証拠を提供したのは誰だい？　この質問すべてについて同じ答えが出せるが、何よりも大切なのは帽子についてだ。誰かが帽子をこっそり置き、それをまた隠したんだ」

リートがうなずき、「そうだね、なかなかよく考えたものだ」と言った。「だから、きみの考えがまったく間違っていると言うつもりはないが、それでも言わせてもらえば、不明な動機を仮定してしまったら、フィッツペインはもちろんのこと、ほかの人たち全員を同じように疑うことができる。経験からあの店のことを知っていると認めたグラフトンと、トローネについてぼくたちのなかで誰よりも知っているコムロワさんだって、同じように責められて当然のように思うが」

ドゥフォンテーヌは、拳を握りしめ、膝に両肘をついて考え込んだ。

「『衝動殺人』の理論は受け入れられないんだよな」彼は言い張った。「ぼくたちの誰かが、ぼくたちの見えるところ、聞こえるところで、トローネを一目見て殺したとは、どうしても信じられない。ばかげている。何もかも考え抜かれていたんだと思う。ぼくが仮定したのと同じように、ぼくたちが着いたときすでにトローネが殺されていて、トローネがレストランに戻っていたという印象を与えるために殺人犯がトローネの帽子をこっそり置いたのだと仮定したほうが理にかなっている。じゃあ、到着した順番をおさらいしよう。トローネを別にすれば、グラフトンとぼくが最初だった。グラフトンは、トローネの帽子を見なかったし、ぼくも見ていない。女性たちは、紳士用クロークを覗き込んだりしないから問題にしなくていい。コムロワさんが次だった――それともきみだったかな？」

「ぼくが、コムロワのほんの少し前に着いた。ぼくのあとから彼が入ってきた」リートが答えた。「ということは、コムロワも帽子を置くことができたから、フィッツペインが入ってきたときにその帽子を見ただろうが、それは、コムロワが帽子を実際に置いた証拠にはならない。帽子を置いたのはフィッツペインで、出ていくときにフィッツペインがそれを隠した可能性のほうが高い、そうぼくには思える。とにかく、こんなことをしていても前には進めないと思うよ。きみは、事実をまったく摑んでいないし、推測は役に立たないのだから」

「そのとおりさ」ドゥフォンテーヌは言った。「だが、議論していると、突き止めなければならない事実が見えてくるのさ。その一つは、到着してからトローネがまた店を出ていくのを見たのはアンリ以外に誰かということ。それが、重要な点だ。アンリは、トローネが出ていくのを見たと言っている。それが本当なら、出ていくのを見たやつがほかにもいるはずだ。だが、それが本当だとは信じられない」

「おい、犯罪捜査課に入るつもりなのかい？――ぼくは、そのつもりはないよ」リートが言った。「スコットランドヤードの職員が思いつかない何かを自分なら思いつくかもしれないと、まさか本気で思っているんじゃないだろうね。トローネが店を出ていかなかったという疑問があるなら、きみが余計な手出しをしなくても目星はつくさ。証言を頼むのにこれほど適した人間はいない。ドアマンがいただろう、守衛のようなやつが。一人いたのを覚えている。大きすぎるコートを着た小柄な老人だった」

「ああ、いたと思う」ドゥフォンテーヌも覚えていた。「だが、ぼくは、別の人間を思いついていた。ぼくが通ったとき、夕刊を持ったやつが、店から二軒ほど大通りに近いドアの前にいた。賭け事の仲介人じゃないかな、そういうやつが大勢いるだろう。だから、通行人をよく見ていると思うんだ」

リートは、訝しそうな目でドゥフォンテーヌをじっと見つめ、「ぜひ、そいつに訊いてみてくれ」と言った。「だが、トローネがどっちの方向へ歩いていったのか、どうしてわかるんだい？――アンリが言うように、本当に出ていったらの話だがね」

「もちろん、わからないさ」ドゥフォンテーヌは答えた。「だが、反対方向には行かなかったと思う。行き止まりだから」

「いや、違う。歩いてなら通り抜けられる狭い路地が突き当りにある。一九四一年にあの倉庫が建ったときにN・F・S（国立消防隊）と行ったので知っている」リートが言った。「トローネが、また出ていったという確固たる証拠を得るには、あのドアマンに訊くしかないし、犯罪捜査課がもう訊いているに違いない」

「トローネが、また出ていったなんて絶対にありえない。理屈に合わない」ドゥフォンテーヌは言い張った。「最初は、みんなと同じように、ぼくたち全員がバーの周りで騒いでいるあいだに、トローネがあの衝立の陰で殺されたのかもしれないと思った。だが、考えれば考えるほど、それはありえないと思えてきた。ちくしょうめ、さすがのきみでも誰かを殺すような危険を冒すはずがないだろう。配膳台の下に死体を転がしているときに、誰かが衝立を回ってひょっこり覗き込む可能性が充分あったんだぜ。そんなことは、断じてありえない。ほかのやつらが到着する前にトローネが殺された可能性のほうが、ずっと高い」

リートは立ち上がった。「まあ、勝手に御託を並べていればいい。自分は、生まれながらの探偵だと思い込んでいるようだね。あいにくぼくは、違うのでね。うだうだ考えるなんて面倒くさい。とにかく、一つだけ確かなことがある。トローネが本当にまた出ていったのなら、あのドアマンが気づいただろうし、犯罪捜査課が、もうそのことを摑んでいる可能性がきわめて高い、つまり、きみが到着する前にトローネが殺されたというきみの理論は完全に崩れる」リートは、いきなり笑い声を上げた。「まさか、この事件のことが心配でたまらないのは、自分の利益のためじゃないだろうね？　最初に着いたのが、きみだったからかい？」

「心配なんかしちゃいない。知りたいだけさ」ドゥフォンテーヌが言い返した。「閃いたと言っただろう。考えれば考えるほど、それが正しいと思えてならない。ぼくたちみんなのすぐ近くでトローネを殺す危険を冒すなど、どう考えてもありえない。それが正しいなら、ぼくたちが着く前にトローネは殺されていたに違いないから、アンリが言ったようにレストランからまた出ていくなど絶対になかった。とにかく、試してみようと思うので、コムロワさんに、到着したときクロークにトローネの帽子があったかどうか訊いてみるよ。もしなかったのなら、コムロワさんがクロークを出てからフィッツが到着するまでのあいだに帽子が置かれたということだからね」

リートは、部屋をつかつかと横切り、ドアのところで振り返って答えた。「きみが何をしようが、何を尋ねようが、ぼくの知ったことではない」彼は言った。「だが、これだけは覚えておけ。帽子がいつ置かれたかについて正確に教えられる唯一の人物は、フィッツペインが到着する前にあそこに帽子を置いた人物なのだから、そいつは、きみの問いかけに対して正確に答えたりはしない。決して答えない」

「わかってるよ」ドゥフォンテーヌは言った。「だが、嘘を重ねるのはしごく難しいから、往々にしてへまをやらかすとも言える。最初に嘘をつくやつに用心することにするよ、アンリだろうが、ドアマンだろうが、ぼくたちの誰かだろうが」

リートが、含み笑いをした。「ぼくを引き込もうとした理由がやっとわかった」彼はつぶやいた。「さては、全員に質問をぶつけるつもりだな。ぼくは構わないが、現時点では詳細が明らかでないある場合において、自ら災難を招くことになるだろうし、そうなったからといって誰も責められない」

「自ら災難を招くだと！　それは、ぼくたちみんなに言えることじゃないのか？」ドゥフォンテーヌは、やり返した。「ぬくぬくと家にいて美味い物を食べていられるのに、どうして世界中の辺鄙な地域をうろつき回っているんだ？　安全第一など、ぼくたちのモットーとはほど遠い」

「好きにしたらいい」リートが言った。「だが、もう一つだけ言っておく。旅行家として、きみはある技術を身に着け、そのおかげで未熟者なら嵌《はま》ってしまう落とし穴に落ちずにいられる。だが、探偵としての技術は皆無だ――ぼくもそうだが、少なくともぼくはそれを自覚している。高度な訓練を受けた専門家集団が仕事に就いているのに、ずぶの素人が嗅ぎ回っても、割に合わないと思うがね」

「そうかもしれないが、閃いてしまった以上、とことん試してみるしかない」ドゥフォンテーヌは頑なだった。

二

リートが四時四十五分に帰ると、ドゥフォンテーヌは何本か電話をかけた。レストランが夜開店するまで、アンリの店に行ってドアマンを探しても無駄だとわかっていたので、グラフトンとコムロワに電話をしてから、グラフトンの部屋に行った。そして、パーティーの出席者がバーの周りに立っているあいだにトローネが殺されたという理論に反対である理由を詳しく説明し、犯人が殺しを実行しているあいだに誰かが現れる恐れがあったと主張した。グラフトンは、じっくり耳を傾けていたが、ようやく答えた。

「危険を冒すだけの能力がそいつにあるかどうかにかかっている。もちろん、トローネが実際にそういう殺され方をしたのなら、殺人犯は途轍もない危険を冒したことになるが、それをやりおおせた。そして、もしそういう殺され方をしたのだとすれば、あんたの論理は、犯人の望みが何だったかに尽きる。冷静に考えると、とても起こりそうもないことのように聞こえるから、道理をわきまえた普通の人間なら、不可能だったと主張するだろう。ところが、不可能ではなかった」

グラフトンは、考え込んだ様子でドゥフォンテーヌを見つめてからつづけた。「俺たちのなかに、のろまはいないよな？　探険家として、のろまではいられなくなった。あんたが俺を殴り殺して、テーブルの下に転がすのにどのくらいかかる？　三十秒か？　きっともっと短いだろう。いったんこうと決めたら狼狽《うろた》えるようなやつには見えん。もしあんたがその危険を冒し、誰にも気づかれずに上手くやってのけたのだとしたら、あんたにとって一番安全な理屈は、今あんたがこねている――そんな危険を冒すやつなどいないという――理屈だ」グラフトンは、一息置いてから言い足した。「あんたは、自分には殺しなどできるはずがなかったと主張できる。パーティーがまだ進んでいる最中に、俺もそうだったが、衝立の背後に回りはしなかったからとね。だが、充分なすばしこささえあれば、俺たちの誰にでもやれたと思う。もし、俺たちの誰かが、トローネとぐるになってあのでっち上げを仕組み、『これこれしかじかの瞬間に衝立の陰で合流し、仕上げに持っていこう』と言えば、そのときに殺せた。頭を一発ぶん殴り、ほんの数秒ちょちょいのちょいと腕っぷしを使うだけでことはすむ。あんたは、ばくち打ちじゃあるまいし、一か八かにすべてを賭けるなどできるか、と主張もできるだろうが、ばくち打ちは確かにいるんだ」

「見解の相違だな」ドゥフォンテーヌは、小声で言った。「やってくれないかな――ゆうべのことについて覚えていることすべてについての正確かつ詳細な説明を書き留めてくれないかい？」

グラフトンは立ち上がり、向こうの書き物机に歩いていった。

「もう書き留めてある」グラフトンは答えた。「そして、一部警部に渡した。このカーボンコピーを持っていけよ。コムロワも同じことをしたが、明白な事実だけだ」

グラフトンは、タイプ原稿を数枚ドゥフォンテーヌに投げた。「うまくいくといいな。考えれば考えるほど、まったくのでたらめでもなく、まったくの当て推量でもない判断は下せないように思えてくる。トローネは殺されたが、なぜ殺されたのか俺たちにはわからん。あれこれ推測することしかできん。ことによると、フィッツペインについての俺たちの最初の仮定は軽率だったかもしれんが、あいつには、曲がりなりにも動機があった」

「そうだよな」ドゥフォンテーヌも同じ意見だった。「だが、ぼくは、フィッツペインが、あんな風に衝動で行動するはずがないというヴァンミーアさんの意見に賛成だ」

「あの人に、フィッツペインの何がわかるっていうんだ?」グラフトンが、問い詰めた。「探偵ごっこに嵌っているなら、公平になって、全員を疑いの目で見るんだな——全員を。リートが現れた時刻とレイチェル・ヴァンミーアさんが現れた時刻のあいだに少なくとも二分あったのを覚えているか? 二分あれば、トローネをやるのに充分だったし、ヴァンミーアさんは、すらりと背の高い、鍛え抜かれた女性だ」

「わかったよ。公平になるよう心してかかるが、その最後の言葉は本題から逸れている」ドゥフォンテーヌは答えた。「ぼくの思うに、会食者に注意を注ぎすぎ、ル・ジャルダンの経営者を軽視しすぎている」

「経営者? アンリのことか?」グラフトンが訊き返した。「そいつは俺も考えたんだが、アンリとトローネに何の繋がりがあるんだ? 何らかの動機が見つからんことには、推量はちっとも進まんし、裏づけが取れん。アンリとトローネがバンコクかシャムで会ったことがあり、アンリは、今度トローネに会ったら殺してやろうと心に誓い、その言葉どおりに実行したんじゃないかと生半可な理論をこねくり回してみた。だが、その説明が当たらずといえども遠からずだとしても、動機が不明である以上、真実は決して摑めない」

「アンリには、殺す機会があった」ドゥフォンテーヌが言い張ると、グラフトンはうなずいた。

「そうだよな。フィッツペインにもあった。俺にも。レイチェル・ヴァンミーアにもあったし。アルシア・チェリトンとアン・マードンにも同じようにな。機会など、それだけでは何の役にも立たん。ほかに何か摑まないことには」

六時ごろ、グラフトンをフリート街の彼の部屋に残し、ドゥフォンテーヌは、コムロワを探しに西へ向かった。コムロワは、グレイズ・イン・ロードの近代的な大きな建物に小さなフラットを所有していた。コムロワは、タイプライターにずっと向かっていたようで、足元に何枚もの原稿が散らばっていた。

「トローネについて思い起こせるすべての項目の要約のようなことをしていたんだ」コムロワは言った。「驚いたよ。整理してみたら、彼についてこれほどさまざまなことを耳にしたことがあったとは。彼の作品の何作かのエージェントだったステッビングにも会ってきた」

「どうやって、突き止めたんです？」ドゥフォンテーヌは尋ねた。

「トローネの突飛な三文小説が見つかるまで露店の本屋を歩き回り、出版元に片っ端から当たってみたんだ」コムロワは答えた。「アイルマー・メインが、トローネが安物のスリラー小説に使っていたと言っていた名前——ロデリック・ラングーン——を思い出したのさ。出版元は、ぜひトローネともう一度連絡を取って契約を更新したがっていたし、ステッビングは、トローネと口論になってもう何か月も彼の仕事をしていないようだ。彼が言うには、トローネは天狗になっていて、自分ほど偉い人間はいないという態度だったそうだ。そこに何かあるのではないかと……」

「そんなことをしていても、何も得られないと思いますけどね」ドゥフォンテーヌは、イライラした。「ヴァンミーアさんもあなたと同じ路線ですが、出版元やエージェントが、道を踏み外してクライアントを殺すとは思えない。ぼくは、目の前にある事実に専念するのが好きです」

ドゥフォンテーヌが、すでにリートとグラフトンにぶつけてみた考えについて説明すると、コムロワは、パイプをくわえて片方の眉を上げ、片足を揺すりながら、辛抱強く聞いていた。そして、ドゥフォンテーヌが一息つくと、コムロワは言った。

「トローネが店を出なかったという考えは、警部に対処してもらえると思うが——警部が、すぐに真相を摑んでくれるさ。もう警部には会ったかい——マクドナルドという人だが?」

「いいえ。犯罪捜査課から来たほかのやつになら会いました。今朝、あなたたちと会って戻ったら、部屋にいました。ゆうべのことについて陳述を求められただけです——到着時刻と一般的な出来事について。事実だけにして、大して明かしませんでしたけどね」

「ふーむ……とにかくマクドナルドは、久しぶりに会った逸材だ。寡黙で、とても礼儀正しいしな。彼は、わたしたち全員の情報を集めている。きみが会った男は、きみのタイプ見本を求めたかい?」

「いいえ。だが、ぼくが戻る前に勝手に手に入れていたんじゃないですか——タイプライターが、いつでも使える状態で部屋にあったんだから。そんなことをしても、無駄なのに。ぼくのタイプライターが、ぼくの計画していた犯罪と関係があったのなら、警察に見つけてくれと言わんばかりにそこに置いておきますか?」

コムロワは、パイプをくわえた。「置いてはおかんだろうが、マクドナルドが無駄なことをするとは思えん。彼は今日ここに来たんだが、わたしをいわゆる現場分析《イン・シトゥ》していた。一つだけわかっていることがある。もし、わたしが殺人を犯したのだとしたら、わたしが言いもしないことを彼に嗅ぎ回られるのは嫌だ」コムロワは、パイプを叩いて空にしてから言い足した。「きみが言ったなかで、わたしが判断できるかぎり一理あることが一つだけあるが、それはトローネの帽子についての質問だ。なぜフィッツだけが、あの帽子に気づいたのか？　それは、ある見方をすれば簡単に説明がつく。リートとわたしは、フィッツの前にクロークに入った最後の人間だった。厳密にはリートが最後だったが、わたしは、そそっかしくてね。トローネの帽子が帽子掛けにかかっていたのに、気づかずに落としてしまったのかもしれないし、リートが出たあとで帽子が落ち、フィッツが入っていったら床に転がっていたのかもしれない。わたし個人としては、そのことは、リートとわたしが、ほかのみんなと合流してからトローネがもう一つの出口から入ってきて慌てて帽子をかけ、フィッツが入ってくるのが聞こえたのでトイレの個室に隠れたということを示していると思う。いずれにせよ、きみが、ほかの誰も帽子に気づかなかったのはなぜかと疑問に思ったのにも一理ある。わたしがしているのと同じように、きみの考えを全部紙に書き出して、犯罪捜査課に渡したほうがずっと懸命だ。素人探偵は、失敗の元」

ドゥフォンテーヌが、頑なに黙ったまま座っていると、コムロワがいきなり言った。「おい、本当は何もわかっていないんだろう？」

「そうなんです」ドゥフォンテーヌが言った。「それがばれてしまったからには、あなたの言うとおりにしたほうが良さそうだ――お盆に載せて渡すとしますよ。じゃあ、これで」

三

ドゥフォンテーヌは、七時十五分まで待ってからル・ジャルダン・デ・ゾリーヴにぶらぶら歩いていった。そこで、リートが言っていたドアマン——何サイズか大きすぎる制服のコートを着た小柄の老人——を見つけた。

「ゆうべも、ここで仕事をしていたかい?」ドゥフォンテーヌが尋ねると、老人はうなずいた。

「ウィ、ムッシュー。七時半——セト・ウル・エ・ドミ——までの勤務でした。それから、ルイがここに来ましたので、わたしは厨房に行きました、いつもどおり《コム・ダビテュード》。ムッシューは、こちらでゆうべお食事をなさいましたね、確か《アン》? ムッシューが到着なさった直後に、このコートをルイに渡しました」

ドゥフォンテーヌが、当然のチップを小柄な男の手に握らせながら一つ目の質問をすると、その袖の下《ドゥスエール》は、すんなり受け取ってもらえた。ドゥフォンテーヌはつづけた。

「きみが着ているそのコートは、本当にルイのコートに間違いないんだね?」

「はい、ムッシュー、ルイはドアマン——案内人——ですが、労働時間が短いし、ルイは丈夫ですから、六時半から七時半まで下の手伝いをして、それから《エ・ピュイ》——ほら、このとおり《ル・ヴォワラ》、このコートを着て守衛です」

ドゥフォンテーヌは、うなずいてつづけた。「七時二十分に着いた男を見たかい?——先の尖った顎鬚の男で、黒いマントをはおって——」

小男がにんまりしたので、ドゥフォンテーヌは言葉を切った。

「ムッシュー、わたしたち全員が、コートの男性について訊かれました。到着なさるのを見ました。ほとんどのイギリス人とは違っていましたので、覚えています。また出てきて、歩いて行かれるのを見ました。立ち去るのを見たのはわたしだけではありません、ムッシュー。警察は、立ち去るのを見た人間を三人見つけました——新聞売りとタクシー運転手、それから少年です」

「そんなことだろうと思った」今度は、ドゥフォンテーヌがにんまりした。「彼がレストランに戻るのを見た人はいるのかね?」

「いいえ、ムッシュー。あのう、ルイにこのコートを渡しになかに入りましたので、少しのあいだでしたが、誰も入り口で仕事をしていない時間がありました。あなたが到着なさるのは見ましたよ、ムッシュー、その後ろに別の男性がいらっしゃいました。それから、ルイの口笛が聞こえました。あなたは、フロントで煙草をお買いになられましたね、ムッシュー。ですから、あなたがそこにいらしたあいだ、マドモアゼル・ジーン——受付にいた女性——は、ほかの方が到着なさっても気づきませんでした。マントの男性が、またそっと入っていらしたのは、そのときだったのでしょう。ご主人も忙しかったですし、ウェイターも忙しくしていました。ですから、そのときしか考えられません」

ドゥフォンテーヌは、自分の素晴らしい閃きが、今や針を刺された風船のようにしぼんでいくのを感じつつも、しつこく迫った。そして、次に訊いた。「マントの男が立ち去ったのは、どっちの方向だった?」

「こちらです、ムッシュー」老人は、幹線道路とは逆の方向、ドゥフォンテーヌが行き止まりだと言っていた方向を指さした。「ご主人《パトロン》のおっしゃったとおりだと思います」年老いたフランス人は言った。「マントの男性は、最初の客になられるのがお嫌だったのです。だから、出ていらして、到着なさるほかのお客さまと鉢合わせしないように、いらしたのとは別の方向にいらして、少ししてから戻っていらして、急いで《アンプレス》パーティーに加わられたのかもしれません」

　この男、自分の考えを実に見事に表現している、とドゥフォンテーヌは思った。同じ職業に就いているほとんどのイギリス人よりも的確な言葉遣いだ。ドゥフォンテーヌは、半クラウン（イギリスの二シリング六ペンス貨。一九七〇年に廃止）をもう一枚渡して小男に礼を言い、かなり殺伐とした道に向かってゆっくりと歩いていった。大半の建物は、何らかの事務所に使用されていたが、すでに閉鎖され、シャッターが下りていて死んだような雰囲気だった。排水路で遊んでいる子どもの姿さえない。

　通りの突き当りから二十メートルほど手前で、アーチの下を通る道が照明の乏しい路地に通じていた。ドゥフォンテーヌは、二十四時間前にトローネも同じことをしたのかと思いながら、その路地に入った。自分の探偵ごっこは大失敗だったと感じたが、粘り強い彼は、歩みを止めなかった。路地は、薄暗い高い建物のあいだを抜ける別の細い通路に繋がっていた。匂いから、美味しいディナーが調理されているアンリの店の厨房に近づいているのがわかった。この通路は、グラフトンが言っていたもう一つの出口に通じているに違いない。ドゥフォンテーヌは立ち止まり、一瞬考えた。まったく無意識に、持っていた毛裏の手袋を揺すりながら、『シェナンドア』（米国に古くから伝わる水夫のはやし歌）をそっと口笛で吹いていた。それから踵を返し、来た道を引き返した。店に戻るころには小柄なドアマンの姿はなく、老人が着ると滑稽に近かった守衛のコートを窮屈そうに着た、ずっと背の高い若い男が、ドアの脇に立っていた。ガラスのドアから漏れ出る店の照明で、ルイという男が見事な口髭を蓄え、真っ黒の目をしているのがわかる。ルイが微笑みかけた。さては、さっきの会話のことを知っているな。ドゥフォンテーヌは立ったまま、ルイがタクシーのドアを開け、二人の客を店内に案内するのを待ってから言った。

「ぼくは、ここで昨夜食事をしていた。きみは、ぼくを見なかったね？」

「はい、ムッシュー」ルイが、丁寧に答えた。

「確かかい？」

ルイは、薄明りのなかでドゥフォンテーヌの顔をとくと見た。「あなたのことは記憶にありません、ムッシュー。わたしは、一度お顔を拝見したら忘れません」

「だが、全員の顔を覚えていることはできない。どうのこうの言っても、ここはあまり明るくないし、きみが忙しいこともある。さっきもタクシーのところに行っていた」

「ウィ、ムッシュー。ですが、店にお入りになるみなさまをお迎えすることになっています。それがわたしの仕事です。あなたは、マントの男性についてお尋ねになられました。その方が入られるのを、わたしは見ませんでした、ムッシュー。それは認めますが、どのようにコートを交換するか、ジャンがお話ししたはずです。ですから、誰もドアの前にいないことが、ほんの一瞬だけあります」

「誰かほかに気づいた人はいないかな？」ドゥフォンテーヌが食い下がると、ルイは微笑んだ。

「ムッシュー、報酬のためなら何でも思い出す人もいるでしょう。でも、警察は満足しています」

ドゥフォンテーヌは諦めた。ぼくの素晴らしい閃きは、ひょっとすると大したことはなかったのかもしれない。だが、ドゥフォンテーヌは、また『シェナンドア』を口ずさみながら、さっきの路地に引き返していった。

第九章

一

警視監のラグリー大佐は、退職時期が迫っていた。だが、ジェンキンズ同様、退職したくはなかった。どんな趣味も、仕事を失ったことの埋め合わせはできないと思っていた。そして、勤務時間のなかでもとりわけ興味深い多くの時間を、マクドナルド警部と過ごし、マクドナルドが、そのときどきの事件に関して口頭で報告を行なってきた。ラグリー大佐は関節炎を患っており、なかなか収まらない傷みが仕事中にもたびたび襲った。だが、マルコ・ポーロ・クラブの偽会議の話を聞いていると、その痛みもすっかり忘れていた。

ラグリーがマクドナルドを迎えたのは、トローネの死の翌日四時半ごろだった。

「おいおい、マクドナルド、ブレイシーとは学校が同じだったが、当時でさえ怒りっぽいやつだった。いつか二人ともお払い箱になったら、この話をあいつにしてやれたらと思うよ。べらぼうに面白い話だ」

「そのべらぼうに面白い話には、まだつづきがありましてね」マクドナルドが言った。「わたしが確信していることの一つに、この話を考えたやつは、考えることにとても慣れています。用意周到で、抜かりがありません。次に、セント・ジャーミンズ宛の手紙についてですが」マクドナルドは着々と話を進め、捜査の詳細と事情聴取の要旨を伝えた。レイチェル・ヴァンミーアについて、彼は言った。

「このご婦人は、証拠収集と関連づけの専門家です。昨夜の会合の出席者全員に関する詳細な証拠を提供すると請け合ってくれました。犯罪捜査課よりもずっと迅速かつ完璧に証拠を集めてくれるはずです。こつを心得ていますからね。彼女のいくつかの考えに、わたしは特に興味を覚えました。トローネの部屋が略奪され、タイプライターが盗まれました。いずれ回収できるでしょうが、ごく最近彼がタイプしていた原稿を入手しましたところ、その原稿をタイプしたのは、セント・ジャーミンズ宛の手紙ならびにディナーを注文するためのデュボネ宛の手紙に使用されたのと同一のタイプライターです」

「よし、それで充分だ」警視監は言った。「そのタイプ原稿にトローネの指紋を見つけたんだね?」

「はい、警視監、トローネはそのタイプライターを間違いなく使用しました」

「ならば、それで、トローネがディナーを手配したという、コムロワの判断が正しかったことはほぼ確実なのではないかね?」

「ところが、確実とは断言しかねます」マクドナルドが答えた。「トローネが手配することもできました。しかし、トローネのタイプライターを入手できた者なら誰にでも可能でした。セント・ジャーミンズ宛の手紙もアンリ・デュボネ宛の手紙も、非常に多くの指紋が付着しており、最初につけられた指紋が不鮮明になっています。しかし、デュボネ宛の手紙に部分的に残っていた指紋が一つあり、専門家がおそらくトローネの物だろうと判断できるに足るほどトローネの指紋と合致していました」

「では、それが、確かにトローネが招待状を送ったという推定証拠になると思うが」ラグリー大佐は言った。

マクドナルドは、少し間を置いてからつづけた。「推定については、わたしも同意見です、警視監。ですが、今後明らかになる証拠に照らして検討する必要があります。本件についての明確な解釈は、ダイニングルームを出た際にフィッツペインがトローネを殺害したということです。フィッツペインは激怒していた。トローネを殺害する時間と機会が彼にはあり、重いドアストッパーを凶器として使用した可能性があります。そのドアストッパーは、鉄のドアの向こうにある通気渠《きょ》と呼ばれる溝のような空間で発見されています。紳士用クロークの窓から、トローネの帽子もろとも投げ捨てることが可能です。さらに、フィッツペインは失踪しました。そのうち見つかるでしょうが、容疑者として本国送還はできないでしょうね。検死審問で陪審員に事実を完全に明らかにしたにせよ、陪審員がフィッツペインに対する評決を下せるかどうかは疑問です。わたしが陪審員でしたら、現時点での証拠だけでそのような評決に賛成はしないでしょう」

ラグリーは、椅子にさらにゆったりともたれた。「なぜだね?」彼は、ぶっきらぼうに迫った。

「特定のタイプの人間にできることに関しては、自分自身の判断力を駆使するべきだからです」マクドナルドは答えた。「徳が高く、とても几帳面な行ないをする人間はもとより、どんな人間でも、激昂すれば人を殺しかねません。フィッツペインは、短気でうぬぼれがきわめて強い。彼なら、傍に凶器になる物があれば、衝動に駆られてトローネを攻撃した可能性もあるでしょう。そして、強く殴りすぎて殺してしまったと悟るかもしれません。自己防衛本能から、死体を直ちに隠す行動に出たでしょう。これらについては、すべて納得できますが、そう単純な話ではありません。殺害後、トローネのポケットが物色されています。彼が招待状を所持していたことはわかっています。デュボネに提示しましたから。自室の鍵を所持していたものと想定できます。所持品を調べた結果、どちらも無くなっていました。最初の推定は、トローネが殺害され、その直後に死体が隠されたというものでした。ところが、これは事実ではありません。何者かが、ポケットを漁るというさらなる危険を冒したのです」

マクドナルドは、またしても言葉を切った。ラグリーと意見が食い違うこともしばしばあったが、みくびったことは一度もない。警視監なら、強調などしなくとも証拠を評価できた。

ラグリーは、うなずいた。「なるほど。説得力のある論拠だ」と小声で言った。

「フィッツペインが、トローネを殺害したのだとしても、衝動で殺したとは思えません」マクドナルドはつづけた。「衝動だけでは、ポケットを漁った説明として充分ではありません。さらに、殺人犯は、そのままトローネの部屋に行き、ドアを開けたままにした可能性がきわめて高いように思われます。あの建物のドアを開放しておけば、何者かがそれに気づいて悪用すると考えて、まず間違いありません。こうした証拠に基づき、わたしの意見として、トローネは衝動的に殺害されたのではないと申し上げます。殺害は、あらかじめ計画されていたのです。フィッツペインなら衝動で殺害しかねないと信じることができると、わたしは認めました。しかし、彼が謀殺するとは思われません。間違っているかもしれませんが、これがわたしの判断です」

ラグリーは、うなずいた。「なるほど。それについては、きみに賛成したいと思うし、別の点からも、きみの考えが正しいとわかる。フィッツペインは、意図的にトローネのことを口にした。トローネの帽子を見たと主張した。フィッツペインがトローネ殺害を計画していたのなら、彼は、トローネがあの敷地内にいたという自分の信念を強調しないのではないかな。それにもかかわらず、フィッツペインにきわめて好都合な逃亡計画があったという事実は捨てがたい」

　両者は、しばし沈黙したが、やがてラグリーがもう一点指摘した。「招待状だよ、マクドナルド。招待状の破棄に、重要な意味合いはないのかね？」

「ある、と思うほうに傾いています」マクドナルドが言った。「ですが、説明に合点がいったという自信がまったくないのです。招待状と添え状の破棄によって、我々に残された証拠書類は二つだけ――セント・ジャーミンズ宛の手紙とデュボネ宛の手紙――です。この二通があれば、タイプの活字を充分確認できますし、その一通にトローネの指紋が付着している可能性も充分あります。用紙は、トローネが使用していた用紙と同一でした。それでもなお、これらの手紙が、トローネのタイプライターを利用できる者であれば誰でもすぐに作成でき、トローネが事前に触れた用紙が、一通に使用された可能性があることをしっかり心に留めています。招待状と添え状は、性質が異なります。タイプするのに時間がかかったでしょうし、トローネ自身がタイプしたのでないかぎり、それに付着したトローネの指紋を得るのは難しかったでしょう」

　ラグリーは、うなずいた。「だが、トローネの指紋は、彼自身の招待状と添え状に付着していたはずだ。であるがゆえに、きみの推察は、ほかの招待状にも関わってくる――それは、トローネの招待状が持ち去られた動機にはならんがね――きみは、なかなかいい点を突いている、マクドナルド。なぜトローネの招待状は破棄された――いや、持ち去られたんだい？」

「彼の招待状が、ほかの招待状と何らかの形で異なっており、それが、殺人犯にとって危険を招く可能性があったからです」マクドナルドは答えた。

「活字が違っていたのかもしれん」ラグリーが言った。「何せ、きみの疑いが、当たらずといえども遠からずで、トローネが担いだのではなく担がれたのだとすれば、彼の機械でタイプされた招待状と添え状を彼に送りつけるなど少々信じがたいからね。自分のタイプライターの特性に気づくほど観察が鋭い人間もいる。あのコムロワという男についてだが、マクドナルド、陳述ではずいぶん目立っているようだが」

「はい、警視監。彼はまた、トローネについてほかの誰よりも多くの情報を提供しています。とはいえ、彼が、すべての要件に適合しているかのような判断を下すのは時期尚早です。状況がこんがらがっています。トローネがディナーパーティーを計画したという立証と反証があり、もし彼が計画したのでなければ、計画した人物は、ある要件を満たしていなければなりませんでした。一例を挙げるならば、セント・ジャーミンズを訪れて文書を回収するため、ロンドンにいなければなりませんでした。セント・ジャーミンズの手紙に記されていたサセックスの住所は、調査の糸が切れています。その住所には、この一か月以内に売却された小さなホテルがあり、以前の所有者は海外に行ってしまっており、過去の文書はすべて破棄され、奉公人たちも追跡不能です。いずれにせよ、セント・ジャーミンズで仕組まれた企みは、そこを使えば難なく繰り返すことができました」

「それにしたって、トローネに似た顎鬚を生やし、指を怪我した男が、フェネル宛の文書を回収するためにセント・ジャーミンズを訪れたとしか言えんではないか」ラグリーは言った。「ディナーを組織したのがトローネではなかったと陪審員に証明するための何らかの非常に明白な証拠が必要になるぞ、マクドナルド。次に、トローネの部屋の略奪ついてはどうかね？」

「明らかに安直な盗みだったと証明できると思います」マクドナルドは答えた。「同じ建物には、また借りしている人間がほかに三人います。そのうちの二人は排除できると思います。六時前から深夜まで外出していたジャコモ・レストランのウェイターと、ウェリング（ベクスリー・ロンドン特別区にある町）の商店街に行っていた夜間警備員です。残る一人は、先ほどの二人よりもずっと疑わしい男で、立番勤務の警察官にはよく知られている競馬の予想屋で、遊園地の従業員でもあります。この男は、六時ごろ建物の自宅に友人を連れ込み、この友人がその二時間後に再び出ていくのを目撃されており、その際、玄関のドアを後ろ手に閉めています。その後、一台の車が建物の前に短時間停まっていました。この点に関する証言は、公正そのものとは言いかねます。というのは、これを証言した男は、遊園地職員に明らかに敵意を抱いていたからです。ですが、トローネの所有物で簡単に売りさばける物を車に積み、おそらく、それからすぐに何がしかの中古品販売業者に預けたことは疑いありません。この点に関しては、所定の捜査を進めています」

ラグリーは、考え込んだ様子で顎を掻いた。「次のような線に沿って事件を立証することもできる」彼は言った。「トローネは、何か価値のある物を所有していたとされているが、彼の知人がその事実を認識していた可能性もある。トローネが、部屋に非常に高価な物を置いておいたとは思わんが、携帯していた可能性はある。殺害時にその貴重品が盗まれ、鍵が持ち去られた。これは、彼の部屋の鍵を開けたままにできれば、想定される結果として部屋が略奪されるからだ。そうすることで、本当の動機から関心を逸らし、ディナーの参加者に疑いを向けさせられる……」

二人とも、しばし沈黙した。どちらも、この意見のさまざまな弱点をわざわざ指摘はしなかった。マクドナルドには、わかりすぎるほどわかっていた。ラグリーは、相手の問題点を見抜くのと同じくらい即座に自分の問題点を見抜ける。そして、この警視監は、まず仮説を示してからそれを覆すことで、役に立つアイディアに合わせて小刻みに調整しながら進んでいく。

「何か価値のある物」ついにマクドナルドが指摘した。「信じたいのはやまやまですが、どうにでも解釈できる言い回しですね。知識も、価値を有しうる——ほかの人間にとって不名誉な何かについての知識。その種の知識は、しばしば危険を孕《はら》みます。アイディアも、価値を有しうる。二人の人間が、偶然にも同じ発明をした場合、一人を排除することは、残りの一人にとって価値がある。トローネが、宝石や芸術作品などの本質的価値のある物を所有していたとは、とても思えません」

「どうして思えんのかね？」ラグリーが詰め寄った。

「わたしの思うに、トローネがほら吹きで、派手さを伴った自分の豊かさを——これでもかと——ひけらかしたがる人間だったからです。彼は個人的な快適さ、つまり日常生活を快適にするために欠かすことのできない物には関心がありませんでしたが、財力と地位のある人間であることを示す夜会服には大枚をはたきました。ダイヤモンドを身に着けることは、いかにもトローネのような前歴の男らしいでしょう。身に着ける物——指輪やカフスボタン——を持っていればですが。その手の物を持っていれば、必ずそれを見せびらかして文筆家仲間を驚嘆させたでしょう。トローネは、ただ趣味が悪かっただけで、バカだと言った者はいません。コムロワの言葉を借りれば、彼は『典型的な成り上がり者』でした。そういう男は、多くの場合、自分が優れた同業者から軽蔑されているとわかっているものです。トローネは、最善の注意を払ってあのディナーのための身支度をしました。アンリ・デュボネの言葉を借りれば、『貫禄をつけよう』としました。ダイヤモンドを持っていれば、あの夜、身に着けていたでしょうね」

「アンリ・デュボネか？」ラグリーが、不審そうにつぶやいた。

「明らかに、彼は要注意人物です」マクドナルドも同感だった。「ですが、彼はあの夜、トローネの部屋には行っていません。トローネの部屋は、ル・ジャルダン・デ・ゾリーヴから歩いて七分。最後の客が店を出たのが、十一時二十五分。最後のウェイターが出たのが、十一時三十五分でした。アンリは、十一時四十五分に警察に電話をしています。先延ばしすることも容易にできたでしょう。ところが、しませんでした。彼にとっては、運がよかったですね。アンリは、一晩中レストランにいました」

「トローネが、七時二十分ちょっと過ぎにレストランを出たのを目撃されたことは確認ずみなのだね？」

「ドアマンの老人が、出ていくのを見たと証言していますし、新聞売りと男子生徒が、それを確認する証言をしています」

「では、なぜトローネは、また店を出ていったのだろう？」ラグリーが尋ねた。「な、なぜなんだい？」

「それは、最近の専門用語で言うところの『重要な意味を持つ疑問《オペラティヴ・クエスチョン》』だと思います」マクドナルドは答えた。裏づけとなる証拠がなかったので、それに対する返事を個人的に考えてみたとは言い足さずにつづけた。

「トローネについての問題の一つは、彼について信頼できる証拠が非常に乏しいことです。コムロワもグラフトンも、トローネは、自分より評判のいい仲間から嫌われるタイプの男だったと言っています。嫌われていただけでなく、信用されていませんでした。トローネについての言及に対する最初の反応は、『ああ、あいつか……』で、その言葉が多くを物語っています。トローネにも、何人か本当の友人がいたに違いありません。男には普通いるものです。しかし、まだ一人も見つかっていません。

リーヴズが、トローネの行きつけの場所で聞き込みをしていますから、何か情報を仕入れてくるでしょう。たいてい、そうですから」

「トローネの懐具合はどうだったのかね、マクドナルド？」

「かなり賭け事が好きだったトローネのようなタイプの男としては、まあまあでした」マクドナルドが答えた。「当座預金の残高は少額でしたが、この半年の印税が近いうちに入ってきたでしょうから、本当の意味で金に困っていたわけではありません。彼の状況について唯一の不確定要素は、近刊書の契約が見当たらないことです。印税に代わる収入源、恐喝、貴重品の売却を示すものは、銀行取引明細書には見当たりません。しかも、彼の賭博取引は現金払いが基本だったに違いありません」

「ふうむ……それでは大したことないな」ラグリーは、妙に楽しそうな目でマクドナルドの顔を窺った。「状況を察するに、マクドナルド、この殺人の動機を提供する実証をきみは大して得ていないが、まだ公式の報告書に記載する気がない、きみ自身の考えがいくつかあるのだろう」

「はい、警視監。論証として提出する前に、まず自分の勘を試してみるのを好みますが、わたしの書いたその報告書には、示唆的な点がいくつかあります」

「確かに」ラグリーが言った。「もう少し検討する時間をくれ。きみが気づいたのと同じような目立つ点がないかわたしも試してみよう。多くの面で、これは尋常でない事件だ」

二

ラグリー大佐と別れたマクドナルドを、ジェンキンズ警部補が待っていた。

「トローネの滞在場所への窃盗に関する情報を得ました、警部。近ごろうちの部に入ってくるオツムのよろしいやつらは、通常業務を非常に軽蔑していますけどね、通常業務には単調で辛い作業が伴うかもしれませんが、そこから得られる情報は素晴らしい。小さな盗品売買所やいかがわしいがらくた屋に目を光らせておけという全署に向けての警部の要請により、いつでも動けるよう巡査を配備しておきましたところ、非常に有益な情報が入ってきました。東部地区ワッピングのローズマリー通りに中古品販売業者がいまして、立番勤務の警官が、昨夜遅くその店にいくつかの物品が運び込まれるのに気づきました。それ自体は大したことではありません――その店の所有者は、よく時間外に商売をしますので。しかし、トローネの部屋を掃除した婆さんを、あれを掃除と呼びたければの話ですが、連れていってみましたところ、靴下とシャツ数点に自分の繕いを確認しました。この婆さんの証言が、陪審員に強い影響を与えそうだとは言いませんが、トローネの下着などを確認してくれたのは好都合だと思いますので、すぐに洗濯屋に連絡を取ります。わたしが最も興味を持ったのは、その店に、レミントン・ポータブルという立派なタイプライターが隠してあったことでして」

「それについて詳しく知りたい」マクドナルドは、物思いに沈んだ面持ちだった。「しかし、あの招待状とトローネの原稿が、レミントン・ポータブルでタイプされたのでないことだけは百パーセント間違いない」

「うーん……それは残念ですな」ジェンキンズが言った。「というのも、あのタイプライターが非常に興味深い品だからです。きれいに拭いてありましてね、店の主人以外の指紋は一つも残っていませんでしたし、主人がそれを買い取った経緯にはまったく納得できません」

「タイプライターと衣類のほかに、特定できる物はあったかい?」

「確実に特定できる物はありませんでした。古い寝具類や毛布、細長い絨毯などはたくさんありましたが、あの婆さんなら、何についても証言するでしょう。どれもこれも、自分がした繕いを知っていると思いますからね。それからもう一点あります、警部。遊園地の係員のコインが、仲間の一人に万年筆を売っています。日本製です――非常に高品質の。かなり長期間、日本製の万年筆はイギリスに輸入されていません」

「こっちに少々、あっちに少々だな」マクドナルドが小声で言った。「じっくり時間をかけて考える時間が、ぜひともほしい。整理さえすれば、糸口は摑んでいるような気もするが、今はまだ頭が混乱している」

三

一方リーヴズは、ジェンキンズが通常業務の価値を真面目に褒め称えたとおり、「移動任務」を楽しんでいたが、これは彼が好みとする任務だった。彼の仕事は、トローネの知人との接触で、方法は自己裁量に任されていた。真似好きな賢い猿のように、リーヴズは自分の「架空の経歴」をでっち上げ、訊かれてもいないのにそれとなく言いふらした。文筆家にはなりすませないと、自覚していた。隠語を知らない。契約や版権、連載権、印税、著作権代理人、出版事業は何もかも、彼のなりすましがすぐにばれてしまう事柄だった。しかし、委託であれフリーランスであれ、新聞記者とはこれまでの人生においてかなり関係があったので熟知している。フリーランスの線が、残された唯一の選択肢であるのは明らかだった。報道機関は、彼が一つの新聞を代表しているとわざわざ主張しなくてもいい業界だった。そこで、フリート街の居酒屋で盗み聞きして記者になりすます準備を整えてから、サヴォイホテルのバーに出かけた。トローネが人生最後の夜に現れるのを見たと、コムロワが主張した店だ。このころには、トローネの死について知れ渡っていたので、胸ポケットから万年筆と鉛筆を覗かせたリーヴズは、カウンターにもたれ、あたりを注意深く見まわした。見るからに心を奪われている彼に、ある酔っ払いが関心を持った。

「前にも来たことがあるのかい、お兄さん？　それとも、あの女に肘鉄でも食らわされたのかい？」

酔っ払いが迫った。

「一九四一年から来ていません」リーヴズは答えた。（一九四一年は、ロンドン大空襲を耐え抜いたロンドン子から回顧談を、そしてあわよくば打ち明け話を引き出すための先手だった）「実は、ゆうべ通りかかったら、店から男が出てくるのを見ましてね。めかしこんだ客だった。マントやら何やらで」

「おっと……そいつなら、やられちまった男だよ……ジムがそいつのことを話していた。あんたは、そいつの友だちかい？」

「いや。そうだったらよかったのになあ」

「嘘だろう、何でまた？　友だちでないほうが身のためだ、俺ならそう答えるがね。警察がずっと、あいつの友だちを嗅ぎ回っている」

「そうかもしれないですね。背景を調べているんです。生活費を稼がないとね。深夜までに新聞ネタを入れなきゃならないのに、まだ何も摑んでいない。さっきのジムという男ですが、この辺にいるんですか？」

「今はいないが、あいつには、あんたに話すことはない」

「なるほど、でもトローネは、ゆうべここに来たんでしょう？　友だちと一杯やって……それは、まったく問題ない……ウェストエンドのよく知られた酒場……近代的なデザイン……クロムめっきの金具、ガラスのカウンター……しゃれた感じとでも言うのかな。地方色を好む店」

「地方色を色濃く出せばいいさ、お兄さん。それには、とやかく言わないよ。ただ、もっと事実にこだわるべきじゃないかねえ」

「ぼくの事実のどこがいけないんですか？　あれはクロムめっきでしょう、違いますか？　そっちの事実を聞かせてくださいよ、とにかく」

「ギネス（英国産の黒褐色の濃厚なビール）なんだ、いつも」太った客は言った。「あんたの飲んでいるような強い酒は口に合わん。いいかい、お兄さん。あんたは、トローネが、一杯やりに入ってきたと言った。ところが、やらなかったんだ、いいかい？――そんなの、あいつが生まれて初めてのことだ。公爵のようにめかしこんで、ここに入ってきた、ちょっと用事があるとかで。酒を飲むために寄ったんじゃない。お高くとまった行きつけの店にいる、くだらんやつと待ち合わせでもしたんだろう。とにかく、あんたに聞かせてやりたい事実が一つだけある。あいつは、一杯やるためにここに来たんじゃない」

「彼が待ち合わせをしていた男って？」リーヴズは、詰め寄った。

太った男は、カウンターにもたれて女のバーテンダーにウィンクした。四十過ぎの抜け目のなさそうな、太ったお嬢さんだった。

「おい、ドリー。この若いのは、記者なんだそうだ。地方紙だろうな。ロンドン子にしては青臭い。悪く取るなよ、お兄さん。だが、俺は騙されんぞ」（これは、リーヴズだけに聞こえるように言った好意的な言葉だった）「新聞ネタを探しているんだそうだ。俺たちみんなとおんなじように、食い扶持を稼ぐためだとさ。トローネが話しかけていたのは、誰だった？」

「あたしに訊いたって無駄よ。知らないもの」女は、すぐさま答えた。（「即答しすぎじゃないのか？」疑い深いリーヴズは思った）

リーヴズは、身を乗り出し、「警察には、それで充分ですよ」と言った。「つきまとわれたら堪りませんからね——反対尋問やら何やらで——でも、参考までに教えてくれませんか？　トローネは嬉しそうでしたか——彼の連れはどうでした？」

「そうね、とても嬉しそうだったわよ、二人とも」女は言った。「でも、連れが誰だったかについては、わかんないわ。わかった？」

女が別の客のほうに顔を背けたので、リーヴズは、肥った男に目くばせした。「よそよそしいよなあ。にべもなく断るんだから。問題は、誰も何も知らないということ。ぼくも知らない。あのお姉さんも知らない。あなたも知らない」

「そんなに、ない、ない、と言うなって」相手が言い返した。「ドリーは、うぶじゃない。俺もそうさ。トローネは、友だちに会うために店に入ってきた。大きなやつだった。ジムがそいつを見たんだ。水夫みたいに日焼けしていたそうだ。それから、左手の小指がなかった。これで記事になるかい？」

リーヴズは、ノートを取り出した。「そうこなくちゃ」とせわしく速記にかかった。「インタヴューをしたいなあ、特別インタヴューですよ、ほら」

「俺じゃない！」男は、慌てて言った。「あんたに必要なのはジムさ。ジム・カースン。映画の端役をしている。ロング・エイカーの〈山羊と羅針盤《ゴート・アンド・コンパス》〉亭を当たってみろ、なっ」

四

リーヴズは調べた。居酒屋から居酒屋へ、東へ東へとしらみつぶしに当たりながら、さらに捜査をつづけ、ついにジャマイカ・タヴァーンに行き着いた。トローネの仲間が、トローネについて妙に話し渋ったので、ナマの情報はほとんど得られなかった。だが、リーヴズは、今自分が行きつけの場所を当たっている死者がどういう人間だったのか、だんだんわかってきた。トローネは、自分の仕事について、あれこれ話すタイプの人間ではなかったようだ。トローネの愉快な人柄や、飲んでも酔わないほどの酒豪だった思い出とともに、「危ないやつ」という判断がつづいた。

「やつは誰も信用しちゃいなかったし、誰もやつを信用しちゃいなかった」というのが、一つの意見だった。そうかと思えば、トローネを注意して見る機会のあった数人が、「あいつは、何かに関係していた」と言っていた。その「何か」とは儲かることだな、とリーヴズは踏んだ。

常に手がかりや暗示を得ながら、リーヴズは、トローネのちょっとした知り合いについての情報で武装し、ジャマイカ・タヴァーンに着くころには、知り合いの一人になりすますことができるまでになっていた。ここで、小指のない男に関する新たな情報を得たが、男の名を知る者はいなかった。ジャマイカ・タヴァーンの常連たちが、その男のことを知っており、みんなが口をそろえて、シナ海での勤務を引退した船長で、ある投機事業に融資するための資金繰りをしていると言っていた。

リーヴズは、証拠に関するかぎり、つまり裁判所で提示できる証拠という意味では、何も摑んでいないと認めざるをえなかった。彼が得たのは、自らの分析能力によって集めた印象だけだ。ル・ジャルダン・デ・ゾリーヴに行く前のトローネの最後の行動は、事業に融資するための資金繰りをしている男との会合だったという。そして、トローネはとても嬉しそうだったし、サヴォイホテルのバーの連れも同じように嬉しそうだった。リーヴズは、コムロワの言葉を思い出した――「トローネは、ハイエナのように笑っていた」

リーヴズは、黙々と考えながら今度は徒歩で西に引き返した。指のない男は、サヴォイホテルのバーに七時半までいた。その男は、八時にジャマイカ・タヴァーンでも目撃されていたのだから、夜の六時から七時のあいだに三十分とかからずに片方の店からもう一方の店に移動できるなど、リーヴズには到底考えられなかった。ロンドンの交通事情を考えたら、四十五分はかかるとタクシー運転手が言っていた。

したがって、小指のない男が、七時半から八時半のあいだに起きた（と監察医がついに判断を下した）死の責任を負わねばならないと推定しても無駄だった。リーヴズは、知恵を絞りつつ、粘り強く大股で歩きつづけた。指のない男が船長だったのなら、その男とトローネが何らかの事業を計画していたことも可能性の範囲内だ。トローネは、もうじき「また旅に出る」と何人かにほのめかしていたじゃないか。トローネは、サヴォイホテルで嬉しそうだったし、連れもそうだ。しかも、連れは、何かの計画への資金繰りをしていた。どちらも満足そうだったのは、トローネが願いをかなえてやれたからだと解釈できないかな？　トローネは、必要な現金を持っていた、あるいは手に入れようとしていたんだ。自分の集めたデータよりも先を突っ走っていると知りつつ、リーヴズは心のなかで論じた。それは、恐喝を意味しないかな？　もしそうだとしたら、誰をゆすっていたんだ？　あのパーティーは、恐喝のような何かをちらつかせて手配されたってことか？

マクドナルドよりも器の小さいリーヴズは、マクドナルドよりも単純な説明を用いがちだった。恐喝は平凡な論点であり、しかも頻繁に試みられる。ある程度、リーヴズもマクドナルドも、同じ線に沿って考えを進めていた。マクドナルドは、「トローネが、何か価値のある物を持っていたと信じたい」と言っていた。リーヴズは、「トローネは、恐喝という目論みを上手いこと進めていた」と考えた。ニューカッスルの石炭輸送船の船長が、「トローネは、何かを嗅ぎつけていた」と話していた。

三人の思考の流れには、共通点があった。

第十章

一

ギュイ・ドゥフォンテーヌが、ル・ジャルダン・デ・ゾリーヴのドアマンに質問に行った日の夜遅くのことだった。D課のヒューイット巡査は、目の前で車が盗まれるのを目撃した。持ち主は、メリルボーン・ハイストリート（ロンドンの中西部）の縁石付近に停車し、通りの北端にある建物の玄関先に手紙を届けるため、短時間だけ無人の状態で車を放置した。ところが、持ち主が背を向けた途端、通りを横切っていた歩行者が運転席側のドアを開けた。キーが差し込んだままだったし、良く整備もされていたので車は即座に突進し、持ち主はおろか巡査さえも、「待て！」と呼び止めることも、大声を発することもできなかった。

ヒューイットの行動は、迅速だった。あっという間に角の交番に駆け込み、盗難車のナンバーと色、車種を繰り返した。さらに数秒後には、警察の無線電話システムが、受信情報を配信し、盗難車がオックスフォード・サーカス（ロンドンの中心部、オックスフォード・ストリートとリージェント・ストリートの交差する地点）を東に曲がるころには、一台のパトカーが盗難車を追跡し間近に迫っていた。盗難車ボクスホールの運転手は、南に曲がってポーランド・

ストリートへ、東のノエル・ストリートへ、北のベリック・ストリートへと信号を無視して進んだ。その後、北のティッチフィールド・ストリートへと追跡がつづき、曲がりくねった細い道を抜けてラスボーン・プレイスに入り、再びオックスフォード・ストリートを渡ってソーホーに入った。南へ東へと、ボクスホールは危険な疾走をつづけたが、ついにパトカーの運転手が愉快そうに叫んだ。「捕まえたぞ！　この先は行き止まりだ」そのとおりだった。盗難車が暗い曲がり角でがくんと傾き、タイヤをきしらせて急停車したかと思うと、運転手が飛び出してきて一目散に逃げた。パトカーの一人が弾丸のように後を追い、もう一人が盗難車を調べた。車が止まる直前に見せた突然の傾きが、何か妙だった。

「あいつ、まずいことをやらかしたぞ……どこかの可哀そうなやつを殺してしまった、あのろくでなしめが」交通警察が言った。

ボクスホールの車輪の下に、顔を下に向け、びくともしない黒ずんだ男の体があった。通りは真っ暗だった。照明は暗く、ボクスホールはヘッドライトしか点灯していなかった。そのような状況の下では、不注意な歩行者を往々にして撥ねてしまうものだし、ボクスホールは疾走していた。

数分後には救急車が到着し、犠牲者を病院に搬送した。男はまだ生きていたが、虫の息だった。一人の巡査が、男の身分証明書に記載されていた住所に事故を通知する職務を任された。巡査は、ギボンズという熱心な若者だった。マクドナルドが、ル・ジャルダン・デ・ゾリーヴの事件を捜査中だったが、この惨事は、店の裏と狭い通路で繋がっている道で起きた。ギボンズ巡査はあれこれ考えた末、この事故は、マクドナルドが捜査している事件とは結びつかないと思った。ボクスホールはきっと、衝動の赴くままの逃走経路をたどったのだから、事故は事故。それにしても、あの犠牲者は、夜遅くにあそこでいったい何をしていたのだろう？　「悪事を働くはずはないよな」ギボンズ巡査は考えながら、捜査本部に電話をし、ギュイ・ドゥフォンテーヌという男性が、病院に搬送された犠牲者であると伝えた。

二

マクドナルドは、長い一日を過ごした。一日で、オクタゴン・クラブが発足したときにアン・バにいた者全員の事情聴取を行なった。五時十五分ごろに再び事情聴取されたコムロワは、予期していたよりも話題が広範におよび、昨夜の尋問の域をはるかに超えていると察知した。マクドナルドは、コムロワに対する一般的な興味を示した——環境、彼の持っている本や絵、生き方、行きつけの場所に。そうした情報を、ごくさり気なく引き出したので、コムロワも思わずにやっとした。直接的な質問を投げかけられてもいないのに、自分のことをずいぶんと話してしまったと思ったのだ。にやにやしている自分にマクドナルドの視線が注がれているのに気づき、コムロワは説明した。

「上手に乗せられてしまったと思いましてね」コムロワは言った。「輪郭を摑んだので、今度はあらゆる角度から人物像を描きにかかっていらっしゃる」

「まあそんなところです」マクドナルドは、穏やかに答えた。「わたしは実際に、トローネの人物像をあらゆる角度から描こうと夢中なのです。わたしの見たところ、あなた方のオクタゴン・クラブは、専門分野に特化させている。全員が、ある意味で探検家です。何人か文筆家に会ったことがありますが、あなた方は普通の文筆家とは違う。たとえトローネと自分には共通点などないとおっしゃろうとも、その職業ゆえに共通点はあるはずです」

「ある程度、それも一理あると思います」コムロワが言った。「彼について、そして彼が行った場所のいくつかについて多少お教えすることはできましたが、わたしたちの活動の場が重なっていたわけではありません。わたしの人生についてきちんと調べがついているのでしょうが、それではトローネの人生を解き明かすのに役立ちません。いつもどこで食事をしているかと、あなたは訊いた。いや、実際には訊かなかったが、いつのまにかしゃべらされていた。その場所でトローネと会うのが習慣になっていたとしても、言うはずがないでしょう」コムロワは、マクドナルドの顔をじっくり窺った。「それが、捜査に採用されている分析手法なのですか？　相手がしゃべろうとしなかったこと、反応に要した時間などを解明するのが？」

「どの話題について相手が口を閉ざしたかを、刑事が実際に解明できれば、とても役に立つかもしれませんね」マクドナルドも認めた。「しかし、非常に多くの場合、わたしが本腰を入れて取りかかるのは、自分がどれだけ多くを知っているのかを本人が自覚していないこともあるからなのです。自分にとって馴染みの深い話題を人は軽視してしまう。息をしていることを意識しないようにね。わたしに話してくださったことよりも多くのことを、あなたがトローネについて知っている可能性が非常に高いのに、あなたの知識は、ある程度、潜在意識のなかにあるのです。それは、こんな感じです。わたしは、昨夜の出来事について、入手できそうなすべての事実を入手しました。わたしが知らないのは、トローネ自身についてです。小片を繋ぎ合わせているところなのです。ほったらかしの臭い部屋に住んでいたのはわかっています。客が訪れるなど到底ありえなかったでしょう。見栄を張るタイプの男だったと思いますからね。ですから、知人に会うのも、場合によっては仕事をするのもバーやレストランのような行きつけの場所だった。家から離れた場所で食事をしたはずです。ロンドンのレストラン、カフェ、バー、いかがわしい飲み屋などの飲食店の捜査には時間がかかります。わたしの知らない一、二軒の店を、あなたがすでに教えてくれた。ある場所が一人の旅行家の――あなたの――行きつけなら、ほかの旅行家の馴染みの場所であるかもしれず、そのうちの誰かが、トローネを知っているかもしれない」

「子ども向けの探偵への手引きですな」コムロワが、にやりと笑った。「ご解説をありがとう。あなたは、潜在意識内の記憶について話された。それについては知らないが、意識内のはっきりした記憶があります。あなたが、会話のなかでわたしについて明らかにした点についていつまんでお話ししましょう」コムロワは、椅子に深く座って天井を見つめた。「ところで、あなたは、我々全員を同じように扱っておられるようだ」彼は言い足した。「だから、我々の指紋、タイプライターの印字見本、どのくらいの期間、同じタイプライターを持っていたかについての情報といったものを入手した。抜け目がない」コムロワは、ついでに言った。「どうやって調べたらいいのかご存じだと思うものですからね。それに、最近は、タイプライターがなかなか手に入らない。我々の著作を読めば、どこに行ったか、いつそこに行ったのかがわかる（調べて相互の関係を比較する部下はいるのですか？　いないのでしたら、山ほどの作品を苦労して読まなければなりません）。あなたは、我々がどこに住んでいるのか、家事の手配、家以外ではどこで食事をするのかを知っている。そして、我々が持っている本や絵から、我々が実に変な物に興味があり、我々がヨーロッパのどの言語を使いこなせるかも見抜いた。脱帽しますよ、警部さん。ほぼ抜かりがない」

「そちらも、ほぼ抜かりがありませんよ」マクドナルドが答えた。「ほかに何か？」

「まだまだあります。我々の軍役の性質、除隊後の定住期間、今月の初めにロンドンにいたかどうか――招待状が投函された時期でしたよね？　消印はＳＷ1、つまりロンドン南西部だったと申し上げましたよね？　しかも、あなたは、わたしがどこで昼食を取ったか、午後、ディナーまでの時間何をしたか、その後ここへ何時に帰ったかまで突き止めた。そして、我々の初期の訓練の性質、我々が熟知しているとみなされるテーマも知っている。あなたが知ることのできない事柄は、客観的事実として、招待状を破棄させるようわたしを駆り立てた動機です」

「再現としては、充分な努力が認められますね」マクドナルドが言った。

「そして、わたしの返事のなかにたとえ一つでも嘘があったと証明できれば、時間を無駄にしなかったと感じられるのでしょう？」コムロワは尋ねた。

「いずれにしても、無駄ではありませんでしたよ」

三

コムロワにつづいて、マクドナルドはグラフトンのところへ向かい、ドゥフォンテーヌがそこをあとにした直後の六時に着いた。ほぼ同じ線をたどって話を進めたが、グラフトンは、ある意味でコムロワほど脱線しなかった――聞かれたことに簡潔に答えてから、自分自身の考えに触れた。グラフトンは、アンリが関与している可能性についてのドゥフォンテーヌとの議論についてマクドナルドに話し、マクドナルドは、礼儀正しく配慮しつつ耳を傾けた。頭のいいグラフトンは、警部が自分の話に興味を持っているのを察したが、その興味の焦点がどこにあるのかまでは気づいていない。マクドナルドにとって重要なのは、ドゥフォンテーヌがアンリ・デュボネについてどう思っているかではなく、ドゥフォンテーヌがディナー参加者を質問攻めにして回っていたという事実だった。この事実は、マクドナルドの判断では、いろいろに解釈できた。それは「探偵趣味」、つまり優れた知性の持ち主の一部に特有な、謎を解きたいという純粋な欲求、さもなければ知的な意味での「偽の証拠を仕込みたい」という欲求に起因する可能性もある。証拠分析の専門家なら誰でも、証人のなかに、実際には強い決意を持った人物に吹き込まれた証拠を証言する者もいるのを知っている。「あなたは、これこれしかじかが起きたとき、これこれしかじかを見たのを覚えている」といったやり方だ。そして、仲間の対話者よりも自分は観察力が劣っていると認めるどころか、「これこれしかじか」を見たと主張する証人もおり、一度認めたからには何があってもそれを曲げない。

グラフトンとの事情聴取の最後に、マクドナルドは言った。「ロンドン大空襲当時のアン・バの出来事についてお話になられましたね――男性が、ドアストッパーにつまずいたという」

グラフトンがうなずいたので、マクドナルドはつづけた。「その男性の風貌と、今回の事件のどなたかを結びつけることはできませんか?」

グラフトンは、首を横に振った。「いや。顔には目を留めなかったんでね。平服を着ていて大柄で、金髪でも黒髪でもなく――ねずみ色だった。俺が想像しているドゥフォンテーヌの歳よりは上だが、フィッツペインよりは若かった」

とうとうマクドナルドは、しつこく問い質さずとも、グラフトンがあのディナーの日にハムステッドで友人たちと昼食を共にしたことを知った。

四

バジル・リートは、マンチェスター・スクエア（ロンドンのメリルボン地区にある広場）を少し外れたところにあるフラットに住んでいた。改装された建物のなかにあるその部屋は、一フロアを占め、各戸に必要設備が整っている独立タイプで、居住者が、馴染んだ調度に囲まれて快適に定住していることを如実に物語っていた。主として古い樫の木でできた趣味のいい家具といい、多くの本や、目利きが持っていそうな素晴らしい絨毯といい、リートは、本好きとしての快適な生活に安住しており、旅の魅力にやすやすと惑わされそうもないというのが、マクドナルドの判断だった。五十歳前後、白髪、かなり学問好きに見えるバジル・リートは、心和ませる肥満《アンボンプワン》の一途をたどっている兆候がある。とはいえ、逞しい筋肉と身のこなしから、若かりしころは体を鍛えていたのが見て取れる。どちらも頑健で回復力のあるコムロワとグラフトンとごく短時間一緒にいただけで、かつては登山家だったリートも、どっと疲れてしまったことだろう。

マクドナルドがリートのフラットを訪ねたのは、夕食後の八時二十分ごろだった。アンリの店での出来事についての陳述に関するかぎり、リートは、簡潔かつ事実に正確な良い証人だった——書評家の能力はこういうところにあるのだなあ、目立った特徴を捉え、紙幅を無駄にしない、そうマクドナルドは思った。

「証拠は別として、何かご意見はありませんか、リートさん？」

リートは、肩をすくめた。「意見とは、いったいどういう意味ですか？」彼は尋ねた。「ぼくには、捜査の才能はまったくありません。そういうことには興味がありません。若いころは登山家でしたが、グラフトンやコムロワ、ほかの人たちが旅行家であるという意味では、旅行家だったことは一度もない。ここ数年は、本の虫のような暮らしをしていますが、きっと人間よりも印刷された言葉のほうが好きなんです。あのディナーパーティーの出席者のなかで、価値のある意見を最も提供できそうもないのはぼくです。明らかな事柄しか受け入れない質《たち》なもので。トローネについては何も知りませんでしたし、彼の死の理由に関して言える資格がぼくにあるとは思いません。トローネに、フィッツペインを冷やかす動機があったのはわかっています――トローネが彼に復讐するにはそれしか方法がありませんでした。フィッツペインが怒りっぽい男なのはわかっています――彼の著書がその証拠です。そう、明らかな事柄しかぼくは受け入れない、としか言えません」

「著作からフィッツペインを知っていたのでしたら、あなたの見解では、彼なら衝動に駆られて暴力に走るだろうと思っていましたか？」

「とんでもない」リートが、無愛想に答えた。「考えそのものがばかげていますよ。ほかの参加者の誰かが、衝動に駆られて暴力に走るという考えにしたってそうだ。辺鄙で物騒な地域での旅のような危険極まりない仕事に成功したのは、男であれ女であれ、自分の衝動を抑えることができ、動顛したり、カッとなったりしないからこそです。あなたは、わたしの意見を求めた。わたしは、フィッツペインが怒りっぽく、彼とトローネが犬猿の仲だったと認めた。それは明らかです。それなのに、誰がトローネを殺したのかに関しては、きっとパーティー以外の要素も見ているのでしょう。ドゥフォンテーヌは、アンリ・デュボネを疑っているが、ぼくには、それを判断する根拠がまったくない。ドゥフォンテーヌと話してみれば、彼が、トローネの帽子の出現と消失に自論の根拠を置いているのがわかりますよ。トローネの帽子を見たと言っているのはフィッツペインだけだということを彼は忘れがちなようですし、だからこそ、ぼくは明らかな事柄に立ち返るしかない。つまり、すでに認めたとおり、トローネの帽子の出現と消失を本当のことだとは思えないということです。お役に立てなくて申し訳ありません、警部さん。ですが、この件について、ぼくは心を閉ざしているんです、おわかりになりますか。この事件はドゥフォンテーヌを魅了し、グラフトンとコムロワを鼓舞している。でも、ぼくは魅了もされなければ鼓舞もされない」

「わかりますとも」マクドナルドは、愛想良く答えた。「あなたの心は、同じ一連の事実を何度も何度も繰り返し調査する踏み車のようなやり方に吐き気を催しているのです。ですが、少しばかり違う面もありましてね――純粋に事実に基づくことですよ。わたしは、ディナー当日のフィッツペインの動きを追おうとしているのですが、あなたは、彼の顔をご存じでしたよね？」

「ええ。講義を聞いたことがあります」

「フィッツペインは、いつもでしたら昼食は彼のクラブで食べるのに、その日は食べませんでした。セント・ジェームズ・ストリート（ロンドン中心部、セント・ジェームズにある通り。王室御用達の老舗が並ぶ）界隈で見かけたという報告を複数受けています。ちなみに、彼はロンドン図書館に行きました」

リートが、くすくす笑った。「そしてぼくは、そのロンドン図書館の会員です。ほかの何千人もの国民と同じようにね」彼は言った。「その日、ぼくはロンドン図書館に行ったか？　そこでフィッツペインに会ったか、あるいは見かけたか？　それとも、街で見かけたかとでも？　いいえ、警部さん。デューク・ストリート（オックスフォード・ストリートから直角に延びる路地）の床屋へ散髪に行っただけで、あの日は夕方まで家にいました。チェシルトンの新作『中国の未来』を読んでいました。ぼくの専門分野ではないのですが、批評してくれと送られてきたので、良心的な書評家たろうとしています。大変な仕事になりそうでした。しかも、何としても読破したかった。あの夜、ディグビー・フェネルとその本について話したかったのでね。あの作品には、ユーモアの要素があります」

またしてもリートは、くすくす笑った。「フィッツペインのあの日の行動を突き止めようとしているとおっしゃいましたので、理由はわかりませんが、ぼくたち全員の行動にも当然興味がおありなでしょう。ぼくは家にいて、家政婦が作っておいてくれた昼食を食べました。仕事があるときは、いつもそうしています。これについても、お役に立てません」

「退屈だとお思いでしたら、申し訳ありません」マクドナルドは言った。「捜査というのは、くどくど質問することが中心なのですが、その冗長さのどこかで、通常何らかの役に立つ答えに出くわすものなのです」

「いいえ、あなたは退屈ではありませんよ」リートが答えた。「ドゥフォンテーヌには、退屈させられました。ずぶの素人が首を突っ込んでいましたからね。専門家は、まったく話が別ですよ。一つお伺いしてもいいですか？」

「一つと言わずいくつでもどうぞ」

「あの招待状を送ったのはトローネだったと、立証されたのですか？」

「その点に関しては、陪審員は証拠に満足するでしょうね」

「想定されていたように、フィッツペインがやった可能性はなかったのですね？」

「その線の証拠がまったくないのですが、その一方で、それを打ち消す確証もありません」

リートは、考え込んだ。「フィッツペインが招待状を送ったという証拠が見つかれば、ぼくが『明確な事柄』として申し上げた内容をもっと真剣に検討なさるということですか?」

「そのとおりです。とくにフィッツペインが取ったあのような態度を、簡単に理解できるでしょうからね」

「セント・ジャーミンズの協力は得られないのですか?」

「ペテン行為の加害者が、セント・ジャーミンズに行ってフェネル宛の手紙を回収したことはまず間違いないという程度の協力は」

「つまり、まさにあの日、ロンドンにいたことになる。それはきっと、ぼくたち全員——会食者全員——に当てはまるでしょう。とても妙な話ですね、警部さん」

マクドナルドはうなずき、立ち上がった。「ええ、非常に奇妙な話です」彼も同感だった。「落ち着いたお住まいですね、リートさん」

「ええ。しばらく前に越してきました。静かな家で、物書きにはもってこいです。一階は事務所になっています——公認会計士の。上の二つの階は実業家たちが借りていて、一日中留守です。階段は、退役軍人が週に一度掃除をしています。犬も猫もオウムも、騒々しい音を立てる生き物はいませんし、ラジオがあったとしても、ぼくには聞こえたことがありません。家賃がめちゃくちゃ高いですし、暖房が問題です。それでも、いい、静かですし、静寂を得るのは近ごろ非常に難しい。寒いのは我慢できますが、煩いのは我慢できません」

するとマクドナルドも、うなずいて同意を示した。

五

九時少し過ぎにリートの住まいをあとにしたマクドナルドは、ドゥフォンテーヌの住所に行ってみたが留守だった。そこで、スコットランドヤードに戻り、届いていた報告を集め、自分の情報と照合した。帰宅しようとした矢先、ギュイ・ドゥフォンテーヌの事故に関するギボンズ巡査の報告が入ってきた。マクドナルドは真っ先にD課に連絡し、自動車窃盗についてできるだけつまびらかにしようとした。窃盗犯はすでに確保され、身元が特定されていた。さまざまな窃盗罪で服役した前科があり、ボクスホール窃盗事件とトローネ事件が繋がっている可能性はきわめて低いと思われた。無謀運転の盗難車がよろめきながら角を曲がり、道を塞いでいた彼を轢いてしまったのは、まったくの偶然だった。マクドナルドが思うに、偶然でないのは、ドゥフォンテーヌが、アンリのレストラン裏の暗い路地をうろついていたことだった。マクドナルドは、何を置いてもまず、ル・ジャルダン・デ・ゾリーヴを監視していた犯罪捜査課の部下たちから報告を得ようとした。部下のブレントとデイヴィーズが六時に勤務に就いており、深夜に交代することになっていた。

店の正面付近に配置されていたブレントは、ジャンとルイへのドゥフォンテーヌの質問について報告した。ブレントは、彼らの会話を立ち聞きし、ドゥフォンテーヌが、ジャンと話したあと通りの向こうの路地に歩いていき、また戻ってきてルイと話すのを目撃した。ドゥフォンテーヌは、その後路地に戻ったきり姿を消した。デイヴィーズが、その話のつづきとして、ドゥフォンテーヌが二度目に路地に戻ってきたとき、アンリの店の裏にある鉄格子のそばで立ち止まっていたと証言した。ドゥフォンテーヌがしばらくそこに立ち、『シェナンドア』を口笛で吹くのをデイヴィーズは耳にした。揺らめく仄明かりのなかで、デイヴィーズにはドゥフォンテーヌの顔は見えなかったが、体格、レインコートと帽子、片手で握って揺すっていた大きな手袋を目に留めた。しばらくして、ドゥフォンテーヌは、その細い道の東端に向かった。この道は、グリーク・ストリートに通じている。ところが数分としないうちに、先ほどと同じく小さく口笛を吹きながら戻ってきたかと思うと、さっき来た道を引き返していった。ブレントがその後、アンリの店の前を通りすぎて大通りへ向かう彼を目撃した。夜のうちに、ブレントとデイヴィーズは、手袋を持った男についての情報交換をし、ドゥフォンテーヌがすぐ近隣から出ていったきり戻らなかったと安心した。七時から八時のあいだはレストラン周辺への出入りがかなり多かったものの、八時以降になると入店者はおらず、レストランを出た客は全員、大通りへ向かった。

マクドナルドは、自分の車を出してレストランまで運転し、そこから徒歩で店の裏の路地をもう一度調べにいった。彼の記憶は、正しかった。アンリの店の厨房の鉄格子から数百メートル離れた歩道に、緊急避難場所の出入り口を爆風から守るために作られたレンガの構造物があった。それは、一面だけがないレンガの箱のような作りで、男性一人が身を隠せる暗いスペースを生んでいた。

マクドナルドが次に調査に向かったのは、意識不明のドゥフォンテーヌが救急病棟に収容されている病院だった。

当直の研修外科医が見つかり、情報を提供してくれた。「頭部外傷とそれが原因の脳震盪、片腕の骨折、そしてかなりの擦傷。脊椎損傷の可能性あり」研修外科医は若く、犯罪捜査課の人間と話すのをまったく嫌がっていなかった。「彼の陳述がお望みのようでしたら、無理だと思います。あと何時間も意識が戻らないでしょうから。いずれにしても、かなりの期間、事情聴取はできません。耳からの出血が見られ、これは脳病変を示しています」

「患者さんからの陳述は期待していませんでした。陳述していただきたいのは、あなたです」マクドナルドは答えた。「診察なさったのは何時ですか？」

「収容されてすぐ——五分以内でした」言い訳がましい答え方だった。「滞りなく——」

「滞りがあったと申し上げているのではありません」マクドナルドは、ぐっと堪えた。「彼は十一時に収容され、あなたが五分過ぎに診察なさった。頭部外傷を負ってからどの程度経過していたと思われますか？」

研修外科医は、すぐさま答えようと口を開きかけたが、そうしないほうが賢明だと思った。そして、ようやく答えた。「この患者は、腕と肩のあたりに切創があり、まだ出血していました。凝血が、まだほとんど見られませんでした」

「それで、頭部外傷は？」

「頭部に切創はありませんでした。頭皮からの出血は見られず、頭蓋骨も骨折していませんでした。後頭部に腫脹《しゅちょう》があり、そこに損傷が集中しています。背後から轢かれ、前輪、フェンダー、バンパーすべてにぶつかっています」

「耳から出血しているとおっしゃいましたね？　そこの凝血は？」

「首と襟に血が滴って乾いた痕跡がありました。怪我を負ってからここに収容されるまで、どの程度の遅延があったかはわかりません。お宅の部下が、事故を実際に見たのではありませんか」

「ええ。とにかく、救急車を呼ぶまでの遅延は最小限でした。そろそろ防御姿勢はやめて、次のような可能性についてご意見を聞かせてもらえませんか？　あの患者が、車に轢かれる数時間前に頭部に外傷を受けてしばらく意識を失っていたが、きっと四つん這いだったでしょうが、道路に這っていける程度まで回復し、それから車に轢かれたという可能性はありませんか？　こんなことを申し上げると、あなたに証言を示唆してしまうのはわかっていますが、わたしの示唆した内容が不可能だという証拠がありますか？」

「いいえ。ないと思います」研修外科医は認めた。「診察したとき、切創と擦傷は、短時間に車に轢かれた症状を呈していました。交通事故による負傷者だと聞かされていましたから、ほかに疑う理由はありませんでした。ですが、あなたの質問を踏まえて、お役に立つ情報を集めてみます」

「ありがとうございます。あなたのご意見として、彼は回復しますか、それとも重傷でしょうか？」

「わたしの意見では、回復すると思いますが、あなたのお考えが当たらずといえども遠からずで、彼が意識朦朧としながら這っていて車に轢かれたのでしたら、回復の見込みは少ないでしょう。レントゲン検査などをしてからでしたら、もっと肯定的なお返事ができるかもしれません。彼は、『手配中の』人間なのですか？」

「通常の意味では違います。最近発生した事件の証人ですので、何としても彼が必要なのです――証人として」

「こちらも最善を尽くします――それと同時に、あなたの難問にもお答えできるように努力します。救急病棟の主任看護婦に訊いてみます――大部分の手当てをしたのは彼女ですし、良き老兵でしてね。こうした経験豊かな主任看護婦のなかには、声に出して言っているよりも多くを見ている人がいますから。何年もの経験を積んだ主任看護婦が、求められなければ滅多に医者に意見を言わないというのは、過ぎ去りし日々の愚かな遺風です」

「規律には、それなりの不便があるものですね」マクドナルドが、小声で言った。「さて、おじゃましました。いいですか、ご協力をお願いしているだけです。言外であれ何であれ、批判するつもりなどありません」

「ありがとうございます。わたしは、批判を怠らないようにします」相手は答えた。「何事も当然だと思うべからず、というのはいいモットーですね」

「仕事柄、そう思っています」マクドナルドも同感だった。

第十一章

一

　それでなくても長かったマクドナルドの一日は、さらに数時間長引いたが、ようやくギュイ・ドゥフォンテーヌの身に起きた事柄の解明に関してすべてやり尽くしたと満足した。

　病院を出たマクドナルドは、刑務所にいるジョー・ヒッグズに会いにいった。ボクスホールを盗み、翌日の治安判事の判決を待っている男だ。警部の事情聴取を受けるころには、ジョーは義憤を感じる状態にまでなっていた。

「あのくそ車を盗んだってか？　盗んじゃいねえ。借りただけだ、わかるか？　ちょっとしたいたずらってことよ。てめえらお巡りが手出しさえしなけりゃ、あんなひでえ事故は起きなかったんだ」ジョーは、食ってかかった。「あいつが、あんな風にキーを突っ込んだまま置いてったのが悪いんだ、誰かが思い知らせてやって当然だろ。それなのに、こんなの不公平だ。それに、車をちいとばかしブッ飛ばすのに装備一式借りただけだってのに、文句あっか。使ったのはガソリン二リットルだけだぜ。いい気味だ。それに、車をちゃんと返せば問題ねえだろ。問題を起こしたのは、てめえらお巡りと、てめえらの運転だろうが。あいつは酔っぱらってたんだぜ。くそっ、あの野郎、グデングデンだったんだろうよ」

マクドナルドは、ジョーに憂さ晴らしをしたいだけさせてやってから言った。「きみは、過失致死罪に問われるかもしれないのだよ、ヒッグズ。はったりは通用しない。自分が被害者だと確信するような何が起きたのか、正確に話したほうが身のためだ」

「何が起きたかだ？　てめえらお巡りも、あそこにいたんじゃねえのかよ、俺とおんなじようにさ？　俺の後ろじゃなく前にいたら、あいつらの誰かが過失致死罪に問われるところだったんだぜ。あっちが、車の前に倒れ込んできやがったんだ。あんなべらぼうに暗くなくったって、避けられなかった。運転は上手いんだぜ。けどよ、あっちが急に前輪の下に倒れ込んできたってのに、俺に何ができた？」

「車の車輪の前に倒れ込んできたんだね。最初に見たとき、彼はどこにいた？」

「見ちゃいねえって。道路には姿も形もなかった。見てたら、こんな大ごとに嵌《はま》るような真似すっかよ。あいつは歩道にいて、俺の真ん前にぶっ倒れたんだ、アッと言う間もなく。酔っぱらってたんで、抜け出せるようなざまじゃなかった。本当なんだって」

何度訊いても、ジョー・ヒッグズからは同じ答えしか返ってこなかったので、マクドナルドは、罪を悔いるでもなく、自分ほど哀れな人間はいないと思っているジョーの元を去った。

マクドナルドは、じっくり考え事をしながら帰宅し、その夜自分がしたことと、彼が訪ねていった人物たちが語ったドゥフォンテーヌの行動を表にまとめた。

ドゥフォンテーヌがヴァンミーアの家を出たのは、マクドナルドが彼女の家に到着する直前の三時半。ドゥフォンテーヌは、一時間後に大英博物館でリートに会い、一緒に家に来てくれるよう説得した。グラフトンは、彼の（グラフトンの）部屋で五時十五分から六時までドゥフォンテーヌに会っていたが、ときを同じくしてマクドナルドはコムロワに会っていた。ドゥフォンテーヌは（またしても、すれ違いでマクドナルドと会うことはなく）、六時半にコムロワを訪ね、彼と別れた足でル・ジャルダン・デ・ゾリーヴに行き、それ以降彼の足取りについての情報は先細りとなり、八時少し前に（小さく口笛を吹きながら）オックスフォード・ストリート方面へ引き返していったというブレントの報告が最後となる。八時二十分、マクドナルド自身がリートに会いにいき、九時まで話していた。「入手情報」の下に記入すべき残る唯一の項目は、グラフトンが、八時から九時までロング・エイカーのパブ――トローネがよく友人たちと会っていた店であると、リーヴズが突き止めたパブ――にいたというものだ。マクドナルドは、時間表を作成して一日の仕事を終えた。

マクドナルド	ドゥフォンテーヌ	コムロワ	グラフトン	リート
3:30~4:00 R.ヴァンミーアと	大英博物館	自宅	?	大英博物館
4:30~5:00 ラグリー大佐と	リートと	自宅	?	ドゥフォンテーヌと
5:15~6:00 コムロワと	グラフトンと	マクドナルドと	ドゥフォンテーヌと	一人
6:15~7:00 グラフトンと	6:30~7:00 コムロワと	ドゥフォンテーヌと	マクドナルドと	自宅
7:00~8:00 夕食	7:15 ? ル・ジャルダン・デ・ゾリーヴ	?	?	自宅
8:20~9:00 リートと	?	?	8:00~9:00 ロング・エイカーのパブ	8:15~9:00 マクドナルドと

眠りにつく直前に、マクドナルドは考えた。証拠なき仮定は、警察にとって常に危険だが、ドゥフォンテーヌは故意に襲われたのだ、そうマクドナルドは思った。嗅ぎ回っている過程のある時点で何かを知り、それが何者かに彼を危険人物と思わせたのだろう。だが、その何かの正体はまだわからない。

二

翌朝、マクドナルドはアンリを再訪した。アンリは、謎めいた面持ちでマクドナルドを迎え、アン・バに案内した。

「ご提案に従いました、ムッシュー」二人とも腰かけてから、アンリが言った。「死体安置所に参りまして、亡くなられた男性トローネを見てきました。昨日まで、彼と面識はまったくありませんでした。脳裏に焼きつく顔です、あの顔は。死んでいようと生きていようと、絶対に忘れません。うちのウェイター、そしてジャンとルイにもお会いになってください。彼らも、あの男性を見ています。わたくしたちは、彼を知りません、ムッシュー」

「ジャンとルイとは知り合ってどのぐらいになりますか?」マクドナルドは尋ねた。

「ジャンとは三十年になります、ムッシュー。父の店で働いておりました。ジャンの言葉でしたら、真実として信用できますし、ルイは彼の息子です。彼らの言葉を信じてくださって大丈夫です。トローネが店を出るのをジャンが見ておりましたし、出ていった時刻も知っています。七時半に、ルイが店先のいつもの位置に就くために参りましたので、ジャンがなかに入り、二人は、そこのカーテンの陰でコートを着替えました。その時間帯、わたくしどもは、大忙し《フォル・トキュペ》でした。わたしは、ウェイターたちの点検をすませ、彼らはみな、注文を取ったり、お客さまを席にご案内したりしておりました。トローネが戻ってきて、ここ――アン・バー――に来て、化粧室《トワレット》に隠れたのはきっとそのときです」

「トローネが、果たして表口から戻ってきたのかどうか定かではないのです」マクドナルドは言った。「防空壕のドアから戻ることにしたのかもしれません。あのドアが開けっ放しにされ、鉄格子の南京錠がこじ開けられる何らかの理由があったに違いありません」

「わたしも、そのことを考えておりました、ムッシュー」アンリが言った。あのトローネ――彼は、評判が良くありませんでした、ですよね《アン》？ 彼がどこに住んでいたのか、すでに耳に入っております――このあたりでは、今日、彼の話でもちきりです。聞いてください《エクウテ》、ムッシュー。あのトローネですが、彼は早く来ました、とても早く。なぜでしょう？ あの鉄のドアを開け、南京錠を壊すためだったのではありませんか？ 逃げ道を確保するため、そうでしょう？ 昨日クロークを掃除しました際に、あのドアはしっかり戸締りをしました。トローネが開けたのです。南京錠を壊すのを見られたと仮定してはどうでしょう、ムッシュー？ 鉄格子から見られた可能性もあります。泥棒がトローネを見ていて、そのドアから入ってきて、クロークで盗みを働いたということはありませんか？ 以前にもその手口、クローク泥棒が試されたことがあります」

マクドナルドはうなずいた。「確かにそのとおりですが、泥棒がトローネを殺害したとは信じ難い。もしそのような事態になっていたなら、トローネの死体は、配膳台の下ではなくクロークで発見されていたでしょう。もう一つ大切なことがあります。トローネが、通気渠《きょ》の鉄梯子を登って南京錠を壊したのだとしたら、手が汚れていたでしょう、真っ黒に」

「手でしたら洗えたはずです——石鹸もタオルもあります」アンリが言い返した。

マクドナルドは、朗らかに笑った。「あなたは、店の評判のことを考えておられる、アンリ。客の一人が、別の客を殺したなどと言われたくないのです。泥棒であってくれればと思っておられる」

「そんなことはどうでもいい《ジェ・マン・フィシュ》」アンリが、苦々しそうに言った。「彼はここで発見されたのですよ。それだけで、たくさんです。そのことは覚えられてしまう。いつまでたっても忘れられない」アンリは、黒い目で憂鬱そうにマクドナルドを見つめた。

「あなたは、優れた知性の持ち主でいらっしゃる、ムッシュー。わたしには、わかります。警察が、みなさんそうとはかぎりません。きっと、思っていらっしゃるのでしょう。『このデュボネは、旅をしてきた。東洋にも行ったことがある』。まさか《プテトール》、ムッシュー、『この男は、あのトローネを知っていて、彼を殺す理由があった』とでもおっしゃるのですか。それもわかりますが、わたしが彼をここ、この店で殺してから、警察に電話をして彼の死体を見せるとでも？　とんでもない《ノン・ド・ノン》、ムッシュー、それほど愚か者ではありません！」

「愚か者だと思ったことなどありませんよ」マクドナルドは、陽気に答えた。「とても聡明な方だと思っています。知性がなければ、このような店を経営し、ここまで大きくするなど、とてもできることではありません。今こうしてお話しさせていただいているのは、あなたが聡明な方だと信じていればこそです。もう一度考えてください、ムッシュー・デュボネ。ここで起きたことを、すべて思い出してください。思い出したことを口に出して言ってください。そして、二人で知恵を絞り、迷路を通り抜ける方法がないか考えましょう」

「わかりました《ビアン》、ムッシュー」アンリは、食ってかかるように顎を突き出して座り、片手をリズミカルに振って言葉を強調しながら話しだした。

「去る一月二十五日、取引日誌に、電話での問い合わせを記入しました。男性が電話で、二月十七日に個室で十二人のディナーを手配できるかと問い合わせてきました。男性によれば、ディナーは、ある文筆家クラブのためのもので、お客さまは有名な文筆家の方々だとか。数日中に書面で予約くだされば、わたくしどものアン・バという部屋をご用意できると申し上げました。ワインを含まないお一人当たりの料金をお伝えしましたところ、それで申し分ないとのことでした。男性はつづけて、クラブの名前をおっしゃって、このことは極秘扱いにしてくれるようにとのお申し付けでした」

マクドナルドが、ここで言葉を挟んだ。「店に到着したトローネと、あなたは言葉を交わしました。もう一度お尋ねしますが、トローネの声が、電話であなたと話した男性の声と同じだった可能性はありませんか？」

アンリは、肩をすくめて両手を開いた。「わかりません、警部《ムッシュー・ランスペクトゥル》さん。電話の声は男性の声で、教養人らしい声とでも申しましょうか。太い声ではありませんでした——ムッシュー・グラフトンの可能性はありません。たとえば、あなたでもありえませんでした。お年を召された方だったかもしれませんいいせん——ムッシュー・フィッツペインのような。到着なさったときに、あの方の声は聞きました」

マクドナルドは、じっくり考えてから言った。「電話番号表をお渡しして、彼らに電話をかけていただき、その男性の声をもう一度聞けばおわかりになりますか？」

アンリは、落胆したようだった。「そのお考えは気に入りません、ムッシュー。うちのお客さまだった方々に電話をしろとおっしゃっているのですよ。お客さまを裏切るなど、良いことではありません」

「あなたの店で、殺人が犯されるのは良いことなのですか？」マクドナルドは尋ねた。

アンリは、黙ってしばらく考えていたが、やがて黒い目を少しばかり輝かせて両手を広げた。「ムッシュー、わたしもそのことを思いついたのは認めます――あの方たちと電話でお話しして《パルレ・オ・テレフォヌ・アヴェク・セ・ジャンラ》……わたしが見つけたと――何か《ケルク・ショーズ》を……わたしには、それが何なのかわかりません《ジュ・ヌ・セ・コワ》が……どんな忘れ物が考えられるでしょう――手紙とか封筒が……アン・バに落ちていたと。あなたのおっしゃるように、『あの方たちに考えさせる』何かですよね？ あの方たちのなかに後ろめたい人がいれば、その人は、それが何で、どこに落ちていたのかわからず、びっくりするはずです。それでも、その考えは承服しかねます。嫌です」

「それでも、いい考えなのですがね。まあ、このことはまたあとで話しましょう」マクドナルドは言った。「ディナーについての電話での問い合わせを受けたところから、話をつづけてください」

「二日後に手紙が届きまして、ムッシュー、十人の部屋を予約するとのことでしたので、指定されたお名前と住所に承諾書を書きました」

「誰かに、ディナーについて話しましたか？」

「家内に話しました、ムッシュー、いつものように《コム・ダビテュード》。ディナーの三十分前までは、ほかの誰にも話しておりません。それから、ムッシュー・グラルという友人が参りました。一緒に食前酒を飲みにきてくれたのです。新聞記者をしていますので、マルコ・ポーロ・クラブについて知っているかと尋ねました。すると、栄誉あるクラブ――オ・グラン・セリウ――だと教えてくれ、出席者の名前を訊かれましたが、絶対に申しませんでした」

「今まで、それについてはおっしゃいませんでしたね」マクドナルドは言った。「グラルさんは、出席者が到着するのを見ましたか？」

「いいえ。長居はさせませんでした。あの最初のお客さまが到着する少し前に帰りました」

「その人の名前と住所を聞いておいたほうが良さそうですね」マクドナルドは言った。「新聞記者でしたら、お話しする価値があるかもしれません」

「お教えしましょう。おかしいな」アンリは、考え込んだ様子で言い足した。「そのマルコ・ポーロ・クラブのディナーの話を聞きに、翌日来ると言っておりましたのに、来ませんでした。今まで、彼のことをすっかり忘れていました——考えることが多すぎて」アンリは、悲しそうな顔をした。

「ですが、ほかのことは何もかもお話ししました」

「だが、こちらには、まだお話ししていないことがありましてね」マクドナルドは、ドゥフォンテーヌの事故の事実についての説明に進んだ。

けんか腰に顎を突き出していたアンリが、うなだれた。「まさか《モン・デュー》！　いつまでこんなことがつづくんです？」アンリは叫んだ。「ジャン、それからルイに話しかけたのはその人だったとおっしゃいましたよね？　ムッシュー、彼らのために命に代えてもお答えします……いいですか、彼らは、その人に何も話しませんでした。あのトローネがル・ジャルダンを出ていくのを見たということ以外は。このことは、何を意味しますか？」

「わたしが追っている人物が、まだロンドンにいることを意味すると思います」マクドナルドがこう答えると、アンリは切羽詰まった面持ちで、再び堰を切ったように話しだした。

「ジャンですが、彼は昨日店に来ると、厨房に下りていきました。お話しすることが、たくさんあります。ルイは、お客さまが全員レストランを出るまでドアの前に立っていました。昨夜は、あまり遅くなりませんでした。お宅の部下の方々もご存じのように十時には、店は空でした。ジャンとルイは、一緒に帰宅しました、いつものように《コム・ダビテュード》……彼は何をしていたのですか、そのドゥフォンテーヌという人は？　いったい何のために、店の裏のあの暗い道をうろついていたのですか？」

「ドゥフォンテーヌは、ある考えが閃いたと言っていました。そして、ほかの数名と同じように、その考えが危険を招きうると気づいたのです」マクドナルドは答えた。「あなたにも、いい考えがある、アンリ。あなたは、『あの人たち《セ・ジャンラ》』に電話をして、たとえば手紙とか封筒とかを見つけたと言うことを思いついた。それはいい考えだと、わたしは言ったが、充分注意するようご忠告します。ここ、あなたの店のなかにいれば安全ですが、一歩外へ出たら、どこへ行こうと注意してください。ル・ジャルダンの裏の路地は、今現在、安全とはとても言えません」

三

マクドナルドが次に訪れたのは、遊園地の係員フレッド・コインという男が尋問のため拘留されているウェスト・ロンドン警察署だった。マクドナルドは、ウェリングという犯罪捜査課の若手スタッフを、コインならびにその仲間の捜査のため派遣しておいた。ウェリングは、その仕事を実にきっちりこなしてくれていた。勤務先のコインとその知人たちを厳しく監視することで、コインを「捕まえる必要のある場所」で捕まえた、別の言い方をするならば、コインが盗品を売買している現場を押さえたと、上機嫌で報告することができたのだ。問題になっている盗品とは日本製の万年筆で、トローネの部屋の掃除人のビート夫人が、エリアス・トローネの物だと確認した。ウェリングの微に入り細を穿《うが》つ報告を聞いたマクドナルドは、その新入りの背中をそっと叩いた。

「さすがだ、ウェリング。でかしたぞ！」

「そのう、教えてくださったとおりにしただけです、警部」ウェリングが言った。「あいつが、何をするかが警部にはちゃんとわかっていると、誰もが思ったでしょう」

「わかっちゃいなかったが、コインのようなやつを大勢相手にしてきたのでね。あの手の盗みを働く男は、必ずと言っていいほどと間が抜けている。そうでなければ、あんな盗みは働かなかっただろうな。そればかりか、そういう男は普通、自分を賢いと思っているが、その賢さは、そいつのほかの部分よりもさらに間が抜けている」

「今ごろ、びくびくしていると思いますよ」ウェリングが言った。「放っておいたら、延々と話しつづけるでしょう」

フレッド・コインは、貧相な蒼白い顔のやつで、荒《すさ》んでいると同時に下品でおどおどしたその表情は、マクドナルドの目には根っからのろくでなしに映った。コインは、空威張りしても隠しようのない恐怖の目で長身の警部を見上げた。マクドナルドが警告すると、その簡潔明瞭な言葉に、コインの不健康そうな顔がいっそう蒼白く硬直した。

「きみは、殺害された男性の所有物だった物を売ろうとして捕まったんだよ、コイン」マクドナルドがこう言うと、コインが遮った。

「あれが誰のもんだったか、俺にわかるはずがねえだろ？　俺の仕事場に来た男から買ったんだ。金欠なんで、二シリングでどうだと言われた。どこのどいつだか知らねえが、そいつから買って……」

コインが哀れっぽい声を出して黙ってしまうと、マクドナルドはつづけた。「なるほど。きみは、あの夜殺されたエリアス・トローネと同じ建物に住んでいた。トローネの部屋は、その夜のうちに略奪され、きみが、彼の万年筆を所持していた。それなのに、陪審員の誰かが、きみの話を信じるとでも思うのかね？」

「あいつにゃ触ってねえ。やられちまったとき、あいつは家にいなかった」往生際の悪いやつだった。

「そうだ。彼は外出していた。彼が出かけるのを、きみは見たんだね？」マクドナルドは言った。

「きみは、トローネと最近口論になった。そのことは、ほかの住人たちが知っている。宝くじを売りつけようとして、警察に通報すると脅されたんだ。それでも、万年筆を買ってくれと言われたという話に固執したいかね？」

静かな声質には、コインを怯《ひる》ませる何かがあり、マクドナルドはつづけた。

「昨夜トローネの部屋から盗まれたほかの品は、すでに確認されている。ワッピングにある店へ車で運ばれた。昨夜七時半から十時のあいだ何をしていたか話したくないかね？」

「映画館――レスター・スクエア・オデオン――にいた。バート・ホプキンズも一緒だった。仕事が終わってから行ったんだ」

「それなら、なぜトローネが外出していたとわかったんだい？」マクドナルドは突っ込んだ。「そして、住んでいる建物をきみが夜八時から九時のあいだに出ていくのを目撃されたのはなぜだろう？少しは分別を持ったらどうなんだ。真実を話したいかと尋ねるからには、こちらはわざわざ、きみがしていいたことについて大切なことを突き止めているんだよ。そのまま嘘八百、しかも愚かな嘘を並べ立てることしかできないのなら、これ以上話しても時間の無駄のようだね」

一瞬の沈黙が流れ、コインは座ったまま唇を震わせていた。それから、マクドナルドが立ち上がった途端、コインは怖気づいた。生半可な犯罪者のご多分に漏れず、彼も黙りつづけている勇気はなかった。ジェンキンズが、ときどきマクドナルドに言っていた。「こういう愚かなとんまの半数は、静かにしている根性がないからボロを出す。やつらから何も供述が得られないとしたら、我々が下手くそなんだろうが、やつらにはそれを見抜くだけのオツムがない。やつらは、反証できる作り話をはじめ、墓穴を掘る」

「あの万年筆だけどよ、旦那」コインは、今にも泣きだしそうだ。

「ああ。殺された男の所有物だった万年筆だね」マクドナルドは言った。「あの万年筆のことを忘れている場合じゃないよな、コイン。真実を語る機会を与えてもらったのに、それが真実でなかったら、きみの立場はもっと悪くなるのだよ」

「あいつに触っちゃいねえ！　トローネのことは、何にも知らねえんだ」コインは言い張った。「本当なんだってば。トローネが出かけるのを見た。やけにめかしこんで六時半ごろに。そのときダチが顔を出して、映画に行かねえかって誘われて、二人でしゃべりだし、ダチはしばらく俺んとこにいた。そろそろ出かけようとしてたら、誰かが階段を上ってくのが聞こえて、トローネがまた自分の部屋に上がってくのが見えた。アルフに呼ばれたんで、何の用だろうと俺はなかに戻った。あいつ、前から言ってたんだ。もし貸し出されてる部屋があるなら、俺の上の部屋を借りたい——自分にぴったりだからってな。望みはないぜって言ってやった。俺が、この狭い部屋を手に入れられたのは運が良かっただけだとね。だのに、しつこくてよ、『上に住んでるあの野郎、ずっと居座るわけじゃねえだろう。便利かもしれねえが、あの野郎には似合わねえ。上のあの部屋が欲しい』って聞かねえんだ。

『まあ、無理だろうな』と言ってやった。『あの映画を見るんなら、そろそろ行かねえと』と俺がドアを開けた途端、トローネがまた下りてくるのが聞こえた――ほんとに聞こえたんだ、アルフにも聞こえた。だから、あいつが通り過ぎるのを待った。実はよ、俺はあいつがどうも好きになれなくて、アルフにまで八つ当たりされちゃ堪んねえと思ったんだ。虫の居所が悪いと、そういうことがよくあるんでよ。アルフと俺は、トローネがまた外に出るのを待ってから、下りていった。そしたら、玄関を出てすぐのところに、あの万年筆がたまたま落ちてたんで、俺が拾った。あそこに落ちたままにしておくのも何だったんでね、わかるだろ――？」

コインの声がだんだん小さくなり、しまいには黙ってマクドナルドの顔を見つめた。怯えと狡猾さが入り混じった、それでいて間抜けとしか言いようのない目だった。「トローネが、出ていくときに落としたんだろうよ」コインは付け加えた。

マクドナルドは、またしても黙りこくったコインが耐えられなくなるほどじらしてから口を開いた。その声は、厳しかった。

「わたしは、真実を求めたんだよ、コイン。それなのに、真実のごく一部しか語っていないばかりか、いくつかの嘘を混ぜ込んだね。確かに、きみに会いにきた友だちはいたが、彼の通称はアルフではない。きっと彼は、上の部屋の鍵が開いているのをきみが見つけたら、なかを見てみたいと言ったことがあるに違いない。きみは、トローネが六時半ごろ外出するのを見たと言った。彼を見たとは、つまり彼の顔を見たということかね？」

「そうさ、旦那。今、あんたの顔が見えてるのと同じくらいはっきりとあいつの顔が見えた。階段の電気がついてたんでね」

「よろしい。それできみは、友だちに、トローネが外出したと言い、少しばかり待ってトローネが戻ってこないのを確認したほうがいいと思った」

マクドナルドは、意志の弱そうな顔とあんぐり開いた口を見つめた――その口は、暗黙の思いを語っていた――そして、犯罪捜査課の敏腕警部マクドナルドは、自分の推測が正しかったと思った。コインは、トローネの外出中に、彼の部屋に入り込む機会をずっと狙っていた。そして、「アルフ」が、きっとこのみみっちい計画の首謀者だったのだ。コインには、自分で計画を立てる度胸も知力もあるはずがない。

ようやく、マクドナルドはつづけた。「トローネは以前、彼の部屋の前の踊り場できみに追いついたことがあるのだろう。そして、非常に気分を害したはずだ。だから、きみは待った。そして、トローネが再び階段を上っていくのを聞いた。それは、彼が最初に出ていってからどのぐらいあとだったのかね？　三十分後ぐらいかい？」

「知るか」コインが、みじめったらしい声で言った。「見張ってたわけじゃねえもんよ」

「トローネが、また上がっていくのが見えたと言ったじゃないか。自分のドアの陰に隠れて待っていたのだろう？　彼のいったい何を見たんだい？」

「あいつが上がってくのを見たんだよ、マントとか帽子とか」コインは答えた。「そんで、また下りてくるのも聞いた。あいつだとわかった。だって、上にはほかに誰もいねえもん。それから、アルフと外に出て……」

「トローネが出ていったあと、きみたちが上がっていったとき、トローネの寝室のドアは開いていたかい？　大きく開いていたかという意味だ」マクドナルドは、鋭い口調で質問を直球でぶつけたかと思うと、コインの不安そうな口元から答えが発せられる前に矢継ぎ早につづけた。「それとも、入るのに錠前開け《ピックロック》の道具を使わなければならなかったのかね？　ピッキングは、アルフの得意技だったただろう？」

コインは、ぽかんとした顔をした。実は、マクドナルドがどの程度知っているのか、コインにはまったくわからなかった。だが、あの万年筆のせいで逮捕されたという事実が、自分を危険な立場に追い込んでいるということだけはわかった。怯えて途方に暮れたコインは、思わず口走っていた。自分が何を言っているのか気づいたときには、あとの祭りだった。

「ピックロックは使わなかった……」

マクドナルドは、すかさず切り返した。「ドアは開いていたんだね？　きみは、トローネが急いでいたので閉め忘れたのだと思った。だが思い直した。ひょっとすると、きみに一杯喰わせるためにトローネがわざと開けっ放しにしておき、すぐに舞い戻ってくるのだと。だから、少しだけ待ったのだろう？」

これは、マクドナルドの側からすれば簡単に推測できる思考の流れだったが、コインにしてみれば、この恐ろしいほど静かな声の男は、あの夜起きたことを何もかもお見通しなのだと思えた。コインは諦め、思わず漏らした。

「悪気はなかったんだ。ほんの悪戯のつもりだったのに、アルフがよ、あいつにはあいつの考えがあって……」

「なるほど。彼が車を取りにいき、きみたちは荷物を積み込んだ。一人が外で見張りをしていたので、誰にも見つからないと思った。車に積み込んでからワッピングに持っていくと、ルブ・ルイスが、何も訊かずに現金をくれた」

コインは、一見して犯罪者とわかる人間ではない、そうマクドナルドは思った。社会に背く積極的な活動を計画し、機転を利かすことのできる犯罪者タイプの人間ではないと。頭の回転が非常に遅く、手先にしかなれない。物語に出てくる、猿に利用されて焼き栗を火中から取り出そうとした猫の手のように、どんな取引においても常に痛い目に遭うのは彼なのだ。口をぽかんと開けたみじめったらしい顔と落ち着きのない目を見つめながら、マクドナルドは考えを前に進め、次なる手に出た。

「きみは、期待していたほどの金を手に入れられなかったんだろう?」マクドナルドは尋ねた。「結局、ほとんど全部きみがやらされた。あの夜、トローネが外出するのを嗅ぎつけたのはきみだね? どこで知ったんだい、コイン? あちこちトローネをつけ回していたんだろう?」

コインが、今度は震えだしたので、マクドナルドはつづけた。「トローネが一晩中留守にすると知らずに、きみと友だちがあの部屋を漁ったなどと言っても無駄だよ。トローネが必ず外出するとわかっていないかぎり、そんな危険は冒さなかっただろうからね。どうしてそれがわかったんだい、コイン?」

催眠術をかけられでもしたかのように、コインは答えた。「先週、あいつがパブで話しているのを聞いたんだ。コヴェント・ガーデンの店だ。ある男を待っていたら、トローネの声が聞こえた。変わった声をしてるんだ、あいつは。妙に甲高い声でよ。俺は一般席にいたんで、姿は見えなかった。トローネは、特別室《ラウンジバー》(ホテルやパブ内の高級バー)にいた。『じゃあ、木曜日ということに』とあいつが言った。『そのディナーは何時までつづくかな――十一時は過ぎないと思うが』そしたら、相手の野郎が言ったんだ。『まあそんなところだな。そのあと、俺のところに来てくれたら、契約成立だ。どっちにとっても、いい夜の仕事になるな』そしたら、トローネが『あいつに借りは返してもらうが、半狂乱にはならんだろう』とか何とか言ったと思ったら、いなくなっちまった」

コインは、ずるそうな、どんよりした目でマクドナルドを見て言い足した。「それで、聞いたことをアルフに言ったんだ……けどよ、まさかあいつがあんなことするとは……あのくそドアが開いてたのは、めっけもんでよ、だからこんなことになっちまったんだ」

「訴追免除証言がどういうものかは知っているね、コイン？　知っていることをすべて証言して警察に協力する覚悟があれば、きみが告発されたときに減刑されるかもしれない」

コインはうなずき、「全部話しただろ？」と熱っぽく言った。「俺のせいじゃねえ。あんたが言ったとおり、俺の手にゃ何も入らなかった。それによ、アルフはめちゃくちゃ怒ってた。ぼろ儲けできると思ってたのによ、あの部屋には、持ってて得になるようなもんは何もなかったんだ」

「バーで聞いたことを、もっと詳しく知りたいんだが」マクドナルドは言った。「まず、どのパブだったんだい？」

「ブルー・ドッグさ、コヴェント・ガーデンを外れてすぐの。あの店に入ったのは、本当にたまただったんだ……入らなきゃよかったよ」

「トローネも、トローネが話していた相手も姿は見え、な、か、っ、たと言ったね？」

「そうさ、旦那。ガラスの衝立があるんでね、すりガラスの――だから向こうは見えねえけど、すぐ近くの隅っこに寄れば特別室で何を話してるかは聞こえるのさ。そうやって、ちょくちょく内緒話を仕入れてるのさ。あっち側のやつらは、盗み聞きされてるなんて気づいちゃいねえからよ」

「話していた相手の声をもう一度聞いたらわかるかい？」

「もちろん、誓ってもいい」コインは真剣だ。マクドナルドは、これは幸先がいいと思った。コインが、自分の得になることなら何でも誓うと知っていたからだ。

「トローネが正確に何と言ったのか思い出してくれ」マクドナルドはつづけた。「トローネが『あいつに借りは返してもらう』と言ったそうだね。彼が名前を言わなかったのは確かだね？　誰に借りを返してもらうんだい？」

　コインは頭を掻いた。「あいつは、誰かの名前を絶対に言ったと思う。それに、聞いたこともねえ変な名前だったが、聞いたら何かを思い出した。頑張れば思い出せるかも。時間をくれよ、旦那、そしたら思い出せるかもしれねえ……」

四

　マクドナルドは、長い時間をコインとの会話に費やした。そして、彼が得た情報は次のように要約できた。コインには、トローネを嫌うには嫌うなりの理由があったが、トローネが裕福な男だと信じてもいた。その信念が、「アルフ」に伝えられていた。（警察は、「アルフ」の素性をきわめて鋭く認識しており、それほど苦労せずに追い詰められるものと思う。）邪魔なトローネがいなくなってくれたときに、トローネの部屋の貴重品を探そうという妙案は、きっとアルフが思いついたのだろうし、アルフは、自分だけさっさと逃げ、警察による尋問が行なわれるようなことになってもコインだけにその責めを負わせたに違いない。トローネの部屋のドアが開いているのを見つけたこと——マクドナルド自身の推定とも符合しているため、コインの証言のなかでマクドナルドが信じている重要な点——に、アルフは有頂天になった。「ごっそり頂戴しようぜ」と、アルフが提案した。アルフが車を借りられたので、この作戦は実行され、何もかも上手くいくかに思われた。マクドナルドは、部屋の配置についてかなり詳しく調べていた。コインによれば、窓際にテーブルがあり、そのテーブルの上に、ジェンキンズがワッピングのがらくた屋で調べたタイプライターのレミントン・ポータブルが置いてあった。タイプライターの脇に、原稿がきちんと積まれ、未使用の用紙が一包みあった。コインによれば、期待に胸を膨らませていた泥棒二人は、部屋の中身に大変がっかりした。高価な品は何も見つからなかった。金庫があった（そしてアルフが開けてみた）が、彼らにとっては何の価値もない書類しか入っていなかった。パスポートと身分証明書、小切手帳があり、それらすべてを、「いずれ役に立つかもしれない」とアルフが失敬した。書類の山はアルフが破り捨てた。タイプ原稿については、明らかに彼らにとっては何の役にも立たないので放置した。ほかに奪取したのは、衣服、靴、寝具で、そのすべてが、どこでも不足している最近では曲がりなりにも値がついた。

アルフとコインは、トローネが外出するのをコインが見届けるまでコインの部屋で待った。二人は、トローネが戻ってこないのを確認するまでもう少し待つことにした。どうやら、以前コインが上の踊り場をこそこそ嗅ぎ回っていたときに戻ってきたことがあるらしい。上の階へ向かう足音が聞こえたので二人は胸をなでおろし、コインがそっと覗くと、トローネの有名なマントが再びパタパタ揺れつつ上に向かうのが見えた。今度も二人が待っていると、上の男が再び下りてきた。それから、念には念を入れてあたりを窺ってから二人がトローネの階の踊り場へ行くと、ドアが開いていた。アルフが「ごっそり頂戴しよう」と即断し、コインはそれを思い留まらせられなかった。

犯罪捜査課が、すでに「アルフ」を捜索しており、マクドナルドは、リーヴズ、ウェリングの両名をもう一件の捜索に派遣した。今度彼らが探し求めていたのは、トローネの持っていた衣装だった。

彼のスーツ、靴、そして有名なマント。これらは、ワッピングのがらくた屋では見つかっておらず、マクドナルドは、それらは二度と見つかるまいと確信していた。

第十二章

一

ドゥフォンテーヌの事故の翌朝、バジル・リートは、ドゥフォンテーヌの電話番号を何度もダイヤルした。当然ながら応答はなく、ついにグラフトンに電話すると、ようやく応答があった。

「バジル・リートだが。ドゥフォンテーヌが、旅に出たのかどうか知っているかい？」

「いや。あいつなら病院だ」

「ええっ！」リートは驚いた。「彼がどうかしたのか？」

「交通事故に遭った。ゆうべ車に撥ねられたんだ。今、家にいるのか、それとも公衆電話からか？」

「家だが」

「そっちに行ってもいいか？」

「いいとも。いつ来てくれてもいい」

しばらくして、グラフトンはリートの快適な部屋にふらりと入っていき、勧められた椅子に座った。

「いったいドゥフォンテーヌに何があったんだ？」リートが迫ると、グラフトンは肩をすくめた。

「車に撥ねられたんだそうだ——コムロワが教えてくれた。どうやらコムロワは、ドゥフォンテーヌが何かを掴んだと思ったらしく、昨晩、下宿のドゥフォンテーヌに連絡しようとしたようだ。それなのに電話に出なかったんで、心配になりだしたんだとさ。何でなんだ、わからんなあ。ドゥフォンテーヌは、ほかのやつらと同じように自分の身は自分で守れただろうに」

「そうかもしれない」リートは、素っ気なく言った。「だが、ぼくは、一人で嗅ぎ回っていたら自ら災難を招くことになるぞと言ったんだ。刑事事件に嘴を入れても仕方がないだろう。きみは、誰を相手にしているのかわかっていないが、警察にはわかっているんだからとね」

「なるほど、コムロワも同じ意見だ。コムロワが、真夜中にドゥフォンテーヌの部屋に訪ねていくと、管理人の親父に言われたんだそうだ。ドゥフォンテーヌは、車に撥ねられたとね。撥ねたのは盗難車で、パトカーが追跡していた。警察が、運転していたやつを逮捕した。ただなあ、撥ねられたとき、ドゥフォンテーヌはヒューゴー・ストリートにいたんだが、そこは、アンリ・デュボネの店の裏手のどこかだったんだよな」

「いったい何でそんなところへ?」リートは尋ねた。「それにしても、どうしてぼくは彼を引き止めなかったんだろう? 容体がどうなのか、知っているのかい——怪我は酷いのかい?」

「わからん。意識がないと、コムロワは言われたんだそうだ。病院では、詳しく教えてくれるはずがないから、訊いても無駄さ。どうしてまた、『彼を引き止めなかった』なんてことを口にするんだ?」

グラフトンがしかめっ面でこう訊くと、リートは、この突然の問いに答えた。

「うーん、ぼくには、彼が愚かなことをしていると察するだけの思慮分別があったからかな。彼よりも齢上だし、慎重は勇気の大半を占める、刑事事件ならばなおさらのこと、と言われているのにも一理あると、恐れずに口にできるようになっている。ドゥフォンテーヌは、何かを『閃いた』と触れ回っていた。もし彼が、トローネを殺したやつに直面したのなら、閃いたなどと自慢するのは得策ではないと思えるんだ」リートは、素っ気ない静かな声で、途切れ途切れに答えた。そして、顔をしかめて唐突に口にした。「なあ、グラフトン、きみはぼくのことをどの程度知っている？」といきなり迫ったのだ。

「何も知らん」グラフトンは答えた。「いい登山家だったのは知っているし、少なくとも二作、一流の本を書いたのも知っている。それから、山登りを断念し、すっかり文筆に進み、書評家としての評判を得たようだ。以後、少しばかり目方が増え、快適な暮らしが好きになったんだろう」

「すべて、そのとおりだが、情報の点では役に立たないんじゃないのかな？　ドゥフォンテーヌはきっと、きみ自身が知っている程度――あるいはそれ以下しか――ぼくについてきみに教えられなかっただろうが、彼は、閃いた『考え』をぼくにペラペラしゃべるのをやめなかった。ことによると、このぼくがトローネを殺したのかもしれない。そして、もしぼくが殺したのだとすれば、彼の考えにあまり乗り気にはなれなかっただろうな」

「言いたいことはわかる」グラフトンが、ゆっくり答えた。リートの高い声とは対照的に、彼の太い声は轟きに近かった。「ドゥフォンテーヌは、俺たち全員に会おうと歩き回っていた――コムロワにも俺にもアンリ・デュボネにもな。そして、その途中で撥ねられた。それも、よりによって盗難車に撥ねられちまったとは」

「何に撥ねられたかなど、どうでもいい」リートが言い返した。「大切なのは、デュボネの店の裏のどこかで彼が見つかったということだろう」

「デュボネが殺人犯だと言おうとしているなら、俺はまったく信じないぞ」グラフトンがこう言うと、リートが答えた。

「ぼくもだが、現にトローネが殺され、ドゥフォンテーヌは意識を失っているんだよ。どうかな、ゆうべ、ぼくたち全員が何をしていたか言い合ってみて……」

グラフトンが笑った。「またかよ！　ドゥフォンテーヌと同じことをしているじゃないか。犯罪捜査課に任せたらどうなんだ？　それがお前の考えじゃなかったのか？」

「ぼくに何かが閃いたとしても、その考えには、ソーホーの裏通りをうろつくことは含まれない」リートは言い返した。「簡単な質問がある。ゆうべ八時十五分前にぼくに電話したかい、それともしなかったかい？」

「いや、しなかった。なぜだ？」

「誰かが電話をしてきたからだ。その男は、『そこにドゥフォンテーヌはいるか、リート？』と言って電話を切った。あれは、きみの声だったと思う」

「そうか、でも俺の声じゃない。八時十五分前には誰にも電話などしていない。レスター・スクエアを通っていた」

「それは、とても妙だ」リートが、ゆっくり言った。「ほら、ぼくは電話帳に番号を載せていないだろう。一日中、電話の音に悩まされたくないので、絶対に掲載させないんだ」

「それでも、俺たちに昨日、その電話番号を教えたじゃないか」グラフトンが言った。「なら、きっとコムロワだ」

「彼はしていないそうだ」リートは答えた。「警部が帰ってから、昨夜のうちに彼には電話をしたんだ。警部は、ここに九時までいた。コムロワは、十一時過ぎまで戻っていなかった――少なくとも、十一時過ぎまでぼくの電話には出なかった」

「何てこった！」グラフトンが叫んだ。「とどのつまり、どういうことだ？」

「わからない」リートは、生真面目に答えた。「何者かが、ドゥフォンテーヌがどこにいるのか突き止めようとしていたように思える。ぼくが家にいるかどうかを確かめようとしていたのでなければね」

グラフトンは前かがみに座り、何を見るでもなく向かいの壁を見つめた。「何者かが、ドゥフォンテーヌがどこにいるのか知りたがった――だが、あいつは、アンリの店の周りをうろつくと俺たちに言ったも同然だった。そして、ドアマンに会うために店に行った、七時半ごろにな。あいつは、六時近くまで俺と一緒だった。それから、コムロワのところへ行った――少なくとも、俺はそう思っている」

グラフトンは、視線をリートに移して見つめた。「コムロワ……？　それにしても、何でまた？　お前はコムロワの何を知っているんだ？　はっきり言えよ」

「あのディナーまで、ぼくは彼と面識がなかった」リートは答えた。「彼は科学者で、あるいは科学者としての教育を受け、簡明な良い散文を書く。トローネについてかなり詳しいし、あの招待状を破棄させたのは彼だ」

グラフトンは黙って座っていたが、ようやく口を開いた。「警部は、コムロワを含む俺たち全員に、ゆうべ何をしていたかと訊くに違いない。お前の答えは、一晩中家にいた、そうだろう？」

「そうとも言えないんだ。ぼくは、五時ごろドゥフォンテーヌのところを出た。それからここへ戻って何通か手紙を書き、七時少し前に郵便局に行き、それからマンチェスター・キャスルで一杯やった。ここへは七時半に戻って軽く夕食を取ってから、書き物に没頭した。あの電話が八時十五分前にかかり、八時過ぎにマクドナルドが来た。彼は九時までいて、その十分後にナイジェル・ブルックが執筆中の作品について助言を求めにきた。そして十時過ぎまでいた——ぼく好みの落ち着いた夜ではなかった。その後、間隔を置いてドゥフォンテーヌとコムロワに電話をしてみた。何から何まで神経に触った。ドゥフォンテーヌは、自ら災難を招いているに違いないと思ったんだ」

「ドゥフォンテーヌとコムロワに電話しようとしたんだな」グラフトンが、ゆっくりと言った。「はっきり言っちゃいないが、お前は、答えはコムロワだと思っている。なぜだ？」

「わからない」リートは、げんなりしながら答えた。「探偵は不得意だと、ずっと言ってきただろう。ぼくは、生まれながらの読者なんだ——平和と静けさと読むべき本を楽しむやつなのさ。これを持っていってくれ——」リートは、まだカバーがかかったままの二冊の本を差し出した。一冊は立派な装丁の分厚い本で、感じのいいクリーム色のカバーに、『ティエンシャン山脈の麓の丘陵地帯』というタイトルが見事に均整のとれたローマン体の大文字で記されているだけで、ほかに装飾はない。著者は、ヴァルドン・コムロワだった。もう一冊のカバーは派手な色の代物で、雪を頂いた連峰の向こうに昇る太陽が描かれている。タイトルは、東洋の筆記体を連想させるような奇抜な文字で『ブハラから天山山脈まで』とある。著者は、エリアス・トローネだった。

「両方とも、処分本として買った」リートは言った。「それを捜し出して、読み終えたところだ。もちろん戦前の刊行だ。何か言いたいことは？」

「それにしても、何てこった！……ティエンシャン山脈と、天山山脈は同じだろう？」グラフトンが言った。「新疆《しんきょう》からロシア国境まで伸びる山脈で……」

「その山脈――大山系――は、パミール高原からトルキスタンのタリム盆地まで連なる」リートは、最高に専門家らしい口調で言った。「七千メートル級の高峰もある。想像がついているだろうが、ほとんど知られていない地域だ。トローネが、そういう高地の奥まで旅したはずはない。コムロワはしたかもしれないし、コムロワは冶金学者だ」

「いったい何が言いたいんだ？」グラフトンが問い詰めた。「コムロワとトローネがそこで出逢った、あるいは一緒に旅をしたとでも思っているのか？　まさかトローネが、コムロワの事実を引っさらい、独自の盗作効果を発揮したとでも？　本を読んだと言っていたが――」

「ああ。ぼくが『読んだ』と言ときは、『読んだ』という意味だ」リートは言った。「この二人の文筆家に何らかの共通点があると思うようなら、この本を読むべきだ。そうすれば、わかるはずだ。コムロワの作品は、事実に基づいている。地図に載っていない領域で注目に値する遠征を行ない、彼の述べている内容はどれも実証されている。トローネの作品は、ガイドブックとしての価値はあるにせよフィクションと言って差し支えない。空想的な仰々しい作品で、勝手な思い込みや、旅人の話ばかりだ。トローネは、ブハラには間違いなく行ったことがあり、ティエンシャン山脈が見えるところまでは行ったかもしれないが、そのテーマに関する真面目な本を書くつもりなどない。しかし、この二冊には共通する単語が一つあり、それはウランという語なんだ」

グラフトンは、興味に顔をこわばらせて身を乗り出し、「ウラン」とおうむ返しに言った。「だが、二冊とも戦前の作品だと言ったよな」

「そうだ。今日の専門用語である核兵器開発以前の作品だが、ウランは用意されていた、わかるだろう。かつては理論だったが、科学者が興味を持つ事実となった。それが今では、世界征服のための原材料だ」

「それにしても、トローネがウランについて知っているはずがない――いや、知っているはずがなかった」グラフトンが言った。

「そうだが、彼は、産出地について少しばかり分不相応に知っていたのさ」リートは言い返した。「もしトローネが、多少の知識を得たら、その知識を一番高く買ってくれる相手に売っただろう。そそして、その一番高く買ってくれる相手とは、ソヴィエト・ロシアだっただろうな」リートは手を振った。たが、それはまるで詫びてでもいるかのようだった。「口から出まかせを言っていると思っているんだろう」リートは、真面目くさって言った。「しかし、現在の世界情勢においては、もっとも荒唐無稽なことが厳然たる事実になるのじゃないかい？　ウランは事実であり、その類の事実は危険だ」

「考えが閃いたのは、お前じゃないのか」グラフトンが言った。「まあ俺の話を聞いてくれ。ゆうべ俺がどこにいたかと聞いたよな。俺は、トローネの足取りを摑もうと居酒屋めぐりをしていた。そして、いくつかの情報を手に入れた。あいつはどうやら、すべての取引をパブでしていたようで、どんなに用心していても、常に誰かが盗み聞きしているものさ。あいつは、顔見知りのやつらから〈船長《スキッパー》〉と呼ばれている男と会っていて、二人は遠征資金をかき集めていたそうだ。そして、融資してくれる相手を見つけたようで、やけに意気揚々としていた。だが、トローネが、ティエンシャン山脈に発掘すべきウランがあるのを知っていたにせよ、どうやって捜し出せばいいかは知らなかっただろうな」グラフトンは、言い足した。「準備がいかに素晴らしかろうと、トローネが、原子力時代の陣取りゲームをするなどという考えを受け入れることはできん。ウランが出るかもしれん場所の地層のタイプのいろはも、あいつにはわからなかっただろう」

「確かに。だが、トローネの頭の良さを見くびっているようなら、コムロワが言うように、きみは間違いを犯すことになる」リートは言った。「コムロワは、見くびっていなかった。トローネなら事実を吸収できるとわかっていたし、トローネなら現場にたどり着けるとわかっていた。トローネが下品な成り上がり者、つまりきわめて悪趣味で、真実をまったく重視しない男だというのが事実でも、彼が無力だということにはならない。彼は、決してバカではなかったし、コムロワにはそれがわかっていた」

「何てこった、つまりどういうことになる?」グラフトンが言った。「ディナーを計画したのはトローネだと言ったのは、コムロワだ。あいつを支持したのは俺だとわかっている」

「ああ、きみは彼を支持したよね。だが、トローネという主題を持ち出したのはコムロワだ」リートは言った。「招待状を破棄させたのもね。さあ、よく考えてみよう。ドゥフォンテーヌは、いったい何を発見したのだろう? コムロワに関係する何かだったということはないかな?」

グラフトンは座ったまま、眉根を寄せて考えた。

「唯一考えられるのは、トローネの帽子についてだった」グラフトンは言った。「もちろん、トローネが店を絶対に出ていかなかったというのが、ドゥフォンテーヌの理論だったが、ばかばかしい話だ。トローネが出ていくのをアンリが見ていたし、俺はアンリを信じている。それなのに、ドゥフォンテーヌは、フィッツを除いて誰一人トローネの帽子を見ていないという事実をくどくどと繰り返し、だから帽子は、フィッツの目に留まるような場所にわざと置かれたに違いないと言っていた。コムロワは、お前のすぐ前にクロークから出たと言っていたが本当か?」

リートはため息をつき、「何から何まで、もううんざりだ」とこぼした。「あんなとんでもないディナーになど行かなければよかった」

「今更悔やんでも始まらん」グラフトンが、もどかしそうに言った。「最後にあのクロークから出たのが誰だったのか、よく思い出してくれ。お前か、それともコムロワか？」

「ぼくがクロークを出たとき、コムロワは、まだタオルで手を拭いていた」リートは答えた。「だが、そんなことを議論しても仕方がない。どちらにも言い分があるからね」リートは、二冊の本を手にして本棚に近づき、ほかの本の奥に押し込んだ。そして、「くだらない話をしてしまったようだね」と申し訳なさそうに言った。「とにかく、犯罪捜査課が、独自の調査をしてくれるさ」

「だが、ちくしょう、その本をマクドナルドに見せるんだろう？」グラフトンが訊いた。「お前は、本のなかで何かを掴んだんだと思うが、コムロワはなぜ、自分とトローネが二人ともティエンシャン山脈についての本を書いたと俺たちに言わなかったんだろう？　俺がますます疑いを強めるのは、あいつが、そのことを言わなかったという事実だ」

「おそらくコムロワは、トローネの本のことを知らなかったんだろう」リートは答えた。「イギリスでは刊行されなかったからね。ボイルが送ってくれた雑多な本と一緒に買ったまでで、捨てようと思っていた多くの本の奥に押し込んであった。あの本棚の整理に取りかからなかったら、持っていたのさえ知らなかった。きっとイギリスでは、一冊も手に入らないだろうな」

　グラフトンは、黙りこくっていたが、「だが、お前にはどうすることもできん」と言った。「どのみちトローネは、殺されてしまったんだ。それに、ドゥフォンテーヌについてのこともある。あれは事故だったのかもしれんし、事故でなかったのかもしれん」

リートが黙ったままなので、グラフトンはつづけた。「もちろん、コムロワにも、あのディナーは手配できたはずだし――」

リートは、いきなり拳を叩きつけた。「でき、た、は、ずだって！」彼は叫んだ。「仮定ばかりだ。何もかも作り話だ。本をきみになど見せなければよかった。この件には関わらないと言ったのだから、それに徹したほうが賢明だった。とにかく、コムロワに内緒でこの本を犯罪捜査課に持っていくようなことはしない。ぼくは、コムロワが好きだ」

「おい、ボーイスカウトごっこはよせ」グラフトンが、いらだたし気に言った。「この話に首を突っ込んでしまった以上、持っている証拠を提出するもしないも俺たち次第だ。その二冊、貸してくれないか？」

「いや、断る」リートは答えた。

グラフトンが、怒りに目をぎらつかせて立ち上がった。「あのなあ、リート、バカもいい加減にしろよ。自分なりの考えがないのか？　あっちへふらふら、こっちへふらふらじゃないか。その本を出してきて、それについて俺に話して聞かせ、その本が事件全体の解明に役立つかもしれないと見抜くだけの分別がお前にはある。それなのに今度は、それを撤回し、自分には関係がないと言っている。まあ、現実に目をつぶりたけりゃつぶっていればいいが、俺も同じようにすると思うなよ。お前が本のことを警部に言わないなら、俺が言う」

グラフトンが部屋を横切っていたちょうどそのとき、ドアをノックする音がし、リートの部屋の管理人がドアを開けた。「男の方がお会いになりたいそうです」

その男とは、コムロワだった。

二

「よし、これで決着がつくぞ！　さあ取りかかろう！」グラフトンが叫ぶと、コムロワが話を遮った。

「何に取りかかるんだい？　ドゥフォンテーヌの話をしたかったんだが」

「もうよしてくださいよ。その話ばかりじゃないですか」リートが不満げに言うと、グラフトンが本棚に近づいて先ほどの二冊を取り出した。

グラフトンは、トローネの派手なカバーの本をコムロワに差し出した。

「どういうことだい？」グラフトンは尋ねた。「トローネとあんたが、世界の同じ地域についての本を書いたと、俺たちに一度も言わなかったよな。ティエンシャン山脈でトローネと出逢ったんじゃないのかい？」

コムロワは、黙って立ったまま二人の顔を交互に見つめた。

「なるほど」コムロワが、ついに口を開いた。「ドゥフォンテーヌと同じように、きみたちにも何かが閃いたんだね。その本をちょっと見せてくれないかい、グラフトン？　ありがとう」

コムロワは本を受け取ると、窓際にいって吟味しだした。最初の数ページを流し読みし、何枚かの写真をめくった。

「哀れな大ばか者め！」コムロワは、ようやく言った。「なぜ彼はこんなことを？　地図や百科事典、ほかのやつらの本の助けを借りれば、どこにいようと誰にでもこんな本は書けたものを。これは、たまたまわたしが、あることについて知っている地域だ」

「俺たちもそう思った」グラフトンが、コムロワ自身の本を脇のテーブルに放った。

「これは！　どこで手に入れたんだ？」コムロワが、大声で言った。「もう絶版になっているのに」

三人のあいだに、またしても沈黙が流れた。グラフトンは、油断のない、食ってかかるような表情で部屋の中央に立っていた。リートは、べっ甲ぶちの眼鏡をもてあそびながら、戸惑ったような、不機嫌そうな面持ちで炉棚の脇に立っていた。沈黙を破ったのは、コムロワだった。トローネの本を手にして、彼は言った。

「この本は、オーストラリアで出版された。きみたちが少しでも興味があるとしたら言っておくが、わたしはこの本を見たことがないし、トローネがティエンシャン山脈についての本を書いたなど思いもよらなかった。まして行ったことがあろうとは。実際に行ったことがあるとは思わない。登山は、彼の得意分野ではまったくなかった。この本を読んでからなら、彼が、地平線に浮かぶティエンシャン山脈を実際に見たことを示す何かが本に記されているかどうかがわかるだろう」

グラフトンは、コムロワの本を手にして索引に目を通していた。

「ウラン」グラフトンはつぶやいた。「トローネの本の索引には、あるかな――いや、あいつは索引に載せていない」

コムロワは、持っていた本を置いた。「おい、言いたいことがあるなら、はっきり言ったらいいだろう」こう言った彼の声は静かだったが、好意的とは言い難かった。「わたしに、トローネを殺す動機があったとでも？　シドニーの無名の会社が出版した金目当てに書かれたこの駄作に関連する動機がかい？　まさかグラフトン、きみがこんなに常識のない男だったとは。こんな――とにかく、ばかげている」

「まったく同感だ」リートが口を挟んだ。神経質な鋭い口調だった。「グラフトンとぼくは、なぜあなたが、トローネのこの本のことを口にせず、トローネがこの国境地帯への遠征をしたことも言わなかったのか不思議でならなかったが、あなたがこの本を見たこともなく、彼の遠征の話も聞いたことがなかったのなら、疑問は生じない」

「ところが、生じるんだよ」グラフトンは頑として譲らなかった。「ティエンシャン山脈の登山に行き、同じ地方を遠征していたもう一人のイギリス人の噂を耳にしなかったとでも言うつもりか？　必ず耳に入るもんだ。俺にはわかる」

コムロワは、微動だにしなかった。「つまりきみは、ぼくが嘘をついていると言っているんだね？」

「いいかげんにしてください！」リートが叫んだ。「けんか好きなわんぱく坊主のようなことをしていて何になるんです？　ドゥフォンテーヌにも言ったし、グラフトンにも言っただろう、放っておけ！　トローネの死の解明は、警察の仕事だ」

「嘘つき呼ばわりされたら、こっちも黙っていられない」コムロワが言い返した。「こんなバカげた考えをほざいたんだぞ、グラフトン。どういう意味か言う勇気はあるんだろうな。わたしがトローネを殺したと責めているのか？」

「誰も責めちゃいないさ」グラフトンが言った。「トローネのことなど、これっぽっちも気にかけちゃいないが、誰かが大勢を殺し歩いているのが気になるだけだ。ドゥフォンテーヌのことを言っているんだ――あいつは、あんたに会いにいった直後に襲われたんだぞ、コムロワさんよ。ゆうべ、あんたは何をしていたんです？」

「単刀直入に言うなら、そっちこそ何をしていたんだ！」コムロワが、大声で言い返した。「ドゥフォンテーヌは、きみに会ったその足で、わたしのところへ来たんだ。わたしにはわかっている。だから、彼のことが心配だったんだ。それなのにきみは、こうしてこの二冊の本について非常識なことをほざいている」

「ぼくのせいだ」リートがつぶやいた。「ぼくが、こんな――」

「お前は悪くない。悪いのは俺だ！」グラフトンが言った。「コムロワは、何かにつけ高飛車な態度を取ろうとするが、少しばかり説明が必要だ。この二冊を犯罪捜査課に見せる覚悟はできているのかい、コムロワさんよ？――やつらの手に渡るように、俺が手配するつもりなんでね」

またしても、コムロワは、身動き一つせずに立っていた。片方の手に持ったトローネの本の派手な色が、気品のある地味な部屋のなかで不協和音を打ち鳴らしていた。

「きみは、自分の言っていることを本当に信じているのか、グラフトン？」コムロワは尋ねた。「わたしがトローネを殺し、ドゥフォンテーヌも殺そうとしたと？」

コムロワの声はとても静かだったが、それでもリートは、それが自制しようと努めた口調であるのを察した。コムロワは、堪忍袋の緒が今にも切れそうだったし、彼は非常に大柄な男だった。不満を抱いている頑固者のグラフトンには、議論をやめるなどという機転は利かなかった。

「何から何まで臭いと思う」グラフトンは言った。「なぜあの招待状を破棄させたんです？　なぜ、あんたは――？」

グラフトンは、それ以上言えなかった。憤懣やる方なくなったコムロワが、持っていた本をグラフトンの顔目がけて投げつけたからだ。本はグラフトンの眉間に命中し、グラフトンは前によろめいてリートの机の脇にあった背の高いフロアスタンドのコードに足を取られた。リートがスタンドを押さえようと突進し、コムロワも同時に前に飛び出した。その途端、男三人がもろに激突し、まだ足首にコードが絡まっていたグラフトンがつまずいて机の側面に凄まじい音もろとも倒れ込み、角に頭をぶつけた。そして、床にドスンとくずおれたきり、動かなくなった。

「ああ、大変だ、何てことをしてくれたんだ？」リートが、うめくように言った。

コムロワは、その動かぬ体を見て冷静さを取り戻し、荒い息遣いで立ちつくしていた。

「とっとと失せろ！」リートは激怒していた。「出ていけ、そして二度と来るな。どれだけ人を傷つけたら気がすむんだ？」

ドアが開き、リートの部屋の掃除婦が怯えた目で覗き込んだ。「いったい何があったんですか？」

「事故が起きてしまった。ぼくは医者を呼ぶから」リートが言った。「頭を洗う水を持ってきてくれ」

そして、もう一度コムロワを振り返った。「出ていくんですか、いかないんですか？　これが最後のチャンスですよ」

「いや。出ていかない。警察を呼んで、自分の身を破滅させればいい！」コムロワは言い返した。

「グラフトンが、今度の殺人の濡れ衣をわたしに着せようとしたのがわからないのか――理由はただ一つ、わたしがゆうべ、彼を見かけたのを知っていたからだ。わたしが、その真相を見抜くと知っていたからなんだ」

第十三章

一

「どのような種類にせよ、決定的な証拠はまだ摑んでいませんが、興味深いデータを収集したとは思っています、警部」レイチェル・ヴァンミーアは言った。

　ヴァンミーアは、いつでも手に取れるようにいくつかのファイルを置いた机を前にしていた。その姿は、マクドナルドがそれまでに会ってきた冷静で几帳面な捜査官さながらだった。

「我々のためにいろいろとお骨折りくださっているようですね、ヴァンミーアさん」マクドナルドがこう言うと、ヴァンミーアは、すかさず答えた。

「これほど心を奪われる任務を試みたことはありません。事実収集を楽しんでいると申しましたでしょう。それにしても、エリアス・トローネは、驚くほど興味深い調査対象だとわかりました。電報と長距離電話にずいぶんお金がかかりましたが、当局へのあなたのお口添えのおかげで、その方面で予期せぬ便宜を図っていただけました。トローネの刊行著書の目録を手に入れようとしてきました。エドガー・ウォーレス（イギリスの大衆小説家・劇作家）は例外かもしれませんが、これほど多作な文筆家はいないでしょう。さて、まずあのタイプライターの件ですが」

ヴァンミーアは最初のファイルを開き、手紙その他の原稿の束を取り出した。「ロイ・ステッビングに会ってきました。長年にわたり――一九三五年から一九四六年の十月まで――トローネの小説の著作権代理人《エージェント》を務めた人です。彼は、ファイルから何通もの手紙とトローネの未刊行の中編数作を見つけました。最初は、これらの書類を見せたがりませんでしたが、とうとう説得しました。手紙と中編小説は、ご覧になればおわかりになると思いますが、あなたが、トローネの部屋にあった原稿、セント・ジャーミンズ宛の手紙およびデュボネ宛の手紙の活字見本を見つけたロイヤル・スタンダードで打たれました。これからお見せする活字見本は、一九四四年と一九四五年に打たれた物です。一九三九年以降のトローネのステッビングとの通信文も遡って調べてみましたところ、彼は、ロイヤル社のタイプライターをこの期間はずっと使っていました。すぐにお気づきになるでしょうが、その活字には、簡単に識別できる特徴があります。小文字の〈s〉がずれていますし、大文字を打つためのシフトキーの機構に多少不具合があるため、大文字が小文字と一直線に並ばず少し上にずれています。トローネのオーストラリアのエージェントから、トローネが一九三八年からこのタイプライターを使っていたことを裏づける報告書が届いています。これについて触れましたのは、作家がある特定のタイプライターに執着し、ほかのどのタイプライターよりもそれを好むのをしばしば目にするからです」

マクドナルドはうなずいた。「そうですね。自分の使う道具、あるいは車に対する気持ちと同じでしょうね。その特徴を知るようになり、それを使うと落ち着く。我々がトローネの部屋で発見した原稿について、ステッビング氏が何か知っているかわかりましたか？」

「いいえ。原稿は、彼の手には渡っていませんでした。ところで、ステッビングに対して行なった二つの質問から、二つの興味深い事柄が浮上しました。トローネは、一九三六年からロイ・ステッビングの会社を使っていましたし、ステッビングは、トローネにことのほか良く尽くしました。トローネは、驚くほど多くの作品を託しました――スリラー、大西部を扱った小説、連載物、少年漫画雑誌の連載物です――文学作品としてはどれも価値がありませんでしたが、著者もエージェントも非常に儲かりました。それにもかかわらず、昨年十月、トローネは、わざわざステッビングと口論までして、きまり文句ではありますけれど『彼を捨てた』のです。少し妙だと思いました。トローネが売り込んでいたような類の作品にとって、ステッビングは、明らかに非常に良いエージェントでしたからね。二つ目は、ステッビングとの口論のあと、つまり十一月以降、トローネはタイプライターを変えたようなのです。問い合わせの過程で、トローネが短編の何作かを直接交渉し、クラリオン、ミステリー・マガジン、イヴニング・アーガスに売っていたとわかりました。これらの出版社の事務所に何とかコネを作りましたところ、ステッビングとの口論以降、トローネは間違いなく、あなた方がワッピングで見つけたレミントン・ポータブルを使っていました。わたしが知りたいのは、彼が以前使っていたロイヤル・スタンダードに何があったのか、そして、なぜ彼はタイプライターを変えたのかです」

　マクドナルドは、とくと考え、「それに対する明白な答えを出すのは、いたって簡単です」と答えた。「ディナーパーティーをでっち上げようと決心したトローネは、古いタイプライターを売る、あるいは処分したほうがいいと思った。そうすれば、招待状の活字から自分が割り出されることはないですからね。しかし、そんな答えで我々は満足できますか？」

「いいえ」レイチェル・ヴァンミーアは、きっぱりと否定した。「できませんとも。今回の事件では、明白な答えは間違った答えだとずっと信じてきました。すべてが周到に考え抜かれ、明白な答えが導き出されたのです、つまり問題を混乱させるために。ディナーパーティーのでっち上げについての最初の明白な説明は、コムロワが提起した説明でした——トローネが張本人だという。次の明白な提起は、エドモンド・フィッツペインが衝動でトローネを殺害したというものでした。わたしは、どちらの説明も信じていません。ですが、エドモンド・フィッツペインが、書評のなかでトローネを酷評したことを知っていた人物、ディナーのあとでフィッツペインが飛行機でイギリスを離れるということも知っていた人物に、フィッツペインが意図的に招待されたと確信しています。すべてが、一つの巧妙な計画だったのです。フィッツペインについて、もう何か摑めましたか？」

「いいえ、まだですが、フランス当局が間もなく彼と連絡を取ってくれるものと思います」マクドナルドは言った。「あなたご自身の報告書に話を戻しますが、ロイ・ステッビングについて、そして彼とトローネとのいざこざについて教えてくれませんか？」

「もちろんですとも、知っていることはすべてお話ししますよ。そのうえで、わたしの推測に進みましょう」ヴァンミーアは、陽気に言った。「ステッビングは、立派な実業家です——ありきたりの言葉を使えば、精力的な人でしょうか。ビジネスとして著作権の販売を選んだのは、儲かると感じたからです。商業印刷事業で門出し、少しばかり取材をし、いくつかの小説や記事を書いたのち、かなりのずうずうしさで通信員の学校を始めたようです——常に金儲けの才能がありました。その後ロンドンに移り、地元の郊外紙で自分の学校とエージェント業を宣伝しました。これをすべて調べ上げるのを大いに楽しませていただきましたよ」レイチェル・ヴァンミーアは、灰色の目をキラキラ輝かせた。

「おわかりでしょう、ステッビングは、市場価値を現実的に見ています。一生懸命に働き、小さな雑誌や地方紙をたくさん読んできたので、何が求められているのかを的確に見抜くことができる。自分の限界もわきまえている。『インテリ向きの物はやらない』が彼のモットーです――流血とスリル、冒険、探検、スパイ、脱走、そういうジャンルが専門なのです。トローネの初期の作品を何作か読んで、これは儲かると彼にはわかった。だからトローネを捜し出して引き受け、多くを教え込み、彼から巨額の利益を得たのです。トローネは、機械さながらでした。投入口に一ペニー入れたら働いてくれる、本当なんですよ、彼の生産量は驚異的でした。それから、去年の十月、まったく突然トローネは、わざとステッビングに喧嘩を吹っかけました。わたしの推測では、こんな短編を書く仕事で俺は時間を無駄にしているとでも言ったのでしょう。トローネは、充分な対価を得ていなかったし、ふさわしい市場で取り上げられていなかった。要するに何の成果も得ていなかったので、ステッビングに、お前など無教養なばか者だと言ったのです。つまりトローネは、いきなり酷い思い上がりにとらわれたのですね。これも妙な話ですが、トローネは、自分が招いた百八十度の方向転換によって、多くのお金を失ったに違いありません。ステッビングは、トローネのとんでもない作品を売り込むのが本当に上手かったですから。トローネは、別の何らかのお金儲けの手段を見つけ、これらすべてが起きたのと同じ時期にタイプライターを変えた。この二つの出来事は、何らかの形で繋がっているという予感がします」

「トローネと彼の思い上がりに戻りますが」マクドナルドは言った。「コムロワが、トローネは頭がいい――非常にいい――という事実を強調していました。トローネが突如、金目当ての低俗な作品を書くのをやめ、頭のみならず良心を使おうと決心したとしたら、一流の文筆家になり、題材のみならず筆致としても注目に値しただろう作品を生み出す可能性があったと思いますか?」

レイチェル・ヴァンミーアは、一分近くも黙っていたが、ようやく答えた口調は痛烈そのものだった。

「いいえ。議論の余地もなく、可能性はゼロでした」と答えたのだ。「ほら、トローネの作品を何作か読んでいたところなんですよ。どれも、同じ性質を呈しています。生き生きとした想像力を駆使していますが、芸術的手腕、あるいは良心がまったく欠如しています。陳腐な決まり文句をこれでもかと使い、構文は、読み書きができないのではないかと思わせるほど酷いですし、大げさな文体には吐き気を催します。トローネがステッピングと絶交したのは、どこかの大手出版社が、トローネに真面目な本を書くよう依頼したという事実に起因すると思っているのですね? そんな考えは、脳裏から払拭なさい。考える価値もないほど、ありえないことです」にこやかに、小声でクククッと笑いながら、レイチェル・ヴァンミーアはつづけた。「わたし自身、かなり多くの優れた出版社を知っています――ただ挨拶を交わす程度ですが。それで、彼らにこの件について話してみましたら、トローネの噂を聞いたことがある人はほとんどいませんでしたし、聞いたことがある人たちは、笑い飛ばしていました。トローネは、彼が生み出す酷い駄作の代名詞なのです」

マクドナルドは、依然として戸惑い顔だった。「では、なぜエドモンド・フィッツペインのような男が、わざわざトローネの本の書評を書くようなことに? 沽券に係わると思いますがねえ」

「まあ、問題となっている本は、フィッツペインが専門知識を有する地方を扱っていましたし、トローネが、きわめて困難かつ危険な旅を遂行したことを否定はできませんでしたからね。書評を書いてくれと本が送られてきたら、読むのはごく当たり前の話です――フィッツペインは、読まずにいられなかった。トローネ本人が主張していること、つまりゴビ砂漠の横断などトローネは実際に行なったことがないということを証明したかったでしょうから。ところが、トローネが、実際にその遠征を行なっていたと認識したフィッツペインに、書評家として唯一残された道は、不正確さ、基礎知識の欠如、政治に関するトローネのたわ言の全般的に見た弊害を非難することでした。このことから、もう一点興味を覚えることが浮上しました」ヴァンミーアは、突然口をつぐんだ。

そして、ファイルをめくり、それぞれ「ヴァルドン・コムロワ」、「エリアス・トローネ」という見出しのついた二枚の紙を取り出しマクドナルドに渡した。

「アン・バでのパーティー参加者それぞれの刊行書籍の一覧表を作っていると申し上げましたね。それを分析してくださいとお願いして、あなたを退屈させるようなことはしませんが、トローネが、『ブハラから天山山脈まで』という本をオーストラリアで刊行し、一方コムロワが、『ティエンシャン山脈の麓の丘陵地帯』という傑作をイギリスで刊行していることがわかりました。天山山脈とティエンシャン山脈は、同じ山脈です。トローネとコムロワが、同じ大山系を旅したように見えてしまいますよね。コムロワは、標高の高い隘路を苦労して進み、トローネは、それほど注目に値しないやり方で」

マクドナルドの表情は、真剣そのものだった。「問題の核心に到達したのですね、違いますか?」

レイチェル・ヴァンミーアは首を横に振り、「さあどうでしょう」と答えた。「確実に理解しておかなければならない点が、いくつもあります。あなた方の調査――そしてわたしの調査――によれば、トローネは、とても儲かる何かを知っていた。遠征を計画し、そのための資金を探していたようにも思われます。あなたの部下たちが、トローネがその資金を確保したことを如実に示す兆候を発見しました。また、トローネは、ステッビングとのきわめて儲かる関係を断ちました。コムロワについて、わたしはほとんど知りませんが、突き止めたかぎり、裕福でないのは確かです。トローネへの資金援助ができたとは思えません。トローネがコムロワを恐喝していたと、あなたが推測したとしても、それによって大金を得られたとは思い難い。トローネが、必要な資金の調達に成功したのは確実のように思われますが、きっとコムロワから得たのではなかったはずです」

マクドナルドは、少し笑った。「うちの警視監は、窃盗がこの殺人の動機だと推測し、トローネがあの夜、ポケットに貴重品を入れて持ち歩いていたが、トローネのポケットを犯人が調べ、その貴重品を盗んだのだと主張しています」

レイチェル・ヴァンミーアは、顔をしかめてテーブルの上を指で弾《はじ》いた。「好きなように推測なさい」彼女らしい、ぶっきらぼうな言い方だった。「問題解決に役立つのでしたらね。トローネは殺されたのですよ。殺害方法は単純そのもの、実行にはごく短時間しか要しませんでした。わたしにも、できたはずです。力持ちですから、こん棒を使いこなし、男性の死体をテーブルの下に転がせたでしょう。わたしのほかに、アンリ・デュボネ、店のウェイター、厨房スタッフ、コムロワ、ドゥフォンテーヌ、グラフトン、リートがいます。結論に到達するための唯一の方法としてわたしが認めることができるのは、ほかの既知の事実と合致する事実の入手です」

「まったく、おっしゃるとおりです」マクドナルドも認めた。「我々が知りたいのは、どこでトローネが資金を入手したのか、なぜタイプライターを変えたのか、なぜステッビングと口論したのか、なぜ彼の招待状がポケットから持ち去られたのかです。また、コムロワ、グラフトン、リート、デュボネの店のドアマンに会いにいったあと、なぜドゥフォンテーヌが車に轢かれたのかも知りたいですね」

　レイチェル・ヴァンミーアは、ファイルの並べ替えを始めた。「あなたは、今後も積極的な役割をつづけてください。わたしは、ほんの少ししかいたしませんから」彼女は言った。「ドゥフォンテーヌのように走り回ったりはしません。ここに座っているか、出版社や記者、エージェントに会いにいくだけです。タイプライターについて、ピンときたことがあります——トローネの新しいレミントン・ポータブルですよ。その直感の成果が出たらお知らせします」

「何となく成果が出るように思います」マクドナルドは答えた。

　レイチェル・ヴァンミーアは、目を輝かせてマクドナルドを見上げた。「捜査の積極的な役割についてとやかく言うのはためらわれますが、警部、ふと思いましてね、わたしたちが探している殺人犯は、小さな証拠を吹き込むようにうながされがちな、ひねくれた心の持ち主だと気づきました。現在のところ、何もかも曖昧模糊としていますが、何か前向きなことを望まずにはいられません。ところで、役に立つ建物を知っているのですが——厳密には事務所です——それをご提供できるかもしれません——そのう——お宅の捜査課に。規則違反には強く反対なさるとわかっていますが——」

　マクドナルドは笑った。「わたしにかぎって規則違反の話はよしてください、ヴァンミーアさん。我々のためにご尽力くださっているんです。この件で、想像力を駆使しようとしないでください。我々があなたに頼っているのは、事実の入手です」

　マクドナルドが、まだくすくす笑いながら立ち上がり、出ていこうと向きを変えた途端、電話が鳴った。受話器を取りながらレイチェル・ヴァンミーアが、マクドナルドを呼び止めた。「待って、関係のあることかもしれませんから」

マクドナルドが、電話に応対するヴァンミーアの脇に立っていると、彼女の叫び声が聞こえた。

「アルシア・チェリトン！　今までいったいどこにいたんです？　みんなで、ずっと連絡を取ろうとしていたんですよ」

マクドナルドの耳に、受話器の向こうで興奮して早口で話すつぶやき声が聞こえた。すると、レイチェル・ヴァンミーアが、「切らずに待っていて」とマクドナルドを振り返った。

「田舎の友だちの家に泊まりにいっていて、トローネの死を数時間前に聞いたばかりだそうですよ。ロンドンに車で向かっている途中で、ハウンズローとブレントフォードのあいだにいます。今、彼女とお話しになりますか？」

「ロンドンに直行するようでしたら、今は結構です。着いてから話したほうがいい。あなたのところへ真っ直ぐ来るように伝え、来たら引き止めておいてくださいますか？」

レイチェル・ヴァンミーアはうなずき、再び電話に話しかけた。「もしもし、聞こえる、チェリトンさん？　わたしの住所は知っていますね？　とにかく、電話帳に載っています。まっすぐここに来てちょうだい。本当に大切な話があるので、ぜひあなたに会いたいの。ここに来るまで、ほかの人に会いにいってはいけませんよ」

受話器の向こうから笑い声が聞こえ、相手は、早口でまた話しだしたが、いきなり途絶えた。

「もしもし！　もしもし！」ヴァンミーアが、大声で呼びかけた。「もしもし！　もう、腹が立つ！切れてしまったわ。イギリスの電話システムには、本当にイライラさせられるわね」彼女は、受話器を乱暴に置いた。「まだ小銭が残っていたら、また電話してくるでしょう。グレート・ウェスト・ロードの公衆電話ボックスからでしたし、真っ直ぐここに来ると言っていましたから、きっと一時間とかからずに着くはずです。とはいえ、ハマースミスからロンドンまでの運転は、なかなか進みませんけれどね。あなたが戻ってくるまで、彼女を引き止めておいてほしいですか?」

「チェリトンさんが着いたら、うちの課に電話をください」マクドナルドは言った。「わたしが来られないようでしたら、ほかの者をよこしてチェリトンさんの調書を取らせます」

「いいでしょう」レイチェル・ヴァンミーアは答えた。「あなたが来るまで、彼女のことは任せてください」

二

レイチェル・ヴァンミーアと別れると、マクドナルドはすぐに犯罪捜査課に電話をしたが、そのとき聞かされた知らせにより、直ちにスコットランドヤードへ戻らざるをえなくなった。戻ると、どこといって特徴のない殺風景な狭い部屋で、ヴァルドン・コムロワが待ち構えていた。

コムロワへの最初の事情聴取で、マクドナルドは彼を激しやすい気性の男だと判断していた。コムロワは、グラフトンのようにじっと座っていることができず、陰鬱そうな眉の下のくぼんだ黒い目は、落ち着きなくあたりを窺いがちだった。閉所恐怖症にかかりやすい男だと、マクドナルドは憶測した。行動を求められれば絶好調だが、狭い場所で座って待たなければならない場合は最悪だろう。

彼には小さすぎるように思われる硬い椅子に、居心地悪そうに座っている、手も脚も長いコムロワは、籠の鳥——しかも、とても大きな鳥——を思わせた。コムロワは、不機嫌そうな黒い目でマクドナルドを見上げた。

「とんでもない愚かな真似をしてしまいました」コムロワは言った。「あなたにお会いして、お話しすべきだと思った」

「わたしは、そのお話を伺うためにここにいるのですよ」マクドナルドは、穏やかに言った。「おわかりですね、あなたの発言は、すべて証拠として採用される可能性があります」

「覚悟のうえです」コムロワは、素っ気なく言った。「リートには、もう会いましたか？」

「ここへ来たのは、あなたの供述を聞くためで、質問に答えるためではありません」

コムロワは、落ち着きなく体を動かし、最初の事情聴取の際にマクドナルドが気づいた、あの妙にいらいらした動かし方で片足を揺すっていた。それから、何とかコムロワは話しだした。

「きっとご存じでしょうが、ドゥフォンテーヌは、きのう一日中マングースのように走り回り、理論を明確化し、それを裏づける考えを集めようとしていた」と切り出した。「きのうあなたが帰られたあと、彼は、わたしに会いにきました。わたしは、彼の考えをそれほど重要だとは思わなかったし、要らぬことに干渉せず、あなた方に任せるべきだと思い、リートもそう思った。食事をしてから――ソーホーのジャックで――」

「供述をお望みならば、時刻を言ったほうがいいですよ」とマクドナルドが言うと、コムロワはうなずいた。

「ドゥフォンテーヌは、七時過ぎに帰りました。わたしは、しばらく座ったまま、今回のトローネの事件についてあれこれ考え、外出したのは七時二十分過ぎごろだったでしょうか。ご存じのように、わたしは、グレイズ・イン・ロードに住んでいます。シーオボールド・ロードとハート・ストリートを通るバスに乗り、ソーホーのオックスフォード・ストリートを横切りました。グラフトンを見かけたのは、そのときでした。彼は、レスタースクエアへ向かって南へ大慌てで歩いていました。わたしの前にドゥフォンテーヌに会ったのを知っていましたので、追いつこうと頑張ったのですが、ときどきあるので癪に障りますが、往来に阻まれ見失ってしまった。わたしがジャックに着いたのが八時十五分前ちょうどで、店には一時間程いました。それから、ドゥフォンテーヌのところに寄り、何をしているか見てみようと思いました。もう一度念を押したかったのです。何か証拠を摑んだのなら、すぐにあなたのところへ行くべきだとね。すると、ドゥフォンテーヌの部屋から男が出てくるのが見えた。通りはとても暗かったので、ドアから漏れ出す光を背にした男の姿しか見えませんでした。その時点で、グラフトンだと確信しました。グラフトンに間違いなかったので後ろから大声で呼んだのですが、足早に立ち去り、次の角を曲がってしまいました」

「その人物がグラフトンだったと思うのですね。宣誓してそれを証言する覚悟はありますか？」マクドナルドは尋ねた。

「いいえ、ありません」コムロワは断った。「暗すぎて定かではなかったし、今朝あんなことさえ起きなければ、このことをお話しするつもりなど毛頭ありませんでした。他人を非難し、こう『思う』などと言うのは見下げ果てたさもしい行為だとわかっています。ですが、これを打ち明けて心の重荷を降ろしたくて来たからには、何もかもお話しします。とにかく、ドゥフォンテーヌの部屋で応答を得ようとしましたが、当然ながら得られませんでした。夜のあいだに六回もドアをノックしてみたというのに――」

「その間、あなたは何をしていましたか？」マクドナルドは尋ねた。

「パブを歩き、必死で訊いて回りました。どのパブでも、トローネの事件の話で持ち切りでした。

〈山羊と羅針盤《ゴート・アンド・コンパス》〉亭、〈サラセン人の頭《サラセンズ・ヘッド》〉亭、〈ブルー・ドッグ〉、〈ジョージ王とドラゴン《ジョージ・アンド・ドラゴン》〉亭に行きました。どの店でも、誰かしらトローネの顔を知っていると主張したが、個人的に知っていると自慢するやつはいなかった。閉店後、ドゥフォンテーヌの部屋にもう一度行ってみたら、事件を担当しているボビーとかいう人がいました。ドゥフォンテーヌが、盗難車に撥ねられたというのは本当ですか？」

「ええ。間違いありません」マクドナルドは答えた。「なぜそこまでドゥフォンテーヌに関心を持ったのか説明なさってはいかがですか？」

「彼のことが好きでした」コムロワは、ゆっくりと言った。「なぜなのかよくわかりませんが、とてもきちんとした男だと思いましたし、考えれば考えるほど、彼が何かを察知したかもしれないと思えてならず、あんなに自由に触れ回っていてはいつか痛い目に遭うと思いました」

　コムロワは、正面にいるマクドナルドを憔悴した面持ちで見た。「これはすべて、あなたの仕事だ」彼は言った。「あなたの仕事の、所定のありきたりの手順の一部。それが、あなたの神経系を侵すことはない。だが、わたしにとって、それが心におよぼす影響には、異常で不快な何かがある。わたしたちは全員、お互いを疑っていた。ついに言ってしまったが、本当なのです。グラフトンとリート――そしてきっとドゥフォンテーヌも――わたしを容疑者とみなしていたと気づいていましたし、わたしは――まあ、もちろん良い点と悪い点を比較評価しました。まず、わたしたち全員が、いたって冷静に、容疑者はフィッツペインだと思い込みました。今にして思えば、尊敬するだけの理由のある男を容疑者呼ばわりするなど最低だと思います。つくづく嫌になります」

　コムロワの疲労困憊した顔を見て、マクドナルドはこの男の心の動揺、そしてそれとは別の何かを感じた。コムロワは恐れており、マクドナルドは、その感覚をすかさず察した。

苦渋の決断をしたのか、コムロワはつづけた。「今朝、わたしはリートに会いにいきました。ゆうべ電話をくれて、ドゥフォンテーヌに会ったかと訊かれたからです。わたしは、彼もわたしと同じ気持ちなのだと思っていましたし、彼の本心にはまったく気づいていませんでした。そこにグラフトンも来ていたのです」

コムロワは、ほんの一瞬言葉を切ってから、しっかりした口調で今朝の出来事について説明した。そして結んだ。「腹立ち紛れに愚かな振る舞いをしてしまいました。今ならわかります。グラフトンは明らかに、わたしがトローネを殺したと信じていましたし、全員がお互いを疑っていたと先程認めはしましたが、グラフトンの態度にわたしは激怒しました。あの本を彼に投げつけたとき、カッとなっていたんです。怪我をさせるつもりなどまったくなかったのに、激昂していました。あんなことになろうとは、思ってもみませんでした。リートに、出ていけと言われましたが、わたしは拒否しました。一つには、グラフトンが大怪我はしていないと思ったからです。それから、わたしはなんと愚かだったのだろう、いやそれよりも、なんと愚か者に見えることだろうと気づいたのです。だから部屋を出て、ここに来ました。リートは、わたしを引き止めようとはしなかった。ある程度、わたしを気の毒に思っていたのでしょう。ずっと言いつづけていました。『いったいどうして、こんなことをしたんだ、そんな価値もなかったのに』と。わたしが出ていこうとすると、彼の本心をほかのどんな言葉よりも如実にさらけ出す言葉を吐いた。札入れを出して、『金は要りますか?』と言ったんです。あの愚か者は、わたしが逃げ出すつもりだと思っていたんだ。情けない! なんとくだらないんだ!」

沈黙が流れ、やがてマクドナルドは言った。

「あなた方の行ないに関して意見を申し上げるのは、わたしの任務には含まれませんのでね、コムロワさん。あなたは、グラフトンさんに暴行を働いたと認められた。法的助言をお望みでしたら、それが認められています」

コムロワは肩をすくめ、「その告発についてはすでに罪を認めました」と答えた。

三

どんよりした狭いオフィスにコムロワを残し、マクドナルドは、コインを連れてくるよう命じた。それから、彼がオーディションと呼ぶ試験を手配し、さまざまな声のサンプルを提供してもらうために同僚数名を集めた。サンプルには、自分の声も含まれた。コインが、マイクを介して声を聴けるようになっており、コムロワの声も、コインが聴く声の一つだった。コインは、聴かされた声のなかに、ブルー・ドッグのバーで盗み聞きした声と同じものがあるかどうかを尋ねられた。コインは一心に耳を傾け、バーで聞いた声は、三番目にマイクを通して話した男の声だと得々と断言した。その声の持ち主は、たまたま建物にいた内務省の病理学者で、マクドナルドの親友でもあった。

コインのこの断言を、犯罪捜査課の捜査官たちはかなり面白がったが、マクドナルドは、その浮かれ騒ぎには動じなかった。

マクドナルドは、コムロワのところに戻った。「暇な時間を使って、この前の木曜日、ル・ジャルダン・デ・ゾリーヴに到着する時刻まで、あなたが正確に何をしていたかを記述する緻密な供述書を書いてみてはいかがですか？　その日のあなたの行動についての一般的な供述をくださったのは承知していますが、そのおつもりがおありでしたら、できるだけ多くの裏づけ証拠のある詳しい供述書をいただきたい。書くか書かないかはあなた次第、まったく自由です」

コムロワは、しばらくマクドナルドの顔を窺っていた。

「わかりました」ようやくコムロワは答えた。「書きましょう。いいですとも」

第十四章

一

マクドナルドは、スコットランドヤードを出る前にレイチェル・ヴァンミーアに電話をした。

「チェリトンさんは、もう着きましたか？」というマクドナルドの問いに、レイチェル・ヴァンミーアの低い不愛想な声が答えた。

「それが、まだなんです。頭が変になりそうでしょう？　もうとっくに着いているはずなのに。彼女のことが心配でなりません。あのう、知的訓練としてこの事件の調査に取りかかり、すべてに対して公平な気持ちでいたんですよ。ですが、その姿勢を保つのは、もうあまり簡単ではなさそうです。神経が擦り減ってしまいますよ。最初がドゥフォンテーヌ、そして今度は、あの気立てのいいチェリトンですもの」

「弱気にならないでください」マクドナルドはなだめた。「会食なさった方全員が不安になり、物を投げ散らかしています。あなたの立派なファイル以外はすべて忘れ、ファイルにだけ専念してください」

「いいご忠告ね。でも、燃え盛る車に乗ったアルシア・チェリトンを考えずにはいられないんですよ。ばかばかしいとわかってはいても、どうしようもありません。ブレントフォードからブルームズベリーまで車で一時間半以上もかかるはずがないでしょう？――それにしても、どうしてあの電話、ぷつんと切れたのかしら？　実に気に入らないわ」

マクドナルドも、それは気に入らなかった。だから出かける前に、グレート・ウェスト・ロードで交通事故あるいは事件がなかったか問い合わせるよう指示しておいた。そのうえで、次なる仕事に頭を切り替え、マンチェスター・スクエアのリートに会いに出かけた。

リートは、机に向かってタイプしていた（彼のタイプライターは、ハモンド・スタンダードだった）。リートが不安そうな顔で見上げたので、マクドナルドは言った。「大変な朝を送っていらしたようですね、リートさん。グラフトンさんは、まだこちらにいらっしゃいますか？」

リートは、白髪交じりの髪を撫でた。「はい、まだここにいます……えーと――そのう……」

「お役に立つようでしたら申し上げたほうが良いですね。コムロワさんでしたら、ここを出られてから真っ直ぐスコットランドヤードにいらっしゃいました」とマクドナルドが言葉を繋いだ。

「ええっ！」リートが、疲れ切った様子で叫んだ。「まさか……自首したとでも？」

「非常に子どもじみた、見境がないと思われても仕方のないやり方でグラフトンさんに暴行を加えたと自供しました」マクドナルドは、歯切れ良く言った。「まず、グラフトンさんはいかがですか？」

「大丈夫です。少なくとも、医者はそう思っているようです」リートは答えた。「気絶したんです――頭をその机にぶつけて。すぐに意識を回復したのですが、頭痛などもありますからしばらく安静にしているようにと医者に言われたもので」リートはため息をついた。「何もかもうんざりですよ、警部さん。まったく無茶苦茶で、がっかりしてしまう。グラフトンもコムロワも良識のある男だと思っていたのに。二人とも有能で、二人とも信頼でき、心身ともに健全だと……それがどうです、ガキのように振る舞い、口汚く罵り合うとは。グラフトンがつまずいたのは事故、まったくの事故でした。コムロワが、カッとなってグラフトンに本を投げつけたのは事実ですが、それ以外は単なる偶然、不幸な事故だったんです」

「そして、何が起きたのかについてあなたがわたしに報告せず、コムロワさんが逃走したのも『不幸な事故』だったのですか？」マクドナルドは詰問した。

やや蒼ざめた顔を紅潮させ、リートは、拳をテーブルに叩きつけた。

「ぼくにどうしろと言うんだ？」リートは叫んだ。「ぼくが警察に電話をして『彼を捕まえてくれ！逃げ切る前に捕まえて吊るし首にしてくれ』と言うつもりだったとでも？　まさか、するわけがないだろう。コムロワのしたことは理解に苦しむが、それが誰であろうと警察に追わせるようなことをするものか」不機嫌そうな顔から赤みが薄れ、リートは、いつもの自信なさそうな静かな声でつづけた。

「すみません、警部さん。何もかもがっかりしてしまうと申し上げましたね。さんざんな朝で、グラフトンとコムロワがお互いを責め、イーストエンドのごろつきのように振る舞っていたものですから。もううんざりしてしまいました。最初にお会いしたとき、捜査はぼくの仕事ではないと申し上げましたが、今もその気持ちに変わりはありません。この狂気の沙汰は、まったくぼくの手に余る。ぼくは――」

リートが、突然口をつぐんだ。ドアが開いてグラフトンがこちらを見たからだ。グラフトンの顔は蒼白く、目はうつろ、四角い額の眉間に皺が寄っていた。

「ねえきみ！」リートが、腹立たしそうに言った。「戻って、静かに寝ていてくれよ。そうやってぼんやり突っ立っていちゃダメじゃないか。静かにしていられないのか？」リートは、懇願するような口調だった。「今朝はもう問題はたくさんだ」

「俺が問題を起こしたんじゃない」グラフトンが言った。「その人に何が起きたのか話して、あの本を見せたのか？」

マクドナルドは立ち上り、「まあまあ」と言った。「気絶するほど頭を強く打ったのですから、リートさんの忠告に従って静かにしていたほうがいいですよ。証言できる状態ではありません。お話しになりたいことがおありでしたら、あとでお聞きします」

「コムロワが、何もかも俺のせいにしようとしたのを知っているのか？」グラフトンは聞く耳を持たなかった。「チャンスさえあれば、あいつは俺を殺していただろうし――」

マクドナルドは部屋を横切り、グラフトンの腕を摑んだ。「証言する状態にないと申し上げたでしょう。頭に傷を負っているときは、静かにしているに越したことはありません。忠告に従えないのでしたら、警察の救急車を呼んで病院に入れさせますよ」とにかくグラフトンは、その静かな声と腕っぷしの強さに従ってリートの寝室に引っ込み、マクドナルドが乱暴に彼をベッドに寝かしつけた。

「すまん」グラフトンが、藪から棒に言った。「くだらんことを口走っていただろう？　眠っていたら、リートの叫び声が聞こえた。それで飛び起きたので、頭が混乱したんだろう。頭がどうかしてしまったようだ」

「無理もありません」マクドナルドは答えた。「わたしが呼びにくるまでおとなしくしていてください」

「そんなつもりじゃなかったんだ……コムロワのことを」グラフトンは言った。「とにかく、俺が引っ掻き回してしまった。今朝はみんな、大ばか者だった」

「わかりました。そこまでにしておきましょう」マクドナルドは言い、リートのところへ戻った。

二

「今朝ここで何が起きたのかに関するコムロワさんの供述は、すでに入手しています」マクドナルドは言った。「今度は、あなたご自身の説明を伺いたい」

リートの話は、昨夜ドゥフォンテーヌについて彼が抱いた不安に始まり、何度も彼と電話で連絡を取ろうとしたが、繋がらなかったと説明した。

マクドナルドは言葉を挟んだ。「どうしてそれ程ドゥフォンテーヌさんを心配なさったのかわかりかねますが」

「はじめは心配などしていませんでした」リートは、ゆっくり言った。「言ったでしょう、何もかもうんざりだったと。今度のことをあれこれ考えないように、本でも読もうと大英博物館に行ったんです。疑うなんて、不愉快なものですからね。それなのに、図書室から出てきたらドゥフォンテーヌに見つかってしまい、彼が議論をやめようとしなかった。そのあと、あなたがここにいらしたので、忘れようにも忘れられなくなった。あることが閃いたと、ドゥフォンテーヌは言っていた。ぼくもあることが閃いてはいたが、胸にしまっておいた。その夜遅くなってから、ぼくは、ドゥフォンテーヌがぺちゃくちゃ話して回っているに違いないと思い、バカな真似はやめろと言ってやりたかった。彼に電話が繋がらなくなってはじめて、心配になりだしたんです。それで、コムロワに電話をした。彼は、ドゥフォンテーヌのことを知っていた」

リートがぴたりと口をつぐんだので、マクドナルドは言った。「あなたは、コムロワさんが殺人犯だと思ったようですね。どうしてです？」

リートは、顔をしかめて座っていたが、「知恵を働かせたのです――あらんかぎりの」と、ゆっくり答えた。「ほぼ一晩中、考えに考えた。ぼくには、起きたこと一つ一つが、まるでトランプのカードを手のひらに隠しているような出来事に思えた。たとえばトローネの帽子――そして、それをフィッツペインが見たこと。フィッツは、彼の目に留まるような目立った場所に残されていたので帽子を見たに違いなく、だからこそトローネについて話しだしたのです。コムロワがそれに応じ、ぼくたちにあの招待状を破棄させた。コムロワは、トローネのことを実によく知っていたし……」リートは、またしても口を閉ざしたが、やがて意を決したようにつづけた。「ドゥフォンテーヌは、トローネの帽子を見つけたのが、ほかの誰でもないフィッツペインだったと話しつづけていた。それに対する答えは一つしかない。ほかの者たちが紳士用クロークを出たあと、しかもフィッツペインが到着する前に、帽子が目立つ場所にわざと置かれたんです。ドゥフォンテーヌとグラフトンは、彼らの説明によれば最初に到着し、ミス・チェリトンやミス・マードンとほぼ同時にダイニングルームへ入った。コムロワとぼくが姿を現すまでに数分経過したと思います。コムロワは、ぼくより前に到着しましたが、コムロワがまだ手を洗っているうちに、ぼくはダイニングに入っていきました。ぼくがクロークにいたとき、帽子ははっきり見えませんでした。ぼくが思うに、ドゥフォンテーヌとグラフトンがダイニングに入っていった直後に、トローネはル・ジャルダンに戻ってきたに違いありません」リートは、急に話すのをやめて尋ねた。「デュボネの店の人たちなら、到着した順番をお教えできるのではありませんか？　トローネが戻ってきたのに気づいた人はいないのですか？」

「ええ。トローネが戻ってきたのを、誰も見ていません」マクドナルドは、我慢強く答えた。「そして、デュボネの店の人は、誰も正確な到着順を断言できません――彼らの断言を期待すべきではありません。トローネが最初に入店したことには気づいていましたし、ドゥフォンテーヌさんとグラフトンさんのことも覚えていました。ドゥフォンテーヌさんは、特定のブランドの煙草を買い求めたからですし、グラフトンさんは、デュボネが以前から知っていたからです。次に来たのがあなただったのか、コムロワさんだったのか、誰も覚えていません。コムロワさんに話を戻しますが、彼の動機は何だったと思いますか？　どうやらあなたは、コムロワさんを殺人犯だと信じておられるようですが」

「ぼくに想像できる動機がただ一つありますが、それは本当に信じ難いことで」リートは答えた。「グラフトンが、二冊の本について口にしましたね。そう、その本というのは、ぼくが何年も前に買った何冊もの紀行本に紛れ込んでいて、昨日まで読みもしませんでした。ティエンシャン山脈に関する著書のなかで、コムロワはウランについて述べています。トローネもそうです」

マクドナルドは、黙って座ったままこの件について考えた。そして、トローネが、遠征のための資金を探していたという証拠を思い出し、ロッキー山脈への遠征についてのコムロワの陳述を思い出した。ウラン。これは、聞き捨てならない言葉だった。

「思いつきか」マクドナルドはつぶやいた。「なかなかの思いつきだ」

マクドナルドは、リートが指し示した奥の戸棚に近づいた。戸棚には、三重にも四重にも本が詰め込まれており、その多くにはカバーがかかったままで、何冊かは見たところ開いてすらいない。

「出版社の売れ残り本をよく買ったものです」リートが言った。「半分は、読んですらいません。何冊かは参考文献として使いました。コムロワの著書を何冊かそこに入れてあったのをふと思いだし、全部引っ張り出して少し整理しはじめました。すると、トローネの著書も見つけたんです。そこにあるとは、思ってもみなかった。よろしかったらお持ちください。もう見たくもない」

マクドナルドは、その二冊を手にして椅子に戻った。

「今回のような事件は、あれこれ推測するのが簡単なので困ります」マクドナルドは穏やかに言った。「コムロワさんに不利な証拠は、ある意味では有力です。彼は、トローネについて非常によく知っていると認めています。トローネを常に監視し、トローネにの将来の計画について何かを知るようになったのですから、彼も、トなった可能性もあります。もしそうだったのなら、わたしの部下たちにできたのですから、彼も、トローネが将来の遠征のための計画においてもう一人の男と関係していたと察していたはずです。あなたは、ある地域にウランが存在すると知っていたトローネが、自らの知識を有効に利用し、一番高く買ってくれる相手に売ろうとしていたことを示す証拠がこの本にあるのを掴んだ。そうなのですね?」

リートはうなずいた。「そんなところです。正当だと認められるかもしれません……トローネを阻止しても。わたしにはわかりませんが――ですが、その過程でドゥフォンテーヌが殺されるなど筋が通らない、それだけはわかります。それが、あなたにお話しできる唯一の理由です。これで、なぜ性にまったく合わないこと――つまり、コムロワに対するぼく自身の疑いを言葉に表すようなこと――をしたのかおわかりでしょう。彼の正体を暴露したんです」

マクドナルドはつづけた。「だが、もう一点重要なことがあります。トローネが知識を有効利用するのを阻止するために、コムロワさんがトローネを殺害したのだとすれば、コムロワさんは、トローネを殺害しただけでは足りないと知っていたはずです。遠征に向けてトローネと関係していた男も始末する必要があったでしょうからね。この男は、単なる推量ではありません。トローネが仕事をしていたと思しきバーの常連客数名が知っていました、とにかく顔だけは」

リートは、身動き一つしなかった。「あなたは、その男をどの程度知っていらっしゃるのですか？どんなタイプの人でしたか？」

「どうやら、船長《スキッパー》として知られる船乗りのようです。左手の小指がないそうです」

「それで、その男を最後に見かけたのはいつですか？」

「あなた方の有名なディナーパーティーの直前。一時間ほど前です」

「それ以降、見かけないのですね？」

「はい。二重殺人を仮定しているのですか？」

憂いを帯びた皺の刻まれたリートの顔が、ますます悲しそうに見えた。「あなたにすべてお任せします。事態を悪化させるだけで何も生み出さないのは、もううんざりです」

マクドナルドは、二冊の本を小脇に抱えて立ち上がった。「ご病人から解放してさしあげましょう、リートさん。彼も自分のベッドのほうがいいでしょうしね」

リートは、うんざりしたように肩をすくめた。「お好きなように。せめて、何もかも忘れさせてください」

三

マクドナルドは、グラフトンをフラットに連れ帰った。重傷の影響をまだ引きずっているのが見て取れたので、マクドナルドのほうからは話をさせようとはしなかったが、ベッドに寝かしつけながら言った。

「ほら、今日は一度転倒したんですよ。また転ぶのは嫌でしょう。そこにじっとしていること。わかりましたね？」

「どう見ても、俺は囚人という意味だろう？」グラフトンが訊いた。

「そこを動かないほうがいいという意味です。出ていこうとしたら、戻れと言われるでしょう。それだけです」

マクドナルドがスコットランドヤードに戻ると、リーヴズが待っていたので、今朝の出来事について簡単に説明した。リーヴズはにやりと笑った。

「みんなが、神経質になっているようですね」リーヴズは言った。「コムロワは、新聞で悪く報道されていますよ。個人的には常に、グラフトンとドゥフォンテーヌが張本人だという理論に賛成してきました。あそこに最初に着いたのは彼らでしたよね。だから、お互いに味方になれた」

「それなのに昨夜仲たがいし、グラフトンがドゥフォンテーヌの頭をぶん殴ったとでも？」マクドナルドは尋ねた。「全員の行動を見ていると、誰が誰を殴ってもおかしくなかった。ミス・チェリトンから何か連絡は？」

「ありました。猛スピードでロンドンに乗り入れようとしていて、時速八十キロでがむしゃらに進んでいる最中にタイヤがバーストしたそうです。その結果、電柱に激突しました。もっと大変なことになっていたかもしれなかった。数か所ひどい傷を負い病院に収容されましたが、夜には話せるくらい元気になるでしょう」

「ああ、またか！」マクドナルドは、うめき声を上げた。「すぐに全員が、無事拘留されることになる。コムロワは、暴行罪で留置されているし、ドゥフォンテーヌは依然として意識不明のまま入院、グラフトンは頭痛で寝ているし、ミス・チェリトンは『ひどい傷を負って』病院に収容された。これまでのところ、平和を愛するリートだけが免れている。なんという連中だ！　ところで、取って置きのニュースでも？」

「そうなんです」リーヴズは、ますます嬉しそうだ。「エッジウェア・ロードで、去年十二月に紳士用イヴニングマントを作ったユダヤ系の仕立屋を見つけました。郵便で注文を受け、客が材料の黒ラシャと裏地に使う繻子を送ってきました。衣料切符を何枚かまだ持っているやつがいるんですね。マントは元々フェネルの手紙が出されたあのサセックスの住所宛に郵送されました。よく事実を突き止めたものだと感心します。ロンドンの立番警官それぞれが、担当地域の仕立屋に関して報告してきました。そのマントを作ったやつは、舞台衣装の商売を多少しているんです。だから、奇妙な注文でもどんどん受け入れるそうです」

「警察体制あったればこそだな」マクドナルドは言った。「わたし一人だったら、丸一か月は日曜返上で働かなければならなかっただろう。さて、そろそろ少し経過を再現したほうが良さそうだ。わたしが完全に間違っていたら、天狗になるたびに忠告してくれて構わんよ。さあ始めるぞ。エリアス・

トローネを消しておきながら無罪放免になるという問題。必須事項その一、あぶく銭を稼ぐ方法を示し、トローネと親しくなったうえで、タイプライターを変えるよう説得すること。ポータブルのほうが旅行にはずっと便利だし、ロイヤル・スタンダードは、アンティークに向いていた。次にマント、帽子、顎鬚など小道具の入手。ディグビー・フェネルとブレイシーが海外におり、フィッツペインが飛行機でイギリスを発つ予定であることを確認のうえ、トローネのタイプライターでマルコ・ポーロ・クラブのディナーパーティーの招待状をタイプして発送すること。どれもが実に見事な、それなりに専門的な組織的作業だな。いよいよ最終場面についてだ。混雑するランチタイムにル・ジャルダン・デ・ゾリーヴに行き、店の作りを事前に確認する。カーテンの陰に忍び込み、誰にも気づかれずアン・バに下りる。それは、できなくもないんだよ、リーヴズ。ブランドが実際にやってみたのでね。上手くアン・バに忍び込んだら、アンリが『洗面室《トワレット》』と呼んでいる個室に身を隠してしばらく待つ。レストランが閉まっている午後の時間帯――四時から六時――に防空壕の出口を開け、鉄格子の南京錠をこじ開ける。実によく考え抜かれたやり口だ。大した危険を冒さずに、もう一つの出口とあつらえ向きに複雑化させる要素を作り出している。とにかく、最近はとっぷり日が暮れるのが早い。それからが待ち時間。びくびくしただろうな。何が起きるかわからない――掃除人が来たり、洗面室の個室が調べられたり。じっと待つ。あとに引き返せない状況ではなかったが、それでも向う見ずにやった。七時十五分にトローネが到着する。トローネは絶対に、ほかの参加者よりも十五分早く着くよう招待されていたんだよ、リーヴズ。ここからは、わたし独自の推論だ。トローネは簡単に撲殺され、その死体は配膳台の下に転がされた。それから、いいか、ああリーヴズ、前もってしていた顎鬚とメーキャップに加え、東洋的な豪華さをこれでもかと見せつけるようなマントと帽子を身に着ける一方、トローネ自身の帽子を店のどこかに隠し、殺人犯は再び小走りで階段を上り、フランス語で話し、『何か《ケルクショーズ》』を忘れたと言った。目論みどおりドアマンのジャンが、帽子にマント、顎鬚に気づいてくれた。少なくとも帽子とマントは、コインが目にしている。ホシが、帽子とマントを脱ぎ捨て、メーキャップを落とし——そのほか、まずいと思われる物すべてを外すためにトローネの部屋に上がっていったときにね。その後、トローネの部屋のドアを開け放ったまま、ホシは、パーティーに間に合うようにル・ジャルダン・デ・ゾリーヴに戻った。ほかの可能性をすべて論じ尽くしたうえでだね、リーヴズ、わたしは、この推理がホシの手口《モーダス・オペランディ》を説明していることに賭ける。トローネがパーティーの最中に殺害されたとは一度も思わなかったし、今も信じていない。トローネは、パーティー前に殺害されたのであって、トローネはル・ジャルダン・デ・ゾリーヴに入ったきり外に出なかったという、若いドゥフォンテーヌの主張は完全に正しかったんだ」

「なるほど、いい作業仮説ですね。というのが、ぼくの先生の口癖でした」リーヴズも、同じ考えだった。「でも、それでは誰が、なぜ、の答えが出ていませんよ」

「出ていないのはわかっている」マクドナルドは言った。「そして、検察官は、これがどのように事件が発生したかを示す最も可能性の高い説明だと陪審を簡単に説得できるだろうが、頭のいい弁護士を納得させるにはもう少し客観的な証拠が必要だろうな。参加者全員に、ディナーパーティー当日、パーティーまで何をしていたかについての詳細な陳述書を書くよう頼んでおいた。コムロワは、ヴェリーズ・スナック・バーで昼食を取ってからスタジオ・ワンに行ったと言っている。グラフトンは寝坊し、ベインズ・チョップ・ハウスで十二時に昼食をし、その後ずっと自分の部屋で書き物をしていたそうだ。リートは、十時半からずっと家にいた。ドゥフォンテーヌは、オートバイを借りて正体不明のガールフレンドに会いにいった――借家人がそう言っていた」

「ふーむ……」リーヴズが言った。「ずいぶんと役に立つ情報ばかりですねえ。ヴェリーズ・スナック・バーは、いつも混んでいますから、たまたま馴染みの客でもないかぎり、誰かをはっきり覚えていると言えるバーテンダーはいないでしょう。スタジオ・ワンも、同じようなもの。グラフトンが十二時にベインズで昼食を取ったのでしたら、昼食の混雑する時間帯に間に合うようにアンリの店に着くのにたっぷり時間がありましたから、ウェイターたちは大忙しで、地下へ手際良く下りていくやつに気づきそうもありません。リートは、家にいたかもしれませんが、誰がそれを証明するんです？　それに、オートバイで出かけたからって、どこへ出かけたかの証明にはなりません。彼らが本当に何をしたのかを証明するにはもう一仕事要りそうですね。なぜ、については？　確かな動機をちゃんと摑んでいないように思いますが。ぼくは、動機は恐喝だったとまだ思っています」

マクドナルドは、吹き出した。「動機ならいくらでもある。担がれて激情に走った――フィッツペイン参照。ウラン――リート参照。恐喝――きみの意見だ。現時点では詳細不明の貴重品――警視監とわたしの共作だ。ところで、リーヴズ、リートが、わたし自身の見解をかなり強めるような考えを提示した。いったいなぜわたしたちは、トローネの友人である船長に接触できずにいるんだい？　なぜ船長は、大事な昔からの友人トローネについて証言するために姿を現さないんだい？」

リーヴズは唸った。「そうですよね。ぼくも、それは考えました。もちろん、彼が撲殺し、大金を持ち逃げした可能性もあります」

「そうは思わん」マクドナルドは言った。「これは、文壇にかなり詳しい者が起こした事件だ。みんなが一つの点、つまりディナーの手配が巧妙だったという点については同意見だ。コムロワは、トローネがディナーを手配したと言っていた。グラフトンは、コムロワを支持した。だが、わたしは、二人とは意見を異にする。あのディナーは、トローネを殺害するために仕組まれたのだと確信している。船長とやらが、あのディナーを手配したのではない――手配したのは、会食者の一人だ」

「わかりました、警部。一点について警部が自分の意見に固執するときは、必ずそれが正しいですからね。コムロワとウランの考えについては、ぼくにはまともじゃないように聞こえますが、もしトローネが遠征に出かけるのを阻止するためにコムロワが殺害したのなら、具合の悪い質問を避けるためにトローネの友人も殺害しなければならなかった。それはもっともだと認めます。ですが、もしそれが答えなら、なぜコムロワは警察に出頭して、そのう、お手上げだと諦めたんです？　自分は、これまでもずっと賢く立ち回ってきたんだから、見抜けるものなら見抜いてみろと警察を挑発できるとでも思っているんですか？」リーヴズが、いきなり真顔になり、「そんな話は聞いたこともない」と考え込んだ。「この罪を一人だけに負わせるのは地獄のように難しくなりそうですよ。だって、どの動機もただの思い込みですし、全員に撲殺する機会はあったかもしれない。陪審員は、こんな事件で絶対に有罪の判決は下しませんよ。被告側弁護人は、被告人についてことさら強調するでしょうしね、相手に本を投げつけて暴行を働いたという小さな事件で出頭し、罪を認めたという点を――」

「そうがっかりするな、リーヴズ。もう少し掘り下げれば、証拠はちゃんと見つかるさ。それよりも、この船長という男の情報が得られないものかな。木曜日の午後八時にロング・エイカーで最後に目撃されている。ディナーのあと、トローネと会う手筈になっていたのではないかと思うんだが」

「そしてほかの誰かと出くわし、そいつに川に突き落とされたとか？　まずトローネを撲殺し、帰宅途中に今度は船長を撲殺した。くそっ！　どこから探しはじめればいいんだよ？」

意見交換の過程で、マクドナルドとリーヴズは、軽薄ともとれる言動をしばしばする。それは、言葉で詳しく説明せずに、そういう茶化した物言いで自分の簡潔な発言の間隙を埋めようとするお互いの性質をよく知っていればこそである。

「どこで探すか?」マクドナルドは考えた。「コインの供述を思い出せ。『ディナーのあと、俺のところへ来い、云々』と、トローネは会う約束をしていた。協力的な友人の家に同行することになっていた。船長はトローネに会いに行き、大金を見てほくそ笑んだのか?」

またしても犯罪捜査課の二人は、黙りこくった。次に口を開いたのはリーヴズだった。「死体を自分の家に隠す。ダメだ。危険すぎる。それに、殺人犯は、警察が来るかもしれないと知っていたに違いありません、死体について言わせてもらえば……彼は家に帰り、家にいなければならなかったはずで……すると、警察が到着したときに、テーブルの下に死体があるのはいただけなかった」

「これはどうだ?」マクドナルドが、口を挟んだ。「殺人犯は、よく同じことを繰り返すものだ。トローネは殴られた。ドゥフォンテーヌもそうだ。ドゥフォンテーヌは、きっとよろよろ歩く、あるいは這い回るほどに回復したのだし、結果は交通事故のように見えた。ドゥフォンテーヌは病院だ。わたしが、しかし、と反論しなければ、交通事故として処理されていただろう。船長が病院に搬送され、交通事故として処理されていないだろうか?　ここ数日、わたしは、交通事故の犠牲者には目を光らせていなかった」

「おっと、それです!」リーヴズが言った。「さっそく確かめにいきます。運が良ければ、まだ生きているかもしれませんよ、ドゥフォンテーヌと同じように。そいつが石頭なのを祈りましょう。いったいどうして、パブではなく病院を洗うのを思いつかなかったんだろう?」

四

リーヴズに調査を任せ、マクドナルドはコムロワに会いにいった。コムロワは、どんよりした狭い部屋にまだ座っていたが、その日の新聞を渡されていた。

「グラフトンに会ってきました」マクドナルドは言った。「もう自宅に戻っています。暴行であなたを訴えたければ、彼にはそれができます。だが、それは彼が決めれば良いのであって、わたしの与り知らないことだ」

コムロワは、考え込んだ様子で警部を見上げた。

「わたしも家に帰っていいとおっしゃっているのですか？」コムロワは尋ねた。

マクドナルドはうなずいた。「そうです。だが、一つお願いがあります。帰る前に、お宅を捜索させていただきたい。捜索令状は取っていません。お望みでしたら、もちろん取れますが」

コムロワは、にたりとしてポケットから鍵を取り出した。

「はいはい、差し上げますよ《ジュ・ヴ・ザン・フェ・カド》」コムロワは言った。「何でもお好きなように調べてください。帰る前にとおっしゃいましたね。わたしも一緒に行って、階段に座っていてはご迷惑ですか？　がらくたが出てきてお困りなら、説明できるかもしれません」

「いいでしょう」マクドナルドは答えた。「わたしの車で行きましょう」

二人は階段を下り、キャノン・ロウ警察署の向かいの空き地に停めてあったマクドナルドの車に乗り込んだ。門を通り抜けながら、マクドナルドは訊いた。

「一人でいるあいだに、何かほかに興味深い考えは浮かびましたか？」

コムロワは笑った——苦笑いに近かった。「自分を恥ずかしいと思う時間をたっぷりいただきました」彼は、ゆっくり言った。「誰が何と言おうと、自分があんな愚かな真似をしようとは思いもよらなかった」

マクドナルドは、エンバンクメント沿いを東に向かい、鉄道橋下の信号で止まった。

「冷静な人でも、殺人の罪に問われると愚かな真似をするのはよくあることです」マクドナルドは、さらりと言った。「フィッツペインさんが、今朝のリートの部屋でのちょっとした集まりに同席していたら、彼も口論に加わり、もっと多くの物を投げつけていたかもしれません。殺人犯ではないかとあなたが疑っている人物に、逆に罪を問われたら、なおさら神経に障るものです」

「不快なものです」コムロワは、ゆっくり言った。「経験しなければわからないような立場ですし、グラフトンは、良識のあるやつだと思っていたのに」

「『彼らもみな、高潔な人々だからであるが』」（シェイクスピアの『ジュリアス・シーザー』第三幕第二場）という言葉を引用しながら、マクドナルドはクラッチを入れ、車の流れのなかを慎重に進んだ。「殺人の奇妙なところは、犯罪者の専売特許ではない点です。犠牲者と同じように自分の身も完全に破滅させることになったそのたった一度の過ちさえなければ、『とても良識のあるやつ』だった殺人犯を何人か知っています」

マクドナルドは、ウォータールー橋を北へ曲がり、キングズウェイを走りつづけた。コムロワは、黙ったままだった。だが、オックスフォード・ストリートでの長い信号待ちのときに、ようやく口を開いた。

「おっしゃるとおりです。あの部屋に一人で座っているあいだに、つくづく考えさせられました。スコットランドヤードに着いた時点では、まだ腹の虫が治まっていませんでした。ぽつねんと座り、落ち着くにつれ、もう二度と一人では外を歩けないかもしれないと認識するようになりました。ゾッとしました。牢屋に入れられるくらいなら、頭を撃ち抜かれたほうがましだと思いはじめました。『入ったらお先真っ暗だ』と、言外の意味もわからずによく気楽に口にできたものです。目前に迫ってみると、『お先真っ暗』は本当に恐ろしい」

「わかりますよ」マクドナルドは言った。「カッとなってスコットランドヤードにやってきたのはあなたが最初ではありませんからね。一人にされてじっくり考えさせられるのは、とても良い頭の運動になると言われたことがあります」

「まったくそのとおりです」コムロワは言った。「とことん考えました……あなたが興味をお持ちになるかもしれないことが、一つだけあります。トローネがあの招待状を送ったと仮定するうえで、わたしは間違いを犯していたとわかりました。彼が送ったのではないと、今ではわかります。彼にできるはずがなかった。わたしたちの誰かが送ったのです」

「わたしも、どちらかと言うとそう思いました」マクドナルドは言った。「あなたもグラフトンさんも、そしてあとになってヴァンミーアさんもみな、トローネがひどく悪趣味だと繰り返した。ところが、招待状も、それに同封された手紙も、品位があり、簡潔だったと思います。要するに見事な出来栄えで、さすがのフィッツペインさんも不審を抱かなかった。招待状と添え状がトローネの仕業だったのなら、きっと凝りすぎて台無しにしていたでしょう。物々しい雰囲気を出そうとして、いくつかの紋章や何らかの粉飾を加えたでしょうからね」

「ほほう、ずいぶん察しが早くていらっしゃる」コムロワが言った。

「もちろん、フィッツペインさんは、そういう仕事には長けていたはずです」マクドナルドは言った。

「それにしても、どうして彼が、わざわざそんなことをしなければならなかったのか、どうしてもわかりません」

マクドナルドは、グレイズ・イン・ロードのコムロワの家の外に車を停めた——「アメリカ式の小フラット（居間・寝室兼用の一間に浴室と台所がついた程度のアパート）」に分けられた建物だった。

「車に残って、もう少し考え事をなさってはいかがですか」マクドナルドは言った。「用事があれば、わたしが出てきてお話しします」

「逃げないと、どうしておわかりに?」コムロワが尋ねると、マクドナルドは答えた。

「わかりません。この件について自分自身の判断力を使うことですね。黙想のテーマとして、『なぜわたしは招待状を破棄したのか?　その行為は本当に必要だったのか?』を提案します」

第十五章

一

マクドナルドは戸を開けて建物のなかに入り、コムロワの部屋のドアの前に立った。部屋は一階にあり、建物は閑静だった。こちらを一心に見つめるコムロワの顔が、鮮明に脳裏に焼きついていた。「誰が殺人犯なのか、まだ皆目わからない」マクドナルドは思った。「あいつは、『わたしは何かを忘れているのか?』と思っているのだろうか、それとも、『グラフトンがやったに違いない。良識のあるやつだったのに』と思っているのだろうか? 俺は、証拠を何も摑んでいない——まだ」

マクドナルドは、狭いロビーを抜けてワンルームのフラットに入っていった。とても広い部屋で、アルコーヴにソファーベッドが置かれている。窓際に快適そうな大きな書き物机があり、古いが座り心地の良さそうな肘掛椅子が二脚と小机がいくつか置かれ、備えつけの棚にたくさんの本が並んでいる。マクドナルドは、ゆっくり棚を眺めた。テーマ別に本が並べられ、几帳面さが見て取れる。ヴァルドン・コムロワは、科学分野で常に最先端を行くようにしているのだろう。イギリスのみならずアメリカで刊行された物理学に関する最新書籍も何冊かある。何段もの旅行書のほか、英語、ドイツ語、化学、地質学、冶金学の古い教科書がうずたかく積まれている。

部屋を見渡しながら、マクドナルドは思った。「これを男の家とは、とても呼べない。見るかぎり仕事場であり、所有物を置いておく場所だ。本は別として、この部屋からは何も伝わってこない」

机に近づくと、引き出しはどれも鍵がかかっていなかった。整理が行き届き、詰め過ぎの引き出しは一つもない。内容をほとんど気にせず、活字にだけ注意を向ければ、見つけた手紙や原稿、メモは簡単に調べがつく、そうマクドナルドは思った。コムロワは、何でもかんでも取っておく人間とは程遠く、並外れて潔癖な男だった――引き出しを最近になって整理し直し、余分な物を処分したのでないかぎり。ほかの引き出しや戸棚も調べたが、どれも同じように片づいていた。服はきちんと吊るされ、靴は磨かれ、リンネル製品は洗濯したばかりだ。小さな台所には最小限の道具しかないが、男一人ならこれだけあれば充分だ。コムロワは、さまざまな側面を持った男だと、マクドナルドは思った。知性と専門知識、勇気と忍耐心があり、（グラフトンが言っていたように）主導権を握りがちな男だった。

マクドナルドは、根気強く調べた。あるべき物がなければ、コムロワが、どこか余所にもう一つ住まいを持っているか、所有物の一部を倉庫に置いている可能性もある。だが結局、そうではなかったので、マクドナルドは満足した。思いがけず、ウォールキャビネットのなかに、ピッケルと登山靴、岩壁登攀《とうはん》用のロープに登山用具、コンパス、アネロイド気圧計などがしまい込んであった。証書保管用金庫（施錠されていなかった）には、ヴァルドン・コムロワの遺言書のコピーとともに、パスポート、通帳、印税報告書のファイル、領収書、保険証書が入っていた。コムロワは、すべてをごく単純に、今はブリティッシュコロンビア（カナダ西部、太平洋岸の州）に住む妹に遺していた。

マクドナルドは、すべてを元の場所にきちんと戻しながら、リーヴズなら、「彼は、ぼくたちのことを笑っているんでしょうか？　ぼくたちには何も証明できっこないと確信しているんでしょうか？」と言っただろうと思った。

マクドナルドが部屋を出ようとしたちょうどそのとき、何通かの手紙が郵便受けから玄関の床に落ちるのが聞こえた。彼は、それを拾い上げ、狭いロビーに立ってざっと目を通した。請求書、新聞の切り抜き、縦長の封筒。封筒は、ずいぶん汚れており、真ん中を一度折り畳んだ形跡がある。住所はタイプ打ちされている。活字を一目見るなり、マクドナルドは窓際に駆け寄り、ポケットから虫眼鏡を取り出した。間違いない。レイチェル・ヴァンミーアが言っていたとおり、このロイヤル・スタンダードの活字は、見ればすぐにわかった。〈S〉がほかの文字と一直線になっておらず、大文字が小文字よりも上に撥ねている。手紙をポケットにそっと入れ、マクドナルドはコムロワを呼びに下りていった。

二

コムロワは立ったまま、マクドナルドを見つめた。心の緊張が伝わってくるおどおどしたその面持ちを見て、マクドナルドは言った。

「この手紙が、たった今届きました。郵便配達が、ほかの物と一緒に配達したのですが、この手紙がどこから来たのかぜひ知りたい。わたしが開封しますので、手を触れずに中身を確認してください」

「わかりました」コムロワは了承した。「返却原稿のようです――その種の物かと。わたし自身が住所をタイプしたように見受けられます。名前は、『敬称』抜きのヴァルドン・コムロワとなっています。自分宛は通常そのように記載しています」

マクドナルドは封筒を開き、中身を取り出した——かなりぼろぼろになった原稿とタイプ打ちされた短信で、住所はなく、次のように書かれていた。

コムロワ殿——数か月前にこれをお見せくださったのに、返信が遅れてしまい申し訳ありませんでした。海外に行く前に徹底的な整理をしていたところ、見落としていた多くの物のなかに貴殿の記事の原稿が紛れ込んでいました。不注意をお許しください。草々

ジョン・ロデネイ

短信には手書きのサインがあり、封筒と同封原稿がタイプされたタイプライターとは異なるタイプライターで打たれていた。

コムロワは、その短信と原稿を見つめた。そして、「これはどうも変です」と言った。「ジョン・ロデネイにこの原稿を送ったことはありません——少なくとも、送った覚えはありません。間違って彼に届いたに違いない」

「では、これはあなたの原稿なのですね？」マクドナルドは尋ねた。

コムロワは、しわくちゃの原稿を見下ろした。「そうだと思います。一年以上も前に書いたいくつかの記事です。結局、ハーパーズ誌に掲載されました」コムロワは、原稿に触れようと手を伸ばしたが、マクドナルドの忠告を思い出した。「さっぱりわかりません。わたしの記事ですし、それを送り

返してもらうために同封したわたしの封筒のようだが、わたしは、ロデネイには送っていない」

「ジョン・ロデネイとは何者ですか？」マクドナルドは尋ねた。

「例の新しい月刊誌『エスケイプ』の編集者です。稀な、きわめて稀な場所、稀なスポーツ、稀な発見を扱うという売り込みのかなり貴重な雑誌です。ロデネイは、南米大陸のパタゴニアに出発したはずです。陸路でホーン岬まで行き、ティエラデルフエゴの先住民の調査をするつもりなのでしょう。ボールドウィン・スペンサー（イギリスの生物学者・民俗学者。オーストラリアを縦断し、原住民についての本格的研究書を著わした）がそこに遠征し、そこで亡くなった。もちろん、スペンサーは正真正銘の民俗学者だったが、ロデネイは、科学教育を何も受けていない。なぜロデネイに興味をお持ちなんです？　我々のディナーパーティーの日は、ロンドンにさえいなかった」

「興味を持った理由は、この記事と封筒が、マルコ・ポーロのディナーパーティーの手配を確認するデュボネ宛の手紙がタイプされたのと同じ機械でタイプされているからです」

　コムロワは、タイプされた原稿を見下ろして立ち尽くしていた。

「そんなはずは」コムロワは、だしぬけに言ってからゆっくりつづけた。「なるほど。すぐに気づいても良さそうなものだったのに——それは、わたしのタイプライターで打たれたのではありません。何者かが、その記事をタイプし、あなたが見つけるようにここ宛に投函したのです。もちろんロデネイではありません。彼はロンドンにいませんし、それは昨夜投函されたはずですから」コムロワは、悲痛な面持ちでマクドナルドを見つめていたが、いきなり言った。「わたしに、それを証明できないのはわかります。そういうことだったに違いないということしか、わかりません。でも、何者かが、トローネを殺したのはわたしだと証明したがっているのです」コムロワは話すのをやめたかと思うと、笑いだした。「わたしが、本当にやったのなら、非常に腹立たしいことが起きてしまったことになるじゃないですか。念には念を入れてタイプライターを処分したのに、こんなことではがっかりでしょう。自分でもすっかり忘れてしまっていた古い原稿が、何か月もして送り返されてきたんですからね。そう思っておられるのでしょう?」

マクドナルドは、机から吸い取り紙を一枚取り、原稿と封筒を丁寧に包んだ。

「わたしがどう思っていようが、これらの差出人が誰なのかを突き止めなければならないのは明らかです」マクドナルドは言った。「その間、ここから出ないと約束してくれますね?」

コムロワはうなずいた。「ええ。出ませんとも。何が起きたのか考えられますからね。そして、何とかそれを証明します。くそ、証明してやる!」

三

マクドナルドは、コヴェント・ガーデンを外れてすぐのところにある、ジョン・ロデネイの雑誌『エスケイプ』の事務所に向かった。行ってみると、事務所は大変なことになっていた。前途有望な雑誌『エスケイプ』（「脱出」の意）は、『ワールド・ソート』（「世界の考え」の意）という控えめな名前の別の前途有望な雑誌の所有者に売却されていた。誰一人、マクドナルドのために時間を割いてくれるゆとりはなかった。塗装工に大工、椅子張り職人が入り乱れ、マクドナルドを邪魔者扱いにした。電気工に電話工事人、顎鬚の室内装飾業者がいた。ようやくマクドナルドは、「ちょっときみ」と呼びかける、小生意気な若い編集補佐を捕まえた。手短にしてくれと促され、マクドナルドは単刀直入に尋ねた。

「昨夜、ジョン・ロデネイの通信文に関連する手紙をこのオフィスから出されましたか？」

「ちょっときみ！　ロデネイを知っているの？　確かに独創的だが、どうしようもないほどビジネスには向かない。ここを取り散らかしたまま出ていきやがった。良心のかけらがあるなら、不要な原稿を返却するのが編集者の務めだと思うが。記事を棚上げにしておくなど、寄稿者に対して不公平も甚だしいよ。ロデネイは、記事をどっさりほったらかしていっただけだ。掲載しない理由を書いた手紙が添えられていた物もあったが、ぼくたちが、分類して返却するのを期待していたのさ。たいていの人間なら、そっくりそのまままくず籠に放り込んでいただろうが、執筆者に配慮するのが当然だろう。ぼくは忙しくて手が回らなかったし、ぼくの秘書も、目の前に仕事が山ほどあってダウン寸前だった。だから、おバカな若い子に派遣会社から来てもらって、全部その娘に任せた。もちろん、ロデネイに請求書を送りつけてやる。とにかく、ぼくがもうロデネイの通信文の責任を負うつもりがないと、これでわかってくれますね」

「きわめて明確なご説明、痛み入ります」マクドナルドは、重々しく言った。「その派遣会社の名前――とあなたが雇ったおバカな若い女性の名前――そしてロデネイのサインの見本をいただけたら、再建作業ができるよう、もうあなたのお邪魔はいたしません」

「ちょっときみ――話せる人ですね。こんなときでなければ、喜んでじっくりお話ししたいところだ。警察の仕事には非常に関心があるし、きみがなぜロデネイの原稿に興味を持ったのかぜひとも知りたい。規則に違反する何か、そうでしょう？」

「通常業務の一環です」マクドナルドは小声で言い、鉛筆を構えた。「派遣会社は――？」

「あっ、そう、そうでしたね……バーリントンです――ベッドフォード・ストリートの角を曲がってすぐの。とても有能な人たちで。タイピストは、ドリスという名前。ドリス何だったかな？　本当にどこにでもいるようなドリスという娘でした。ここまで出かかっているんだが、どうしたんだろう……おだんごを結っていてね。ダフニ、ドリスの苗字は何だった？――ほら、ロデネイの書類を発送した、エドワード七世時代風の小柄な子。ドリス・トライプだったかな？　いや、トライプではなかった。トライブ、そうそう。ドリス・トライブ。彼女、それほどおバカでもなかったんですよ、警部さん、よくいる真面目な子で――」

「彼女が、本当によくいる真面目な子だったのなら、わたしは運がいい」マクドナルドは、そう思いつつワールド・ソート誌の編集補佐から逃げ出した。

四

マクドナルドは、二時間かけてようやくドリス・トライブを捜し出した。求められれば、どんな臨時の秘書業務もする派遣の速記タイピストだった。マクドナルドは、ハマースミスのフラットで年配の著者の口述筆記をしていた彼女をようやく見つけた。常に思いやりのあるマクドナルドは、哀れなドリスが、「警察に指名手配されている」という疑いをかけられないよう努め、もっとさもしい動機から話したがっているという疑いを本人にだけ抱かせるに留めた。

「怖がることはありませんよ、トライブさん」マクドナルドは、きっぱり言った。「スコットランドヤードから来た警部です。これが、わたしの証票です。信じられないようでしたら、どの巡査に訊いてくださっても構いません。そうです、あなたは、してはならないことは何もしていませんし、たとえしていたとしても、わたしは知りません。あなたは、とても真面目にお仕事をなさるそうですし、わたしは、ロデネイさんのために昨日あなたが発送されたある手紙についてお尋ねしたいだけです」

　編集補佐の言ったとおりだと、マクドナルドは思った。ドリスは、確かにエドワード七世時代風の女性だった。マクドナルドが若いころによく見かけた、自尊心の強い娘の愁いを帯びた独善的な態度が見受けられる。彼女には、今風の自信過剰の「伸るか反るか」的なずうずうしさは少しもなく、呑み込みが非常に悪かった。

「一生懸命やったんです」彼女は、悲しそうな声で言った。「もう少し説明さえしてくだされば、もっとよく理解できたのに、みなさんとてもお忙しそうでしたので。エルサビー・メリントンへのあの手紙のことでしたら、あの方たちが聞き入れてさえくだされば、絶対に送ったりしませんでしたのに。とっても失礼な手紙だったのですが――」

「エルサビー・メリントンのことは気にしないで。さあ、ここに座ってください」（二人は、一棟のフラットの入り口にあるラウンジにいた）。「そして、コムロワという男性に手紙を送ったのを覚えているかどうか教えてください」

「お手紙の内容は？」彼女が尋ねたので、マクドナルドはフォルダーを出した。

「触ってはいけません」マクドナルドは釘を刺した。「覚えているかどうかだけ教えてください」

「ああ、例の……それとまったく同じ手紙がたくさんありました。記事や小説にクリップで留めてあって、ほとんどどれにも切手を貼った封筒がついていました」彼女は答えた。「その仕事は、とてもやり易かったんです。手紙と記事を封筒に入れて、切手を貼るだけでしたから。昨日投函した物もありますし、おととい投函した物も。もちろん、自分でしたのではありません。切手を貼って籠に入れただけです。重さも量りました」彼女は、言い訳がましく付け足した。「料金不足の切手を貼るなんてみみっちいですし、著者になるって素晴らしいとずっと思ってきましたけれど、自分の原稿が没になったうえに、不足料金を払わなければならなかったら不愉快でしょう」

「そのとおりですね」マクドナルドは言った。「それに、あなたが、とても注意深くて思いやりのある方だとわかります。だからこそ、ご協力いただきたいのです。さあ、よく思い出してください。この手紙をヴァルドン・コムロワという男性に送りましたか？　変わった名前ですよね？」

「ええ。でも、どれもこれも変わったお名前だったもので」彼女は、悲しそうな声を出した。「本当に申し訳ありませんが、エルサビー・メリントンのように、たまたま聞き覚えのある名前しか思い出せません。彼女は、とても素敵な作品を書いているのに、あんな失礼な手紙を出すなんてとんでもないことだと思いました。嘘じゃありません、コムロワという名前は覚えていないんです。でも、今お持ちのその手紙を出したのは確かです。原稿にピンで留められていましたでしょう？　仕分けをしていたら、上の端が千切れてしまったので覚えているんです。いつもは、そういうことにはとても注意しているのに。秘書学校で教えられましたからね、仕事の見てくれに注意しなさいと。千切《ちぎ》れたのでタイプし直そうかとも思いましたが、わたしにはサインできませんでしたでしょう？　サインがないといけないと思いましたので、原稿と一緒にそのまま封筒に入れて、切手を貼ってもらうためにほかの封筒の入っている籠に入れました」

「ロデネイさんのこの手紙、上の端が千切れた手紙を確かに覚えているのですね？」マクドナルドは、しつこく訊いた。「とても大切なことなのです、トライブさん。証拠としてのちほど記載され、法廷でこの手紙について証言を求められるかもしれません」

「えっ、そんな」彼女は驚いた。「考えただけでぞっとしますし、頭が混乱してしまうに決まっています。人に心配をかけると、とても緊張してしまうんです」

「緊張することなどありません」マクドナルドは言った。「わたしに言った内容を繰り返すだけでいいんですよ。上の端が千切れているので、その手紙だと見分けがつくと。それに間違いありませんね?」

「はい、絶対に間違いありません」彼女は、きっぱり答えた。「最初は、どの原稿もとても注意して見ていたのですが、原稿が多すぎましたし、バーディキンさんが急げ、急げとおっしゃるので困ってしまいました。急ぐと、必ず失敗してしまうんです。バーディキンって、おかしい名前ですよね? おかしい名前がずいぶん多いと思ったのを覚えています」

「それなのに、コムロワがおかしい名前だとは気づかなかったのですね?」

「ええ。珍しい名前ですけれど、バーディキンのように、思わず笑ってしまう名前ではありませんでした。わかってくださるかしら」

彼女は、マクドナルドの膝の上に置かれた、吸い取り紙のフォルダーの上の書類を見つめた。「もっとお役に立てればよろしいのですが」彼女は言った。「ずいぶん辛抱強く話を聞いてくださいましたね。呑み込みが悪いとわかっています」

「とても役に立ちましたよ」マクドナルドは言った。「それに、とても注意深いですし、ときどき見かける人のように、覚えてもいないことを覚えているという振りをしなかったからなおさら助かりました。ロデネイさんの書いた手紙がたくさんあったとおっしゃいましたが、その何通かが同じ文面だったという意味ですか?」

「はい、まったく同じ文面でした」彼女は答えた。「タイピストに、何通も同じ手紙をタイプさせて、サインしたような……あっ、そういえば！」彼女は、いきなり熱を込めて言った。「とても小さいことなのですが、その手紙がほかの何通かの手紙とまったく違う点がありました。その手紙の書き出しは、『コムロワ殿』でした。大部分の手紙には宛名さえなくて、すぐに『数か月前にこれをお見せくださったのに、返信が遅れてしまい申し訳ありませんでした』と始まっていました。まるで、このコムロワさんとかいう人を知っているみたいじゃありません？　これで、少しはお役に立ちますか？」

「まだわかりませんが、教えてくださってありがとう」マクドナルドは言った。「急がされるのは好きではないというお気持ちを重々承知のうえで、お手隙のときにやっていただきたいことがあります。昨日出した手紙についてじっくり考え、何か思い出す名前がないか試してみてください。どんな名前でも構いません」

「わかりました、やってみます。一生懸命やってみます」彼女は真剣に答えた。

「そして、今夜、お宅に伺ってもいいですか？」マクドナルドは尋ねた。「そうすれば何か思い出したかどうか教えてもらえますし、わたしがお見せする名前のリストのなかに、今風の言い方をすれば『ピンとくる』ものがあるかどうかがわかります。このカードに住所を書いてもらえますか？」

　彼女は、カードを指でしっかり持ち――これこそ、マクドナルドが彼女にしてほしいことだった――丁寧に書いた。「キルボーン、ブロンズベリー・ヴィラズ、七九A。一番上のベルを鳴らすこと」

「ベルについて書いたりして、気を悪くなさいませんよね？」彼女は尋ねた。「わたしのベルに出なければならなかったら、ほかの間借り人がうんざりするでしょう」

「とても気が利きますね」マクドナルドは答えた。「何時に帰宅なさいますか？」

「普通なら六時半には。今夜は、それまでに必ず帰ります」彼女は、真剣に言った。
「わかりました。では、考える時間が必要でしょうから、八時に伺います」マクドナルドは答えた。

五

マクドナルドは、自分にも「考える時間」が必要だと感じた。この最後の展開はいろいろに解釈できたし、単純でわかりきった説明は、単純でわかりきっているからこそ却下できなかった。ドリス・トライブの証言により、ジョン・ロデネイが、投稿者の幸せや都合に配慮しない、非常にビジネスに不向きな編集者だと明らかになった。コムロワが、ロデネイにあの記事を何か月も前に送り、千載一遇の偶然で、マクドナルドがコムロワのフラットにいたまさにその瞬間に返送されてきた可能性も充分ある。一方、トローネの古い〈ロイヤル・スタンダード〉の持ち主が、コムロワの記事が掲載された雑誌から写し打ちしたことも、同様に充分論証されうる。この場合、コムロワに原稿を返送した人間は、良心的なドリス・トライブが発送したジョン・ロデネイの手紙を受け取っていたに違いない。なぜなら、彼女が、端が千切れていた手紙を識別できたからだ。

いい問題だ、そうマクドナルドは思った。今回の事件は、本質的に文筆家の事件だと、彼にはずっとわかっていた。だからこそ、レイチェル・ヴァンミーアの協力を得られて喜んでいた。彼女なら、この最後の展開にヒントを与えてくれるかもしれない。

マクドナルドは、専門家に調べてもらうため、ロデネイの手紙とコムロワの原稿をひとまずスコットランドヤードに持ち帰った。

本部では、リーヴズが嬉々として待ち構えていた。「見つけましたよ、警部――船長を。まだ生きていました、イースト・ロンドン診療所で。オールドゲイト・イースト駅付近で――インナー・サークル線の――発見されました。目撃者の証言によれば、停止しなかった大型トラックに撥ねられたそうですが、大した証拠にはなりませんね。頭部外傷に、片腕と片脚の骨折、それにしても頑丈な男です。回復するとのこと」

「オールドゲイト・イーストねえ」マクドナルドが考え込むと、リーヴズはくすくす笑った――彼は、問題を常に好む。

「そうなんです。ぼくたちが追っている撲殺犯が、彼と約束をしてチャリングクロス駅で会ったのなら、インナー・サークル線でオールドゲイト・イースト駅に到着するのに数分しかかからなかった。船長――ジェファーソンという名です――は、その近くの下宿屋に逗留していました。ジェファーソンは、身分証明書などすべてを所持しており、交通事故として報告されました。すべて単純そのもの。グラフトンは、フリート街を外れてすぐのところに住んでいましたよね？　インナー・サークル線でバックフライヤーズ駅へ戻る、ほんの数分です。簡単ですよ！」

「実に簡単だ」マクドナルドも賛成した。「そうとなったら、船長について入手できる情報をすべて掻き集めてくるんだ。いつ船長が供述できるようになるって？」

「抜かりありません。万一に備えてクロフツ爺さんを、ノートを持たせて船長の脇に座らせてあります。やつらがみんな、ペラペラしゃべりだしたら、こりゃまた愉快ですね、警部！」

マクドナルドはうなずき、指紋を担当する部署に戻った。注意深いドリス（バーディキンに不当にもおバカという汚名を着せられた）が、端の千切れた手紙を識別したのは間違いではなかった。彼女のずんぐりした小さな指の指紋が、至る所に付着していた。ところが、コムロワの原稿と封筒からは、そのような明白な証拠は入手できなかった。大勢の人が指で触れたはずなのに、今回の事件に関与していると思しき人物として特定できる指紋は残っていなかった。マクドナルド警部の次なる調査は、「コムロワ殿」を意味する二つの単語、"Dear Comroy" の活字についてだった。この二語が、この手紙のほかの部分をタイプしたのと類似するタイプライターで打たれたことについては、専門家も同意見だったが、必ずしも同一の機械である必要はなかった。語間の取り方が、ほかの行と異なることから、二語は、残りの部分と同じときにタイプされたのではない。拡大してみると、名前をタイプするために用紙が改めて機械に挿入されたに違いないことが明らかになった。末尾のジョン・ロデネイのサインは、本物であると判明した。

　こうした諸々の点をじっくり考えたうえで、マクドナルドは、エスケイプ誌の元編集者ジョン・ロデネイの評判と習慣について、レイチェル・ヴァンミーアに相談することにした。ヴァンミーアは、非常に有能な女性であり、マクドナルドは、彼女の能力を見くびってはいない。さらに、彼女は、自分の住まいという安全な避難所で刑事まがいの仕事をするという常識も持ち合わせている。マクドナルドは、自宅を訪問すれば必ず彼女に会えるとわかっていた。

第十六章

一

　レイチェル・ヴァンミーアは、マクドナルドが帰ったのち、長いこと机に向かって考え込んでいた。目の前の机の上に、きちんと整理されたファイルが開いたまま置かれている。一枚一枚、自分でタイプした。パリッとした紙に美しい字配りでタイプし、あとでコメントを書き込みたくなるかもしれないので余白を充分取ってある。彼女自身が作成した書類のほかに、たくさんの古い書類もある。その多くが、しわくちゃで汚れており、何重にも折り重ねてあった。

「本気で仕事に取り組めば成果が得られるというのは、素晴らしいことね」ヴァンミーアは思った。「人は誰しも打ち解けず、自分のことばかり気にしているように思われるけれど、誰でもカタツムリのように痕跡を残すもの。どうやったらわたしたちの過去を遡って調べることができ、どうやったら歴史を考証できるかを思い知ると、本当にぎょっとさせられる。当然ながら、文筆家の場合は、特にそれが当てはまる。人が契約を結ぶ、あるいは断る、印税や海外からの引き合いについて問い合わせる手紙を書き、その人の手紙が注意深い秘書によってファイルされ……でも、本人には、手紙がきちんと処理された確証はまったく得られない。それは、あのきわめて有能な警部が己の心のなかで、わたしが、この蜘蛛の巣の中心にいる蜘蛛だと確信できないのと同じこと」

ヴァンミーアは、時計に目をやった。ちょうど六時を回ったところで、カーテンを閉めていない窓の向こうに、ブルームズベリーの街並みが、ぼんやりと黒く見える。現代の氷河期とも言えるイギリスの第一次燃料危機の憂鬱な時代、街の照明は最低限に抑えられている。

ヴァンミーアは、机の上を片づけ、ファイルをしまい込んだ。それから明かりを消し、窓際に近づいた。やがて目が闇に慣れ、向かいの建物の形がわかるようになった。主として営業用の建物で、窓にはほとんど明かりが灯っていない。通りのさらに北、次の曲がり角の街灯が、霧のかかった大気におぼろげな黄色い光を放ち、いくつもの凍った雪の汚い吹き溜まりを照らし、みぞれが風に舞い、視界がさらに悪くなっている。不快な夜だわ、いつも控えめな表現をするヴァンミーアはそう思った。

彼女は机に戻ったが、暗いままにしておいた。暗がりによって知覚が研ぎ澄まされる変わったタイプの人間なのだ。そして、電話をダイヤルするあいだだけ読書用ランプをつけたが、またすぐに消した。

「もしもし、バジル・リートさんですか？　レイチェル・ヴァンミーアです。少し情報をいただけたら、とても助かるのですが。あの不思議なディナーパーティーに関連してふと浮かんだいくつかの考えを追っているうちに、非常に気がかりな事実を突き止めたんです。コムロワさんが、別の名前で執筆しているという噂を耳にしたことがありますか？」

「まったくありません」リートの声が答えた。「本名で出版した作品以外、コムロワについては何も知りませんし、それについてもほとんど知りません」

「それでしたら、お邪魔したのをお詫びするしかありません」ヴァンミーアは言った。「とはいえ、一言だけ説明しておくべきだと思います。情報提供者が、コムロワさんは、ロデリック・ラングーンというペンネームで執筆したことがあると教えてくれましてね、その著者の書いた作品にざっと目を通していたところなんです」

「そんな名前は知りません」リートは答えた。「ですからお役に立てそうもありません。ご用はそれだけですか？」

「いいえ、もう少しだけ我慢してくださいな。著作権代理業者のことを聞いたことがないかしら――とても小さな会社で――コヴェント・ガーデン・プレイス二五Bに事務所があるのですが？」

「いいえ」リートは答えたが、あやふやな口調だった。「それが、どうかしたのですか？」

「ただちょっと、その会社がコムロワさんの会社だと耳にしたものですから――本名のではありませんよ、もちろん。電話なので詳しい話には踏み込めませんが、すべてが奇妙に思えましてね。一つの謎が別の謎と関係しているかもしれないと思えてなりません。というのも、タイプライターの活字について少し調べてみたんです。たまたま例の封筒を取ってあったんですよ――どの封筒のことかおわかりでしょう――ですから、タイプライターを突き止められれば、何もかも解明されるはずです。あなたにお電話したのは、著作権の世界についてとても詳しいと知っていたからです」

「がっかりさせてしまって申し訳ありません」リートは、素っ気なく言った。「ぼくの持っている情報は、かなり専門的でして、たまたまコムロワのことは含まれていません。これは行けると本当にお思いでしたら、関係当局に報告なさるのでしょう」

「当然です。でも、オオカミ少年にはなりたくありません。コムロワさんが、自分自身の事務所を持とうとしなかった理由はまったくありませんが、彼がそのことを当局に言わなかったことだけはわかっていますし、次から次へと不思議なことばかりで。たった今、グラフトンさんとも電話で話したのですが、彼は、とても明確な話をしてくれました」

「口をつぐんでいたほうが賢明だったかもしれないのに」リートは言った。「そして、一言だけ忠告させていただけるのでしたら――当局にやるべきことをやってもらったらいい。そういう仕事でしたら、彼らはずば抜けて有能です」

「そうですよ！　そうですとも！」ヴァンミーアは、大きな声を出した。「それでも、関連する証拠があったら全員が提出する、それが筋だと思います」

「提出すべき証拠があればの話でしょう」リートが、にべもなく言った。「コヴェント・ガーデン・プレイスの事務所についてのそのご意見は、少し曖昧に思えますが。その事務所をコムロワと関連づける適切な理由でもあるんですか？」

「ありますとも。複数の手紙が、そこのコムロワさん宛に出されたことを事実として知っています。それで、ふと思ったんですよ――そのう――基幹代理店とでもいうのかしら、その会社は、落ち合う場所と便宜上の住所が必要だったのかもしれません。今はこれ以上お話しする必要がないと思いますが、この件をよく考えてみます。いずれにしても、わたしは、よく言われるように常に一晩寝て考えるのが好きなんです。朝、またお電話してもよろしいかしら？」

「いつでもお好きなときにどうぞ」リートは答えた。「ただし、あなたのために情報集めをするのは期待しないでくださいね」

レイチェル・ヴァンミーアは、かなり残念そうな声で笑った。「明日の朝、コヴェント・ガーデン・プレイスの事務所に電話をしてくださるくらいはいいでしょう？　電話番号は、テンプル・バー〇〇九九四です。自分で電話しないのには、それなりの理由があるんです。ほら、わたしの声を聞いたら、すぐに正体がばれてしまうでしょう。知られたくないんですよ、わたしが……調査していると。考えてみてくださいな、リートさん。わたしたちだけで、この件を考えられたらどんなによろしいかしら」

二

コヴェント・ガーデン・プレイスは、ヘンリエッタ・ストリートの裏の路地だった。その殺風景な古い建物には、有名な市場で事業を行なう卸売業者がおもに入っていたが、それに加え、数名の臨時会計士と、近隣の出版社の支社も数社、暗くて細い袋小路にある。六時半までに、大半の事務所は閉まったが、二五Bの地下にはまだ電気がついており、手摺《てすり》越しに見下ろせば事務所のなかが見え、タイプライターを打つ音が聞こえる。六時半ちょうどに電話のベルが鳴り、タイピストが受話器を取ってじれったそうに番号を言った。タイピストは、品のいい、仕事のできそうな中年女性だった。

受話器を取ると、女性は相手の言葉を聞いてから答えた。

「あいにく違います。事務所は、もう閉まっています。わたしは、タイピストで――急ぎの仕事を片づけていただけです。明朝、おかけ直しください。営業時間は十時から五時半です。コムロワさんとお話しになられたいのでしたら、秘書とアポを取っていただきませんと」

電話の声が、しつこく迫った。「とても急いでいるんです。今夜、彼は絶対に戻らないんですか？」

「今夜？　たぶん！」タイピストは、いきり立った。「わたしは、もう家に帰りますから、あとは掃除婦を除いて誰もここにいなくなります。明朝、おかけ直しください。失礼します」

女性は、受話器を乱暴に置くと、タイプしていた紙をひとまとめにして机の引き出しにきちんと重ねた。そして、部屋をじっくり見まわし、屑籠を一つのテーブルの上に、自分の椅子をもう一つのテーブルの上に載せた。屑籠には、何枚かの破った紙と、郵便で届いたが、節約のために再利用されることもなく捨てられた封筒がいくつか入っていた。ヴァルドン・コムロワ宛が二通ほど、ベルヴェデーレ・プレス社宛が二通ほど。タイピストは、雑巾を手にして自分のテーブルを拭き、帽子掛けから帽子を取った。もうコートは着ていたが、そうせざるをえなかったのだ。部屋は、身を切るような寒さだった。

小さな鏡で顔をちらりと見てから、マフラーを首にしっかり巻いていると、ドアが開き、箒と塵取りを持った女性が現われた。

「死ぬほど寒いわね、あんた」女性は言った。「今夜は、こんなとこでぐずぐずしちゃいられない」

「ここで何をしようと結構ですけど、奥の部屋を掃いておいてね」タイピストは答えた。「そこに電気ヒーターとやかんがあるわ、ダンさん。まだ使えます。美味しいお茶が飲めるけど、お掃除をちゃんとしてね。ああ、寒い。お休みなさい。明日の朝は、たぶんもっと暖かでしょうね」

「暖かい？　違うね、あんた。気候が狂っちまったのさ、あの原子爆弾のせいで。戸締りをして、鍵はいつものとこに置いとくよ。じゃあね！」

三

タイピストが帰ってしまうと、ダン夫人は、殺風景な部屋をおざなりに掃除してから奥の部屋に行った。メインルームを出るときに電気を消した。寒さと闇があたりに垂れ込め、凍えて動けなくなってしまいそうだった。二十分ほどすると地下の勝手口で音がした。誰かがドアを開けようとしているような、とても微かな音だった。再び静寂が流れたが、いっそう肌を刺すような風が部屋に吹き込み、一片の紙が、まるで凍ってしまったかのように小さくサラサラ音をさせて床の上を滑った。事務所のドアが、そっと少しだけ押し開けられたかと思うと、肌を刺すような隙間風がさっと入り、無言まま何者かがつづいた。向こうの奥の部屋の一条の光がドアの下から漏れ、ティーカップのカチンという音がする。やがてダン夫人がドアを開けると、光が部屋を斜めに照らした。ティーカップを手にしたまま、ダン夫人が叫んだ。

「あんたなの、ジョー？　良かったら、事務のおばさんがくれたあったかくて美味いお茶はどうだい。ジョー！　くそったれ、あいつも家に帰っちまった。ぶっ叩いてやるから覚えておいで。ジョー！」

彼女は、向こうの廊下に行って電気をつけると箒と塵取りを取りに奥の部屋に戻り、お茶を飲み干してから電気を消して奥の部屋のドアを閉めた。そのドアの鍵を閉めると、廊下からの明かりでも充分明るく、彼女は、奥の部屋の鍵をドア枠の刳形《くりかた》に置いて仕事を終えた。そして、「炉の火を燃やしつづけろ」と歌いながら、すり足で部屋を横切った。ようやく廊下に立つと、彼女は最後にもう一度叫んだ。

「ジョー！　くそったれ、坊やは行っちまった。あとは明日やればいい。こんな天気じゃ、やる気が失せちまう」

数秒後、地下の勝手口のドアが大きな音を立てて閉まり、果てしない静寂があたりを包んだ。

掃除婦が奥の部屋にいたあいだに忍び込んだ男は、しばらくじっと動かずにいた。隅っこのタイピストのテーブルの陰にうずくまっていたのだ。ダン夫人が、部屋を出る前に明かりをつけて部屋を見回したところで、きっと男には気づかなかっただろう。タイプライター、椅子、屑籠という好都合な目隠しがテーブルの上にあったのだから。数分間じっと動かずにいた男は、ようやく立ち上がって窓際にそっと移動し、古びたブラインドを下ろした。外からの光だけでも、ブラインドの紐と窓枠が充分見えた。ブラインドを下ろすと部屋は真っ暗になった。男は、小さな懐中電灯をつけ、タイピストのテーブルに近づいた。そして、屑籠の中身を調べ、破られた封筒を手にし、懐中電灯の光を頼りに読んだ。さらに、タイピストのテーブルの引き出しを開け、しまってあったタイプ原稿を何枚か読んだ。そうしていると、懐中電灯の光が、男の顔と肩を映し出した。とても奇妙な風貌だった。帽子と濃い口髭、首に巻かれたマフラーが、まるでコヴェント・ガーデン地区のポーターのようで、手袋をはめた手で巧みに書類を調べている男にはまったくそぐわない。封筒を調べながら不思議に思ったらしく、男は何度も封筒を慎重に見直した。それから、窓の下の大きな机の引き出しを調べだした。二つの引き出しだけ鍵がかかっておらず、なかに入っていた手紙を読んで男はつぶやいた。

「うーん……わからないな……どうして前に見つけられなかったんだ？」

それから男は、一束の書類をポケットから引っ張り出し、引き出しに入れはじめた。ほかの手紙の下に置いた物もあれば、一緒にクリップで留めた物もあったが、一枚は引き出しの一番奥に押し込んだ。これをすべて終えると、男は再び外に出て、重い籠を持って戻ってきた。コヴェント・ガーデン地区のポーターが運んでいるような籠だったが、中身は確かに、そのような容器に入れるにはきわめて奇妙な代物だった。帽子の男は、懐中電灯の明かりだけを頼りに、静かに、そして慎重に蓋とケースの備わったタイプライターを取り出した。そして、隅の戸棚に近づき、積み込まれていた本と書類を取り出しにかかった。男がかがみ込んで作業をしている最中だった。ドアの脇の電気のスイッチが乱暴に押され、事務所が、シェードのない天井照明に煌々と照らされ、静かな声が言った。

「拳銃を持っていますし、射撃の腕は確かですよ。立ち上がってもいいわ。でも、撃たざるをえなくならないように、手を挙げたままになさい。手を挙げたまま……」

四

レイチェル・ヴァンミーアは落ち着き払い、まったく動じず帽子の男と対峙し、使い慣れているかのようにしっかり拳銃を構えた。そして、こちらを振り返った男に言った。

「そこを動かないで。いつも暴力に訴えるわけではありませんが、いざとなったら、狙いを外すほどバカではないのよ。わたしの波乱万丈の人生において、撃たざるをえないことが何度もありました」

「わかっているのか、そんなことは百も承知だと」言われるがまま両手を上げて立っていた男も、平然そのもの。とはいえ、声はかなりしわがれ、唇は渇いている。「冷静そうなその仮面の裏に潜んだ可能性を常に認識していたし、ときとして女のほうが男よりも残酷になることもわかっている。何もかも思いどおりにいってさぞ満足だろうね、ヴァンミーアさん。ずいぶん大胆な計画だから、誰も、おいそれとはあなたを疑わなかった。だから、ドラマチックなフィナーレを飾り、儲けた金で悠々自適に隠居できると信じたのかい？」

「そちらこそ、おわかりなのかしら、予想外に興味深い会話だとわたしが思っているのを」レイチェル・ヴァンミーアは、すげなく言い返した。「儲けと言いましたね。おかげさまで、わたしが必要としているのは単純そのもの。それに、多額の分け前は望んでいないの。世界の問題の半数を引き起こしているのは、いわゆる『生活水準』、つまり自分だけの安楽、自分だけの変わった暮らし方を理想とみなす人たちなの。あなたは、そういう人間だから、たっぷり分け前をちょうだいしようとオツムを使った。自分さえ生きて、自分は資格のある人間なんだと思える類の人生を送ることさえできれば、そのために誰が死のうと気にしない。手を下ろさないで、あなた。わたしの目は節穴じゃないのよ！」

「こんな茶番劇をいつまでつづける気だ？」男が、出し抜けに訊いた。「撃とうと思えば撃てるだろうね、確かに。だが、その手でもう一つ死体をどうこうするのは、何の役にも立たないだろう。それとも、警察に、自己防衛で撃ったとでも言うつもりかい？」

「警察には、真実を話せばいいですよ」レイチェル・ヴァンミーアは言った。「それにしても、あなたの有罪を証明するのに充分な証拠をついに提供してくださるとは、運が良かったわ。ありがたいことに、あなたが持ち込んでくれたそのタイプライター、ロイヤル・スタンダードがあってはまずいことに——」

「これは、その戸棚で見つけたんだ」男は、動揺することもなく言い返した。「その戸棚で見つけるように、あなたが仕向けたロイヤル・スタンダードだ。あなたのやり方に従ったまでのこと」

「つべこべ言っても無駄よ」レイチェル・ヴァンミーアは言った。「おわかりでしょう、過去は消せないの。あなたが、手紙を出すとします——たとえば二年前にね——契約を求め、不公平と搾取についての不平を書く。そして、そういう手紙が取っておかれる場合もあるんです。あなたは手紙をタイプしたけれど、タイプライターで打った物は、いつでも特定できるのですよ。戦争前に、カラコルム山脈についてあなたが書いた本に関するウェルビー・メイソン宛の手紙をタイプしたのを覚えていますか？　とても攻撃的な手紙だったので、メイソンは取っておいたそうです。あなたは、その手紙をレミントン・ポータブルで打ったのだけれど、その機械は今、警察が確保しているわ。あら……あの手紙のことを覚えているようですね。それから、あなたがずいぶん長いことしまい込んでいたあのタイプライターのことも。古いロイヤル・スタンダードと交換でトローネにあげた、あのタイプライター」

深閑とした部屋のなかで、男が見返した。すでに呼吸が荒く、筋肉が緊張している。レイチェル・ヴァンミーアは、拳銃をしっかり向けていた。標的を至近距離に保った名射手に手出しはできないだろうとわかっていたし、彼女は非常に用心深かった。状況がますます緊迫した——こんな状況でもなければ、狭い事務所の両端で敵同士が対峙しているなど滑稽きわまりなかっただろう。男が、いきなり口調を変えた。

「そうかい、それを知っているのなら、何が望みだ？　何をぐずぐずしている？　撃てるものなら撃ってみろ、くそばばあ！　でなけりゃ、拳銃を置いて、理性のある人間らしく振る舞うんだな。さあ、どうする？」

「わたしが拳銃を置く前にまず……」ヴァンミーアの言葉は遮られた。男が、叫び声に近い声を上げたからだ。

「ドア……後ろのドアに――」

咄嗟にレイチェル・ヴァンミーアの鋭い視線が逸れた。その一瞬を突いて、男が飛びかかり、彼女の手を払い上げた。発砲はされなかったが、男は拳銃を持った彼女の手を摑むや手首をひねり上げ、喘ぎながら言った。

「言うとおりさ……トローネを始末した……そして、あんたも始末して……」

「そうはいきませんよ」静かな声が、戸口から聞こえた。「弾は入っていませんよね、ヴァンミーアさん？」

「もちろんですとも」レイチェル・ヴァンミーアが答えた。「見かけほどおバカではありませんよ」

男が、彼女の手首をねじ上げていた手を力なく下ろし、追い詰められた獣のように荒々しくあたりを見回した。そして、マクドナルドとジェンキンズが部屋に入っていった。

五

逮捕が告げられ、借りてきた猫のようにしゅんとなった容疑者に手錠がかけられた。すると、マクドナルドは、レイチェル・ヴァンミーアを振り返った。

「驚かされましたよ、ヴァンミーアさん。分別のある感性豊かな女性だと思っていましたし、おとなしく家から出ずに、文筆家らしく机に向かって調査をつづける約束でしたよね」

「わかっています」ヴァンミーアは、素直だった。「愚かな振る舞いをしたとわかっていますが、事件がわたしをのぼせあがらせてしまったようです。やはり、あなたにお話ししたわたしの見解は、非常に曖昧でした。ここにあるわたしの小さな事務所のことにしか触れず、それが役に立つかもしれないとしか申し上げませんでした。その後、当然ながら、あなたがわたしを尾行させるのはわかっていました。結局のところ、ずっと認めていたとおり、わたしにもあのパーティーを手配し、そのうえでトローネを殺すことができたのですから、あなたが、わたしとわたしのささやかな調査を監視するだろうと思っていました。ドゥフォンテーヌとチェリトンには、会わせてもらえましたか？」

「もらえました」マクドナルドは答えた。「ドゥフォンテーヌは、ほかの誰も知らないことを一つ知っていました――リートが、デュボネの店で見かけた門番の特徴について話していた。七時半に非番になったジャンという小柄な男性です。チェリトンさんは、マルコ・ポーロ・クラブのディナー当日、アンリの店に昼食をしに行き、リートが、自分の直前に店に入っていくのを見た。耳を見て彼だとわかったんです。ですから、わたしの仮説が正しかった、つまり旅行家は観察眼が鋭い人たちだということがおわかりでしょう」

「そして、あなたは、ここに来る前に必要な証拠をすべて入手し、あのとんでもない拳銃を手にしたわたしを見たのですね？」

「証拠は多いに越したことはありません」マクドナルドは言った。「先ほど、あれほど緊迫した状況を生んだウェルビー・メイソンへの手紙をいつ手に入れたのですか？　わたしは初耳でしたが」

「あなたがお帰りになられた直後です。もちろん、すぐあなたにお電話したのですが、お留守でした」ヴァンミーアは、非常に神妙だった。

「そしてその後、何件か一人で電話をしてみようと思ったのですか？」マクドナルドは尋ねた。「あなたが、そんな型破りなことをなさるとは」

「あら、あなただって、型破りになることがおありでしょう?」ヴァンミーアは、くすっと笑った。

「わかっています。刑事というものは、いろいろな規則に縛られ身動きが取れないものですが、わたしは、規則になど縛られません」マクドナルドは笑った。「百も承知ですよ!」彼は、大声で言った。

「ところで、白状してください。これまでに誰かを拳銃で撃ったことがおありなのですか?」

「ありませんとも」ヴァンミーアは答えた。「その拳銃は、甥のジェフリーの物です。銃器など持ったこともありません。長期戦では、銃器はトラブルの元ですからね」

「今回は長期戦にならず、あなたは実に運が良かった!」マクドナルドのこの言葉に、ヴァンミーアはぼそっと答えただけだった。

「でも、弾が入っていないとわかっていましたもの」

第十七章

一

「リートが？　リ、リ、リート、まさか彼にかぎってそんな」ヴァルドン・コムロワは言った。「いったいなぜ彼が、そんなことをしなければならなかったんです？　動機は何だったんです？　リートは、古風な堅物のなかでも特に物静かだったのに。悠々と座って本を読むだけで、まったく肉体を酷使しない」

かつてアンリ・デュボネのダイニングルーム、アン・バに集った面々が、警部の事件説明を聞くために再び集められた。説明の幕開けは非常に静かだったが、幕引きは何ともメロドラマ的だった。コムロワにグラフトン、ドゥフォンテーヌ（まだ、どことなくやつれて見えた）、レイチェル・ヴァンミーアにアルシア・チェリトン、アン・マードン、さらに（かんかんになってスコットランドヤードに立ち向かおうと舞い戻ってきた）エドモンド・フィッツペインまでもが、アンリのテーブルを囲んでいた。アンリ・デュボネと（アンリのたっての要請で）新聞記者のヴァレンタイン・グラル、そしてドアマンの仕事を交代で務めているジャンとルイも同席した。

「動機は何だったのか?」マクドナルドは、おうむ返しに言った。「それが、わたし自身の難問でした。さまざまな推論がありました。恐喝も可能性のある推論ではありましたが、証拠が一切見つかりませんでした。ウランの可能性もありました——独創的な推論でしたが、説得力があまりありませんでした。コムロワさんは、ティエンシャン山脈の放射性物質について、どこにでも出没するロシアの冶金学者ほどは知らないと思います。『何か価値のある物』というのが、もう一つのあやふやな推論であり、トローネを殺害した男が入手したかもしれない貴重な物が何なのかを考えるのが、わたしの仕事でした。トローネが所有していた貴重な物の性質を強調しつづけたのは、コムロワさんとヴァンミーアさんでした。それは、文筆家としての彼の独創性でした。奇抜かつ衝撃的で、もっともらしい小説を三文小説のこの上なく下品な言葉でどんどん書く彼の才能——それでも価値がある、そう、非常に価値があるのです。それを書き直す文才に恵まれてはいたが、本人の言葉を使うならば『アイディアを使い果たしてしまった』という気持ちを抱いている男にとっては」

「ああ、がっかりだ」グラフトンが言った。「そんなこと、これっぽっちも浮かばなかった」

「わたしもだ」コムロワが言うと、マクドナルドは、待っていましたとばかりに話を再開した。

「でっち上げのディナーパーティーは、殺人の背景として手配されたのだと、わたしは最初から信じていました」マクドナルドはつづけた。「情報を収集するための専門知識と忍耐力が必要でした。アイディアも必要でした——ですから、加害者は、アイディアが枯渇してなどおらず、おそらく結末へと導く筋立てを作るだけの想像力が欠如していたのでしょう。想像力があれば、今回の企てを練る時点で、自分が想像しているよりもはるかに大きな危険を冒すことになると認識できたかもしれません。しかしながら、ここ、アン・バ、つまり捜査手順の最初の段階に立って、わたしは接触した人々を見渡した。アンリか？　違う、とわたしは思った。彼は一芸に長けてはいるが、多芸ではない。アンリには、あのように著名な客たちを集めるのに必要とされる文学的知識がない。こちらにいらっしゃるグラルさんは、アンリをよくご存じで、アンリが、本にも作家にも興味を持ったことがないのを知っておられる。アンリは、料理とサービスに専念している。それが長くつづきますように。次に招待客について。書評においてトローネをこき下ろしたフィッツペインさんか？　みなさん全員が、その可能性を論じたが、最終的に、フィッツペインさんには、今回のような用意周到な計画殺人はできないということで意見が一致した」

「一言よろしいかな、警部さん」フィッツペインが、大声を轟かせた。「仲間であるみなさんの憶測には何の恨みもない。ロンドンにいて、この問題を話し合っていたなら、わたしも、同じように正当な根拠もない推論をしていなかったとは言えん。コムロワくんには、すでに認めたのだが、わたしが最初に疑ったのは彼だった。だが、彼はそれを大目に見てくれ――」

コムロワは笑った。「謝らないでください」彼は言った。「わたしは、あなた、フィッツペインさんをまず思い浮かべ、次にグラフトンかと思った。情けない！　わたしたちは、何と愚かな真似をしていたことか……」

「つづけさせていただけますか」マクドナルドは、愛想良く言った。「とにかく、ひどく長い話でしてね。フィッツペインさんのあと、コムロワさん、ドゥフォンテーヌさん、グラフトンさんの順で。トローネの『貴重な物』をどのようにわたしが解釈したかについては、すでにお話ししました。コムロワさんの記録から、彼が科学の教育を受け、空軍に所属した経験があり、興味深い旅を繰り返し、安定した執筆活動を行なってきたとわかりました。住まいについては――まあ、充分快適な仮住まいではありますが、後ろ髪を引かれることなく出ていける程度の場所です。ドゥフォンテーヌさんはプラントハンターで、自分が決めた生き方に満足している男であり、所有物を蓄積しないという意味では放浪者的です。グラフトンさんは船乗りで、彼の著書は、ほかから筋立てなど入手しなくとも充分優れている。明らかに、こうした考えはどれも証拠ではありませんが、見回してみても専念するに足る、これだという容疑者はいないと感じました。ところが、リートまで来ると、リートはほかの方々とは異なる範疇に属しました。かつてはそれなりに地位のある登山家でしたが、肉体を酷使する活動を断念し、主として他人の著作を批評する仕事と、小規模な著作権代理業をするようになりました。かなり快適な暮らしをしており、その暮らしぶりですと最近では費用がかかりました。リートは、金で得られる安楽な暮らしを好む、そうわたしは確信しました。わたしがリートに専念しようと思うに至った最初のきっかけは、彼が、トローネの噂を聞いたことがないと言っていたという興味深い事実でした。そこで、さまざまな書評家から多くの奇妙な証言を集めました。彼らには、一つの共通点がありました。つまり、出版市場に詳しいことです。彼らは全員、トローネについて聞いたことがありましたし、彼についてのフィッツペインさんのあのこき下ろしがあってからはなおさらのこと。警察官の分際で文筆業の領域を侵害するなとお怒りにならないでいただきたいが、フィッツペインさんは、非常に傑出した書評家でおられる。リートが、『タイムズ文芸付録』を読まなかったとはとても信じ難かった。そして、もし読んでいたならば、フィッツペインさんの批評も目にしたに違いなかった。ところがまたしても、それは証拠ではない――」

「失礼だが」フィッツペインが、文化人ならではの口調で言った。「それは、証拠だ﹅っ﹅たと言える。しかも、きわめて知的な解釈に基づいている」

コムロワが、片手で笑いを隠したのを見て、マクドナルドは、慌ててつづけた。

「まあ、ざっとこんなところです。みなさん全員を検討しなかったとは、思わないでください。検討しましたが、リートに力を注ぎました。彼が何を書いたのか、何を得る可能性があるのかを、ほかの文筆家たちが推測できる範囲で。彼の最後の著書が出版されたのはいつですか？」

「十年以上も前だ」グラフトンが言った。

「いいでしょう。では、トローネの『貴重な物』を略奪して、リートは利益を得ることができたのでしょうか？　そこで、わたしは、彼の本を読みました。ベッドに入ったら寝るのが好きですから、不本意ではありましたがね。リートは、非常に有能な文筆家でした。語るべき物さえあれば、見事な文体、流れるような平明で魅力的な語り口があると思えました」

「素晴らしい考えだわ！」アルシア・チェリトンが、いきなり言った。「トローネの酷いスリラー小説が書き直されたのを想像してみて。とんでもない間違いが全部削除されて、陳腐な決まり文句が迫力ある名文になるのよ。リートなら、トローネの趣味の悪い小説から素敵な作品を作れたでしょうに」

「わたしは、大手の代理業者数社に、今日、ベストセラーが何をもたらすかと尋ねてみました」マクドナルドはつづけた。「さらに、アメリカの著作権、翻訳権、連載物、映画化権などもすべて加えました。おっと、みなさんのほうが、わたしよりもずっとご存じでしたね」彼は、言い足した。

どっと笑いが沸き起こった。「そうです、知っていますとも。ベストセラーになれば、くそっ、長いこと快適に暮らせる」コムロワが、うめくように言った。「肝心なのは、めったにそれが出ないということでね」

「そして、大当たりするのは何かを判断するとなったら、みなさんのなかで誰が最も情報に通じていたでしょう?」マクドナルドは尋ねた。「代理業という職業柄、リートは文芸市場について勉強してこなかったでしょうか? 絶対に売れるのが何かを知っていなかったでしょうか? わたしには、こう思えたのです。リートが、トローネの作品を数作読んだ可能性は高く、『トローネに作品を書き直させることさえできれば大金が手に入る』と思っただろうと。リートは、この考えを胸に、素晴らしい契約という餌をぶら下げてトローネに近づけたはずですが、すぐに、トローネに作品の書き直しをさせようとしても無駄だとわかったのでしょう」

「きわめて魅力的な考え方ですな、警部さん」フィッツペインが言った。「運動もせずに座ってばかりいるようになったリート、書く才能はありながら、題材のなかったリートが、これならベストセラーに育て上げられると思える創意に富んだ作品が無尽蔵に手に入ると思い描いた。最高の思いつきじゃないか!」

「まあ、そう考えはしたのですが、証拠がなければ役に立ちませんでした」マクドナルドは言った。「ゆくゆく出現することになる刺激的な材料を省いて、リートを納得させた実際の証拠をお話ししましょう。リートは、余計な手出しをせず放っておくに越したことはないと察する頭がありました。ところが、みなさんが、リートを放ってはおかなかった。彼は、事件について話すのを拒絶する勇気はまったくありませんでした。それでは、目立ちすぎていたでしょうからね。しかし、彼は、話すことの危険も認識していた。そして、ドゥフォンテーヌさんへの話において致命的な過ちを犯した。ドゥフォンテーヌさんは、トローネが一度も店を出なかったのではないかと言いだした。それが真実そのものだったのですから、この考えは、リートにはまったく面白くなかった。そこでリートは、アンリの店のドアマンで、大きすぎるコートを着た小柄な老人が、トローネがル・ジャルダンを出ていくのを見たに違いないと言い張った。その老人とは、もちろんジャンのことで、七時半に仕事を終えました。しかし、リートは、みなさんのパーティーに最後に加わった一人でした。七時四十分まで到着しなかったのですから、ジャンを見たはずがありません」

「ぼくがバカだった」ドゥフォンテーヌが、悲しそうに言った。「あの時点では、リートの言葉の真意に気づかなかった。レストランの裏をうろついているあいだに気づいたんだと思う。病院で目を覚ます前のことで思い出せるのはそれが最後だ。何が起きたのかわからなかった。まして誰に殴られたかなんて。だが、目が覚めかかって最初に思い出したのは、リートが、ジャンについて少し口にした言葉だった」

「それが、殺人犯が犯罪について自然にしゃべろうとするときに冒す危険でしてね」マクドナルドは言った。「もう一つ、リートの正体を暴露することになる重要な点は、チェリトンさんと連絡が取れるまでは浮上しませんでした。ディナーの前に話していたとき、彼女が、リートと顔見知りだと言っていたと知らされました。その直後に、彼女が『今日、ランチを食べにここへ来ました。どんなところなのか見ておきたかったので』と言っていたという報告を受けました。そして、ふと、この二つの発言に繋がりがあるのではあるまいかと思いました。チェリトンさんが、事件当日、ル・ジャルダンでリートを見かけた可能性はないか？」

「どうして気づいたのか、想像もつかないわ」アルシア・チェリトンが言った。「おっしゃるとおりだったんです。リートとは顔見知りでした。愛書家クラブの集まりで、わたしの著書の書評を書いた人だと教えられていたので、わたしのすぐ前を、彼が昼食を食べにこのレストランに入っていくのを見かけて舞い上がってしまって。彼は、マルコ・ポーロのディナーのことを知っているのかしら、と思ったわ。彼がパーティーに到着したとき、『あなたも、わたしと同じ反応をしましたね。どんなところなのか下見しておきたかったのでしょう』と言いそうになったのだけど、彼が嫌がるかもしれないと思ったの」

「絶対に嫌がったでしょうね」マクドナルドは、素っ気なく言った。「最も重要な証拠は、ヴァンミーアさんが集めてくださった」彼はつづけた。「法に代わって彼女がしてくださった忍耐強い調査はどれも、どれほど高く評価してもしすぎではありません。ヴァンミーアさんも、わたしと同じように、トローネの部屋で我々が発見した原稿が、有名な古いロイヤル・スタンダードでタイプされていた一方、部屋から盗み出されたタイプライターが、レミントン・ポータブルだったという事実は何か怪しいと思われました。彼女もわたしも、殺人犯が、ロイヤル社製の古いタイプライターと新しいレミントン・ポータブルを交換するよう説得したのだと思いました――トローネにとっては、非常に嬉しい交換でした。この交換により、殺人犯は、招待状ならびにセント・ジャーミンズ、デュボネ双方宛の手紙を、我々がトローネの部屋で発見した原稿をタイプするのにトローネが使用したのと同じタイプライターで打つことが可能になり、そうすることで、ディナーを手配したのはトローネであるという一応の証拠を作ることができました。ヴァンミーアさんは、本日お集まりのみなさん、そして当然ながらリート自身から過去に送り込まれた原稿の活字見本を出版社ならびに代理業者から入手するためにご尽力くださいました。ヴァンミーアさんがなさったような執拗かつ詳しい照会を、リートはまったく想定していなかったと思います。彼女は、欲しいと思っていた物をついに入手しました――リートがかつてレミントン・ポータブルでタイプした手紙で、その活字が、トローネの部屋から略奪されたレミントン・ポータブルの活字と同一であると専門家が確認しました。そのタイプライターは、かつてリートが所有していました。それは、我々が必要としていた決定的な物的証拠であり、それを入手したのはヴァンミーアさんでした」

「ミス・ヴァンミーアに脱帽！」コムロワの音頭で拍手喝采が沸き起こり、それが治まるとアルシア・チェリトンが言った。

「招待状を破棄しなさいというコムロワさんの命令についてだけれど。あなたは」（コムロワのほうを向き）「その考えを吹き込んだのはリート自身だと気づいていらしたの？　だって、彼は招待状を額に入れてもらうつもりだと言ったでしょう」

「ちぇっ！　そう言ったよな！」コムロワが叫んだ。「考えてもみなかった！　わたしにかぎって言えば、あれは、少々メロドラマめいた演出だったんだ」

「警部さんは、リートがあの招待状を破棄させたがっていたと思われますか？」とアン・マードンが尋ねると、マクドナルドはうなずいた。

「はい。そう思います。ご存じのように、リートは、セント・ジャーミンズならびにレストラン宛の手紙用にトローネの指紋の付着した用紙を二枚何とか入手しましたが、招待状用のトローネの指紋は入手できませんでした。招待状をタイプする際、彼は手袋を装着していたでしょうが、トローネの指紋が付着していなければ疑いを招くと考えたに違いありません。ですから、コムロワさんが招待状の破棄を求めのたことは、彼にとって願ってもないことでした。リートは、用意周到でした。のちにコムロワさんを巻き込もうとしたことが、それを物語っています。リートは、ジョン・ロデネイの事務所から返却原稿の包みを受け取りました。おそらく事前に売り込みのために送っておいたのでしょうね。リートは、コムロワさんの名前を加えたロデネイの手紙を、ロイヤル・スタンダードでタイプしたコムロワさんの二つの記事の原稿とともに投函しました。それは、巧妙に捏造された証拠でした」

「下劣なやつめ！」グラフトンが、唸るように言うと、コムロワは、顔を少し紅潮させた。

「きみの仕業だと思ったよ」コムロワがぼそっと言うと、グラフトンが言った。

「あんたを責めはしませんよ、いろいろな事情が重なったんですからね」

「たとえそうだったにせよ、その証拠が、かなり漠然としたものだったことは覆せないのではありませんか？」レイチェル・ヴァンミーアが、果敢に挑んだ。「わたしが余計なことをしたので、警部さんがとてもお怒りだったのはわかっています。ですが、わたしたちの方針が間違っていないと証明するための実質的かつ具体的な証拠がどうしてもほしかったんです」

マクドナルドは笑いだし、なかなか笑いが止まらなかったが、やがて言った。

「どの事件においても、滑稽な人がどこかで現れるものです。あのときのヴァンミーアさんのことは、生涯忘れないでしょうね。寒さに備えて目元までマフラーを巻き、弾は入っていないとわたしは確信していましたが、拳銃を構え、行商人の帽子をかぶった著作権代理人の頭に狙いを定めていたあの姿ときたら、非常に滑稽でしたよ。ですが、結果は実質的だったと認めます。非常に実質的でした」

二

「わたしの得た曖昧な証拠をおわかりいただいたうえで」マクドナルドはつづけた。「実際に何が起きたのかについて、単純明快にご説明しましょう。トローネの三文小説を書き直して売ることができれば、大枚を稼げると嗅ぎつけたリートは、トローネを消し、利益を独り占めしようと決心しました。犯罪の手口を見れば、リートの能力と弱点がたちどころにわかります。リートには名ばかりの想像力はありましたが、自分の筋書きを見通す論理能力がありませんでした。ですから、小説の前半が終わったところで失敗してしまったのです。そこが小説の一番難しいところだそうですが、その肝心なところでリートは頓挫してしまいました。自分の立てた巧妙な策略が、複雑すぎて成功しないと悟るだけの、先見の明がなかったのです。リートは、トローネと知り合いになり、マンチェスター・スクエアのあのとても快適なフラットに招待しました。あそこなら、何をしようと誰にも気づかれません。リートは、イギリスのゴルネンと、ニューヨーク・サタデー・イヴニング・ポスト誌から同時に申し込みがあったとの架空の契約でトローネを夢中にさせた。ここに契約書があります。リートが、自分でタイプしました——見事なでっち上げです。トローネは、当然ながら時間外労働をし、リートに次から次へと原稿を送り、これぞまさにアイディアの宝箱でした」

またしてもアルシア・チェリトンが、からからと笑った。「ごめんなさい」彼女は、申し訳なさそうに言った。「だって、あんまり見事な策略なんですもの。ほんと素晴らしいわ」

「こうしてリートは、欲しい物を手に入れた。そして、契約のことは秘密にしておけとトローネに釘を刺したにもかかわらず、愚かなやつで、トローネは友人の船長にペラペラしゃべった。これについては、裏が取れています。懸念されていた諸々の可能性に反して、船長が回復したからです。並外れて分厚い頭蓋骨だったようです。トローネと船長が、ティエンシャン山脈でのウラン探索の旅を計画していたと知ったら、コムロワさんは、さぞ楽しいのではありませんか。彼らは、コムロワさんの本を精読し、しかもですよ、それをリートと話し合ったのです」

「哀れなバカどもめ！」コムロワが腐した。「できるわけが――」

「静かに！　話の腰を折らないでくださいよ」ドゥフォンテーヌが遮った。

「リート氏は、はたと気づけば、一人ではなく二人の餌食に対処しなければならないという不幸な立場に立たされていました」マクドナルドはつづけた。「慌てふためき、警戒心を失っていたに違いありません。軽率にも、トローネとブルー・ドッグのバーで会いました。リートは、姿こそ見られませんでしたが、会話をトローネと同じ建物の間借り人であるコインに聞かれてしまいました。リートは、トローネをル・ジャルダンで、そのあと夜のうちに船長を、両者とも撲殺という単純な方法で殺害する計画でした――熟練者であればこん棒も凶器になります。リートは、自分の計画にうってつけのル・ジャルダン・デ・ゾリーヴを選んでいました。そして、ディナー当日の午前中に店に行き、誰にも気づかれずに忍び込み――」

「わたしに後ろ姿を見られた以外はね」アルシア・チェリトンが言うと、アンリがはじめて口を開いた。

「顔を見たように思いますが、大きな眼鏡をかけ、薄っすらと黒い口髭を生やしていたものですから、別人のようでした。今思えば、男性が一人で、店が混雑していたときに確かに来ましたが、もう一度見回すと、いなくなっていました。いったい何が？　店は満席でした。人が、ひっきりなしに出入りしておりました」アンリは、悲しげに口をつぐんだ。

「そう、ムッシュー、彼は店に入りました――しかし、出ていかなかったのですよ」マクドナルドは言った。「アン・バに留まりました。それについては、確信しています。それが、計画の肝心な部分でしてね。彼は、洒落た小ぶりのスーツケースに必要な小道具であるマントに柔らかいフェルト帽、顎鬚を入れて持ってきていました。自分の夜会服は、寒い気候になくてはならない長いコートを着て、マフラーを巻いていたので、隠れて見えませんでした。リートはアン・バに潜み、やがて七時二十分ちょうどにトローネが到着した。その後、巧みに撲殺したトローネの死体を配膳台の下に転がし、マント、つば広の帽子、顎鬚といった小道具に身を包んだリートは、背を丸め、気取って階段を上り、ものの見事に店の外へ出た。彼は、トローネの部屋に戻り、階段でコインに見られはしたものの、顎鬚にマント、ストックタイに黒いリボンを外し、たくし込んであった上等な黒い布でできた自分の夜会服の裾を下ろし、自分の帽子を目深にかぶってそっと部屋を出たが、部屋のドアは開けたままにしておいた。そうしておけば、押し込み強盗に入られるような建物だと、リートには充分わかっていた。それから、ル・ジャルダンのパーティーに参加しようと店に向かい、コムロワさんの直後に到着した。ここが」マクドナルドは、考えながら言い足した。「コムロワさんとグラフトンさんが提供くださった証拠が不確かな部分でしてね。クロークを最後に出たのが誰なのか、どなたも覚えていらっしゃらなかった。いずれにしても、一分となかったに違いありません。当然ながらリートは、コムロワさんが最後だったと証言しましたし、コムロワさんは逆でした。しかし、その点に関しては、証拠が得られていません。このあとリートがしなければならなかったのは、隠しておいたトローネの帽子を引っ摑み、次に到着した人物に見えるように床の中央に放り投げることだけでした。最後に到着したフィッツペインさんは、その帽子を床から拾い上げ、なかに記されていた名前を見た。その後の出来事は、みなさんがご存じです。あの夜のリートの最後の仕上げは、約束どおり船長と会い、オールドゲイト・イーストまで移動し、駅付近の暗がりで撲殺することでした。ところが、船長の頭蓋骨を粉砕するだけの腕力がなかった」

「なんて話だ！」グラフトンが言った。「どうしてもわからん。リートは、なぜそんな手の込んだ方法を選んだんだろうな。ドゥフォンテーヌをやったのと同じように、通りでトローネをぶん殴っていりゃ、きっと逃げられたものを」

「二つの答えが考えられます」マクドナルドは答えた。「注目に値するのは、リートが通りで撲殺の腕前を試したものの、いずれの場合も犠牲者を即死させることができなかったということです。リートは、ドゥフォンテーヌさんに話した際に自らが犯した失敗におそらく気づき、彼の口を塞ぐ手っ取り早い手段に出たのです。ドゥフォンテーヌさんがその夜、ドアマンに会うためアンリの店に行くとわかっていましたからね。リートは、証拠隠しに長けていました。歩き去るときにドゥフォンテーヌと間違えられるよう、『シェナンドア』を口笛で吹き、ドゥフォンテーヌさんの目立つ手袋を振ってわたしの部下たちを騙しました。ところが、力が足りなかった。船長とドゥフォンテーヌさんの殺害にリートが失敗したことは、相手が誰であれ、通りでの襲撃が運に左右されるという事実に疑いなく起因します。いつなんどき角からひょっこり目撃者が現われるかわかりませんので、時間を選べませんし、ぐずぐずしてはいられませんからね。アン・バが提供する隔離された状況のなかでトローネを撲殺するという計画は、殺しを成就できる機会をリートに与えた。リートは、トローネの原稿を入手するために彼の殺害を計画した。最初の仕事は、タイプライターの交換だった。トローネが使っていたタイプライターを手に入れ、その代わりに、自分が何年も使っていなかったレミントン・ポータブルをトローネにやる。リートは、別の名前で事前に借りてあったガレージに古いロイヤル・スタンダードを保管した。そこは、非常に有効な事務所となった。彼は、最終的にそのロイヤル・スタンダードをヴァンミーアさんの事務所で取り出そうとした。コムロワの事務所だと思い込むように仕向けられていたのです。これは犯罪捜査課の与り知らない出来事でした。一連の出来事のこの段階までに、リートは気が動転し、でっち上げの証拠を何が何でも仕込もうと躍起になっていたのです」

コムロワが頰杖を突きながら、グラフトンを見てにやりと笑った。

「動転していたのは、リートだけではないですよ」コムロワは言った。「殺人の罪を問われることが、人の判断能力をあれほどまでに鈍らせようとは思ってもみなかった。頭がおかしくなるほどの経験でした」

「わたしも、同じような経験をしたことがあります」マクドナルドは、穏やかに言った。

「事件の再現をまとめるとどうなるか要約させてくれ」フィッツペインが言った。「リートはトローネと接触し、架空の契約を申し出て彼の原稿を手に入れた。そして、タイプライターを交換し、ディナーを手配し、昼食の時間帯にアンリの店に忍び込んでアン・バに潜んだ。そして、隠れているあいだに、証拠を混乱させるためにもう一つの出口を開けた」

「そのとおりです。ただし、そこにもう一点だけ付け加えると」マクドナルドは言った。「アンリの店の地下室は、ロンドン大空襲のあいだ空襲警備員の詰所として使用されていました。リートは国立消防隊に所属していたので、地下室と建物の奥について熟知していたのです」

「トローネを殺したあと、リートは、トローネになりすましてレストランを抜け出し、トローネの鍵を使ってトローネの部屋に戻り、部屋のドアを開けっ放しにした。それから、自分の服をもう一度着てディナーに来た。ディナーのあと船長に会って、計画どおりそいつの口を封じ、自分の部屋に戻った。リートの部屋は、あいつの計画にもってこいだと言えるだろうな。なんせ、いるのかいないのか誰にも気づかれないし、部屋にいたとあいつが言っていた時間帯に出かけていたのを証明するのは難しいんだから」

「そのとおりです」マクドナルドも同感だった。「リートは、ディナー当日は一日中部屋にいたとわたしに言いました。同じように、ドゥフォンテーヌさんが殴られた際も、部屋にいたと言いました。それは、論破するのが難しい陳述でした。建物の住民からの証言は得られませんでしたからね。もちろんリートは、古いロイヤル・スタンダードを取っておくという愚かな危険を冒しました。警察の型どおりの捜査によっていずれ自分のタイプライターも突き止められると悟るべきでした。ところが、リートは、会食なさったみなさんに嫌疑がかかるようにすることにのみ常に躍起になっていました。当然ながら、我々が収集した証拠には、ほかにも数々の要素があります。我々は、トローネを装うためにリートがマントを作らせた店を突き止めましたが、今度もまた、証拠隠蔽が実に巧妙で、文書でマントを注文した男がリートであるとは特定できませんでした。ところが、リートが、レストランに電話で最初に予約を入れた際に、ここにいるアンリが、リートの声を聞いていました。アンリは、忘れ物を見つけた振りをしてリートに電話をかけましたが、アンリはとても頭が切れた。最初は英語で話し、次にフランス語で話したのです。その結果、リートがフランス語を実に流暢に話すこと、そして受話器から聞こえてくる彼の声の高さが、ディナーの問い合わせを最初にしてきた男の声の高さに似ていることを突き止めました。もう一つ重要な点が、ブルー・ドッグでのトローネの会話に関するコインの証言において浮上しました。トローネが『借りは返してもらう……きっちりと』と言った際、彼は、自分の原稿を高く評価してくれなかった代理業者ステッビングのことを暗に示していました。コインもやがて、トローネが口にしたのは『スタッビング』（「ぐさりと刺すこと」の意）とかいう名前だったと思うと陳述しました。これらはすべて、とても小さな要素ではありましたが、最後の証拠が手に入らなければ、結局それらを繋ぎ合わせることになっていたでしょう」

マクドナルドは、一呼吸置いてから締めくくった。「どの事件においても、我々は、同じ基本的な質問をします。手段と動機が一番大切で、次が不可欠な局面に容疑者が居合わせた可能性です。その次に来るのが、決定的証拠と容疑者との繋がりです。手段は単純でした。動機は、当て推量でした――いつものことですが。不可欠な局面にリートが居合わせた可能性は明白であり、その証拠は（レストランの場合には）チェリトンさんから浮上しました。決定的証拠との繋がり――タイプライターの所有――は、一つに、ヴァンミーアさんの詳しい問い合わせ、もう一つには、コムロワさんの事務所だと信じるよう仕向けられたリートが、その事務所に警察をおびき寄せようとしたことによって証明されました。一連の会話においてリートが犯した本当の過ちの一つは、ドゥフォンテーヌさんにドアマンについて明かした内容でした。そして、最大の過ちは、トローネについて聞いたこともないと言う陳述でした」

マクドナルドは、笑顔で全員を見回した。「ですから、おわかりでしょう。みなさんの言葉を借りるならば『事件がみなさんをのぼせあがらせた』ときに、みなさんは、証拠の総体に繋がる何かをそれぞれ提供なさったのです。賢明であろうとなかろうと、手続きに従ったものであろうとなかろうと、みなさんの努力に感謝の意を表したい」

この瞬間、ルイがグラスを載せたお盆を手に登場し、テーブルに置いた。乾杯の音頭を取ったのはマクドナルドだった。

「アン・バに」と一言。「長きにわたる繁栄あれ！」

「乾杯！」グラフトンはじめ一同が、それに応えた。

訳者あとがき

本書は、イギリスの女流作家E・C・R・ロラック(別名キャロル・カーナック)の"*Death before Dinner*"(Collins Crime Club, 1948)の全訳です。著者ロラックや背景などについて詳しくは、本書の解説をご参照ください。

さて、作品の舞台はロンドンのソーホーです。マルコ・ポーロという文筆家クラブのディナーパーティーが、ソーホーにあるレストラン、ル・ジャルダン・デ・ゾリーヴの地下食堂〈アン・バ〉で開かれ、新規会員となるべく八人の文筆家が招待されます。ところが、クラブの重鎮はおろか正式会員すら現れません。八人は、クロークに帽子があるのに姿を見せないペテン師トローネに担がれたのだと推測しますが、用意されたご馳走を堪能してパーティーはお開きとなります。しかし、その一時間後、レストランの店主が、衝立で目隠しされた配膳台の下にトローネの死体を発見します。さっそくロンドン警視庁犯罪捜査課《スコットランドヤード》のマクドナルド警部が捜査に乗り出します。

舞台がロンドンということから、この作品にはロンドンにある実際の通りの名前がたくさん出てきます。ある程度、訳注もつけさせていただきました。その場所がどこにあるのかわからなくても、もちろん楽しくお読みいただけますが、ロンドンの地図を片手にお読みいただくと、ロンドンの街中を歩き回っているような気分になり、いっそう楽しんでいただけるのではないでしょうか。

ところで、作品を一読した途端、大変驚きました。この作品が刊行されたのは、第二次世界大戦が終わってまだ三年しか経っていない一九四八年、イギリスの原爆開発への関与やドイツ人科学者のイギリス抑留についての詳しい情報が開示される前だったはずです。それなのに、ロラックが、原爆についてかなり詳しかったからです。読む前から読者のみなさんが先入観を抱かれるといけませんから、詳しくは申し上げませんが、たまたまジム・バゴット『原子爆弾』（作品社）を訳出して間もない私には、忘れられない地名や名詞がいくつか出てきましたので、ロラックという作家にとても興味を覚えました。また、終戦間もないこともあり、ことによるとイギリスでは、アジアに対するあまりよろしくない感情もあったのか、それともアジアに対する情報がまだ少なかったのかもしれません。アジア人を蔑視するような表現も多少出てきますが、そのまま訳出しましたのでご了承ください。

フランス生まれのレストラン店主など、登場人物の多くがフランスと関わりがあるため、フランス語が頻出します。フランス語だけの長い台詞もありました。英語の原文のなかに長文のフランス語が混ざっていても、英語圏の読者でしたらあまり抵抗を感じないのかもしれません。ですが、フランス語であることを示すためであれ、日本語の文章にカタカナでルビをあまりに多く振りますと、私などは非常にうっとうしく感じます。とはいえ、フランス語を無視してしまったのでは、著者の気持ち、意図を無視するように思われました。そこで最終的には、フランス語の発音、意味を踏まえたうえで、ルビを振れるところは振り、長文についてはフランス語だとわかる訳出に努めました。また、ロンドンの下町で話される訛りであるコックニーも、日本語として違和感なく受け入れていただけるよう訳出したつもりです。フランス語の訳出については、翻訳家の佐藤絵里様、本書の解説を書いてくださいました横井司様にご協力いただきました。横井様には、訳文についても詳しいご指摘を頂戴しました。この場をお借りして、お二人に御礼申し上げます。

さあ、みなさんも、ル・ジャルダン・デ・ゾリーヴのご馳走——いいえ、そこが舞台となった殺人事件の解明をご堪能ください。

伝統的スタイルを固守するE・C・R・ロラックの矜持

横井　司（ミステリ評論家）

1

　文学や音楽、絵画などの分野において、その作品が優れているかどうかを判断するにあたって、数が基準となることがしばしばある。作品そのものの内容よりも、その作り手がどれくらいの作品を創造したかということが注目されるのだ。たいていの場合、数多くの作品を生み出した作家は、その量が多いということを理由に、粗製濫造の譏《そし》りをこうむることが、ほとんどである。ミステリの分野で例をあげるなら、J・S・フレッチャーやエドガー・ウォーレスなどはその典型といえよう。特にウォーレスの場合、一五〇編以上の長編と、四〇〇編近くの短編を書いた他、週に一作のペースで戯曲を執筆した量産作家として、その名を轟かせている。この両者について、たとえばハワード・ヘイクラフトは『娯楽としての殺人』（一九四二）の中で、フレッチャーは「このような多作のために、結果はその場かぎりの不揃いなものになったことは、いうまでもない。（略）しばしば注意ぶかく精巧に組みたてられた叙述をボール紙人形で埋めてしまい、良心的な探偵行為のかわりに、つまらないたんなるメロドラマをもちこみがちなのが難点である」と述べ、「エドガー・ウォーレスの無数のスリラーのうち、J・G・リーダーの小説をのぞけば、真の探偵事件というものはほとんどない。そしてこれですら、その標準にあっているいると認めるにはいくらかの寛大さが必要とされるものだ」と評している（引用は林峻一郎訳。以下同じ）。

優れた芸術作品は大量生産できないものだということが、私たちの心には拭いがたく刻まれている。そうした観念が抱かれるようになった理由はさまざまあるだろうが、一般的に大量生産時代におけるマス・ジャーナリズムの発達を背景として、大衆の娯楽として供された作品は低級なもの、芸術的価値のないものとして扱われるように見られることが多いためであることは、理由のひとつとして考えて、間違いないのではないだろうか。フレッチャーもウォーレスも、大衆的な人気に支えられていたという点では共通している。そういう大衆の嗜好に合わせているから、優れた作品になり損ねているというわけである。E・S・ガードナーやカーター・ブラウンなどもこうした系譜に位置づけられよう（もっとも、この両者をひとくくりにすることに対しては、批判的な読者もいるかもしれないが）。

こうした、スリラーやハードボイルド系列の作品に対して、本格ミステリというのは多作に向かないジャンルであるということが、ミステリ・マニアの間では無前提で受け容れられているのではないだろうか。どれくらいの数だと多作といえるのかは、意見の分かれるところだろうが、たとえばアガサ・クリスティーは生涯に六十六作近い長編を出している。早川書房から刊行されているクリスティー文庫は、短編集や戯曲などを加え、一〇〇冊近くに及ぶ。しかしその多産さをもってクリスティーを切って捨てる、評価しがたいというミステリ・マニアはいないだろう。その一方で、クリスティーと同じくらいの作品を書きながら、今日、まったく評価されていない本格ミステリの書き手も存在する。たとえばクリストファー・ブッシュは生涯に七十五冊の長編を上梓したし、E・C・R・ロラックは別名義で書かれたものも含めて長編は七十一冊に及ぶ。さらにすごいのはジョン・ロードで、別名義で書かれたものやディクスン・カーとの合作も含めて、長編が百四十冊もある。

これほど多産な作家となれば、代表作を選んで翻訳するのも困難なわけで、前掲のヘイクラフトの本のような、数少ない参考書に基づいて訳されてきた日本においては、その全貌がうかがえなかったのはいうまでもない。ブッシュであれば『完全殺人事件』（一九二九）や『一〇〇％アリバイ』（一九三四）によってアリバイ・トリックの作家とされ、ロードであれば『プレード街の殺人』（一九二八）によって、ミッシング・リンク・テーマの先駆的作家と見なされてきた。このうち、ロードについては、一九五〇年代後半に入ってから、東京創元社の叢書によって、さらに何冊か紹介されることで、違った側面も知られるようになったが、ほとんど問題にされず、退屈な作家として無視され続けてきたというのが実状かも知れない。国書刊行会の『世界探偵小説全集』の一冊として刊行された『見えない凶器』（一九三八）や〈論創海外ミステリ〉の一冊として刊行された『ハーレー街の死』（一九四六）も、その評価を覆すことができなかったようだ。ブッシュについては近年になって〈論創海外ミステリ〉から二冊ほど紹介されたものの、これまたはかばかしい評価は得られていない。『完全殺人事件』や『プレード街の殺人』によって形成された印象を覆すには、その作品総数からいっても、焼け石に水といったところなのかもしれない。

右の二人に比べれば、E・C・R・ロラックは、紹介に恵まれた方だといえる。

ロラックの本邦初紹介は、植草甚一が監修者として加わっていた『現代推理小説全集』の一冊として東京創元社から一九五七年に刊行された『ウィーンの殺人』（一九五六）である。続いて紹介された『ジョン・ブラウンの死体』（一九三八）は、国書刊行会の『世界探偵小説全集』の一冊として、一九九七年に上梓された。実に四十年ぶりの紹介だったわけだが、続く本邦紹介の第三作『死のチェックメイト』（一九四四）はその十年後、長崎出版の〈海外ミステリ Gem Collection〉の一冊として二〇〇七年に出ている。そして二〇一三年から、創元推理文庫から『悪魔と警視庁』（一九三八）、『鐘楼の蝙蝠』（一九三七）、『曲がり角の死体』（一九四〇）の三作が、ほぼ一年おきに邦訳された。今回、〈論創海外ミステリ〉の一冊として紹介される『殺しのディナーにご招待』（一九四八）は、それらに続く本邦紹介の第七作目にあたる。

2

英版 *"CRIME CLUB"*
Death Before Dinner
（1948,Collins）

〈論創海外ミステリ〉でロラックが刊行されるのは初めてなので、手許にある資料やインターネットで検索した結果を参照しつつ、ここで簡単にその経歴を紹介しておこう。（註）

E・C・R・ロラックは本名をイーディス・キャロライン・リーヴェットといい、一八九四年六月十三日、イングランド南東部ミドルセックス州ヘンドンに生まれた。ミドルセックス州は一九六五年にグレーターロンドンに編入されロンドン自治区のひとつとなったため、資料によってはロンドンのヘンドン生まれとなっているものもある。一九三四年に発表された長編 *The Murder in St. John's Wood* は、十代の頃に住んでいた地域を舞台としているという（セント・ジョンズ・ウッドは後に、ビートルズのアビー・ロード・スタジオがある場所として有名になる）。

サウス・ハンプシャー高校卒業後、画家を目指して名門の芸術学校であるCentral School of Arts and Craftsに進んだ。美術学校を舞台とする*A Pall for a Painter*（一九三六）や、画家が重要な役割をはたす『死のチェックメイト』などは、この学歴に由来していると思われる。卒業後の仕事などについては不明ながら、作家としてデビューした後も、絵を描くこととカリグラフィーに専念したと伝えられている。森英俊は『悪魔と警視庁』の解説で、学校関係の仕事についていたのではないかと推測しているが、あるいは美術の教師だったのかもしれない。

一九三二年にロラック名義の第一長編*The Murder on the Burrows*を上梓してミステリ作家としてデビュー。スコットランドヤードのマクドナルド警部（後に警視）は同書で初登場し、ロラック名義の長編四十八作のほとんどで主役を務めることになる。

E・C・R・ロラックという筆名は、本名Edith Caroline Rivettの各頭文字を取った上で、ミドルネームの一部であるCarolを転倒させて作ったものである。植草甚一は『ウィーンの殺人』の解説で「推理小説作家のペン・ネームとしては最も魅力があるものの一つ」と述べているが、ミドルネームからCarolを抜き出したのは、もしかしたらルイス・キャロルへのリスペクトかも知れない。ロラックの小説には、本書『殺しのディナーにご招待』もそうだが、しばしば『不思議の国のアリス』からの引用が見られるからだ。最もルイス・キャロルの綴りはLewis Carrollであり、微妙に違うから、あるいは穿《うが》ちすぎかも知れないけれども。

一九三六年にはキャロル・カーナック名義で*Triple Death*を発表。カーナック名義の長編は全部で二十三冊あり、初期はリヴェット警部が活躍していたが、後にはジュリアン・リヴァース首席警部が主役を務めた。また、一九三九年にはキャロル・リヴェット名義でジュヴナイル小説 *Outer Sircle* を発表。この名義では都合三冊の長編を上梓している。

一九三七年に、イギリスのミステリ作家による親睦団体ディテクション・クラブ（現在の英国推理作家協会とは別団体）のメンバーとなり、同クラブの書下しアンソロジー *Detection Medley*（一九三九）に短編を寄せている他、ずっと後になって、リレー中編「弔花はご辞退」（一九五三初出）にも参加している。

一九四〇年にロンドンからサウス・デヴォン州サールストンに疎開。その後（だと思われるが）、姉妹を頼ってランカシャー州のオートンに移り住み、そこが終《つい》の住処《すみか》となった。一九五八年七月二日歿。

3

森英俊は『ジョン・ブラウンの死体』の解説において、ロラックの作風として、以下に示す四つの特徴をあげている。

A．オーソドックスなまでの本格ミステリであること
B．文章が達者で読みやすく、独特のムードやリズムがある
C．情景描写、地方の小都市やヴィレッジの描写のすばらしさ
D．シリーズ探偵は没個性的

このうち項目Aについて、「冒頭あるいは早い段階で事件が発生し、謎が提示される。物語が進むにつれて謎がふくらんでゆき、しばしば第二の事件が起きる。終盤にはカー・チェイスなどのスリリングな場面もあり、シリーズ探偵が犯人の巧妙なトリック（女流作家には珍しく、アリバイ・トリックが大のお得意）を見破る。ドンデン返しや結末の意外性にもとむ」とまとめられている。

こうしたプロットの特徴は、おおむね本書『殺しのディナーにご招待』でも踏襲されている。ちなみに、アリバイ・トリックといっても、ロラックの場合、日本の作家が得意とするような時刻表トリックに類するものではなく、容疑者が犯行時刻に別の場所にいたといった体のものであることを付け加えておく。邦訳されたものの中では、『悪魔と警視庁』や『死のチェックメイト』がアリバイものに相当するが、一読されればお分かりの通り、うんざりさせられるようなタイムテーブルの検討は避けられている。それに対し、アリバイものでない本書には、容疑者の行動を示すタイムテーブルが表として掲げられており、むしろ珍しい。

シリーズ探偵が没個性的だというのは、*Twentieth-Century Crime and Mystery Writers* でもメアリ・アン・グロコウスキーによって指摘されているところだが、右に引いた解説で森がいう通り「ロラックはけっして登場人物の性格描写が不得手な作家ではなかった」し、グロコウスキーが指摘するように、探偵役とは対照的に、犯人側が犯行を重ねること自体によって、真相の解明を通して、その性格を露わにしていく点に特徴がある。そうした人物描写の冴えは、本書『殺しのディナーにご招待』においても充分に発揮されている。

こうした人物描写に関する力量は、マクドナルド警部の捜査方法を通しても確認することができる。

マクドナルドの基本的な捜査法は、客観的な証拠を重視し、それを収集して事件を再構成するというものだが、真犯人に気づくきっかけは人間心理に対する洞察に基づいていることが多い。そのへんは刑事コロンボ・シリーズに似ており、コロンボが些細な矛盾や違和感に気づき、犯人の見当をつけた上で証拠を収集したり、罠を仕掛けたりするあたりは、マクドナルドが法廷で通用する証拠が見つからず、時として罠を仕掛けることになる展開を彷彿させるものがある。具体的な証拠を求めるという面では、ルーティン・ワークに従うことが多く、それが探偵役や作品の没個性につながることもあるわけだが、スコットランド人らしい徹底さと粘り腰で事実の追及に当たる姿や、証拠が揃うまではすべての関係者を等しく容疑対象者として見る姿勢、そのためには偏見にとらわれまいと意識するスタンスなどは、偏見と見込み捜査によって誤認逮捕を導くことがなくもない現実の捜査官のありようと比べると、信頼するに足るものを感じさせる。フィクションとはいえ、そこにはロラックのものの考え方が如実に現われているように思われる。

また、こうした捜査方法の背景には、現実をひとつの枠組みに当てはめて決めつけず、人間は間違うこともあるということを忘れない、良質なイギリス保守思想が横たわっているように思えてならない。オックスフォード英和辞典によって、二〇一六年を象徴する単語として「ポスト・トゥルース」が選ばれ、フェイク・ニュースやファクト・チェックが話題となる現代において、良質な知性のありようを示すロラックの作品や、ロラックが棹さす伝統的な本格ミステリは、ますます重要性を増しているといっても過言ではないだろう。

今回訳された『殺しのディナーにご招待』では、女性版マクドナルド警部ともいうべきキャラクターが登場して、関係者の過去の足跡を徹底的に調査して、マクドナルドの捜査を助けている、こうしたキャラクターの登場も本作の魅力に与っている。作中でその女性キャラクターが次のように独白する場面がある。

誰でもカタツムリのように痕跡を残すもの。どうやったらわたしたちの過去を遡って調べることができ、どうやったら歴史を考証できるのかを思い知ると、本当にぎょっとさせられる。（第十六章）

過去は決してないものにすることはできない、という信念は、歴史を都合よく改変しようとする動きが著しい昨今において、ますます重要なメッセージたり得ているといえるのではないだろうか。

4

森英俊は前掲『ジョン・ブラウンの死体』の解説において、「ロラックの分身ともいうべき作家たちが重要な役割をはたす」「ビブリオ・ミステリに属する作品群」が繰り返し書かれているとも指摘している。邦訳されたものでいえば『ジョン・ブラウンの死体』が、まさにその通りの内容であるし、『悪魔と警視庁』、『鐘楼の蝙蝠』、『ウィーンの殺人』でも、小説家が多かれ少なかれ事件関係者の中に含まれている。今回翻訳された『殺しのディナーにご招待』は、探検や冒険旅行の成果を本にしてまとめる紀行作家たちの間で起きる事件を描いているという意味では、『ジョン・ブラウンの死体』と双璧をなすビブリオ・ミステリに仕上がっているといってよい。

そして本作には、『ジョン・ブラウンの死体』とも通底するあるモチーフが扱われている点も、見逃せないところだ。植草甚一の前掲『ウィーンの殺人』の解説では、戦後の作品のいくつかに対して、初期の作品のヴァリエーションであるとする評言が見られるのだが、その伝でいえばさしずめ本作などは『ジョン・ブラウンの死体』のヴァリエーションであるといっても良い。

ただし単にヴァリエーションにとどまらない新味も加味されていて、それが、「加害者は、アイデアが枯渇してなどおらず、おそらく結末へと導く筋立てを作るだけの想像力が欠如していたのでしょう」（第十七章）という、謎解き場面でのマクドナルドの発言である。

「犯罪の手口を見れば、（××の）能力と弱点がたちどころにわかります。（××には）名ばかりの想像力はありましたが、自分の筋書きを見通す論理能力がありませんでした。ですから、小説の前半が終わったところで失敗してしまったのです。そこが小説の一番難しいところだそうですが、その肝心なところで（××は）頓挫してしまいました。自分の立てた巧妙な策略が、複雑すぎて成功しないと悟るだけの、先見の明がなかったのです」（同。伏字は引用者による。以下同じ）

つまり本書では、犯罪の計画を立てることと犯罪小説のプロットを作品へと仕上げることとがパラレルに捉えられているのであり、それが作品にメタフィクション的な面白さと魅力を付加している。ロラックの作品においては、犯人の当初の計画が偶然の出来事によって狂ってしまい、犯人が狼狽して余計な隠蔽工作をすることで、新たに手がかりを残してしまうという展開がよくみられる。マクドナルドの言う「結末へと導く筋立てを作るだけの想像力の欠如」とは、そうした事態に対する想像力の欠如を指してもいるのであり、こうしたプロットが、真犯人の性格造形に寄与していることは、先にも述べた通りである。マクドナルドはまた「想像力があれば、今回の企てを練る時点で、自分が想像しているよりもはるかに大きな危険を冒すことになると認識できたかもしれません」ともいっているが、創作の現場に立った視点でいえば「大きな危険」とは作品の破綻にほかならない。ミステリ作家と犯罪者との重ね合わせる趣向は、実にイギリス・ミステリらしい、ひねくれたユーモア感覚のあらわれというべきであろう。

また、被害者となる文筆家が書いた作品に対してある登場人物は「生き生きとした想像力を駆使していますが、芸術的手腕、あるいは（芸術的）良心がまったく欠如しています」（第十三章。カッコ内は引用者の補足）と評し、マクドナルドは「奇抜かつ衝撃的で、もっともらしい小説を三文小説のこの上なく下品な言葉でどんどん書く彼の才能」（第十七章）とまとめている。こうした評言は、エドガー・ウォーレスの作品に対するハワード・ヘイクラフトの「ストーリー・テラーとしての偉大な天成の才能と、同時に自分の天賦と力を浪費してしまう感情的未成熟とをあわせもっていた」という評言（引用は前掲書）を彷彿させるものがあるのも興味深い。ウォーレスの名前は本作にも出てくるので、ロラックがモデルにしたのではないかと疑いたくなるくらいだ。そして被害者となった文筆家に対する批評と、その文筆家に対するある登場人物の思いは、そのままウォーレスの作品に対するロラックの想いと重なり合うように思えてならない。その意味では、作中に登場する小説家がロラックの分身であるという森英俊の言葉は、本作においてよりいっそう当てはまるように感じられるのである。

謎解きの場面である登場人物が、「××の酷いスリラー小説が書き直されたのを想像してみて。とんでもない間違いが全部削除されて、陳腐な決まり文句が迫力ある名文になるのよ」（第十七章）と発言する場面が描かれているが、ずいぶんと皮肉の利いた、あるいは意地の悪いユーモアのあらわれといえるだろう。こんなことを登場人物に言わせてしまうと、これを書いたロラック自身にはね返ってこないかと思ってしまうが、ディテクション・クラブに入会するにあたっての誓約に中に「貴殿は、キングズ・イングリッシュ（純正英語）に敬意を表するものであるか」（前田絢子訳）という質問が含まれていたことを思えば、問題とするに及ばないというべきであろう。ハワード・ヘイクラフトはアンソロジー『推理小説の美学』（一九四六）に、ディテクション・クラブの誓言を採録した際、その紹介文で、アントニイ・バークリーが同クラブをモデルにして『毒入りチョコレート事件』（一九二九）を著したと述べているが、その伝でいえば、ロラックの本作『殺しのディナーにご招待』なども、多分に同クラブの集まりをモデルとしているのかも知れない。

5

本作については、すでに植草甚一が前掲『ウィーンの殺人』の解説において「発端の面白いもの」として紹介していたし、森英俊もまた、『本格ミステリ作家事典【本格派篇】』（一九九八）においてオープニングのすばらしさを絶賛している。だが本書のすばらしさは魅力あるオープニングだけにあるのではない。先に述べたビブリオ・ミステリ的な面白さ以外でも、真犯人を示す伏線が実に巧妙に張られており、マクドナルドの推理が直観の閃きによるものではなく、論理の飛躍がなく、邦訳されたものの中でも一、二を争うくらい、フェアな謎解きものに仕上がっている点は、いくら言葉を費やしても費やしすぎるほどではないくらいだ。

海外では、たとえばアントニイ・バウチャーが一九四八年度のベスト・ミステリの一冊として、本書を取り上げていることを付け加えておこう。その年度のベスト作品としては、ニコラス・ブレイクの『殺しにいたるメモ』（イギリス版の初刊は一九四七年）、ハーバート・ブリーン『ワイルダー一家の失踪』、アガサ・クリスティー『満潮に乗って』、エドマンド・クリスピン『愛は血を流して横たわる』、カーター・ディクスン『時計の中の骸骨』、エラリー・クイーン『十日間の不思議』、クレイグ・ライス『第四の郵便配達夫』といった堂々たる作品があげられており（本格ミステリ以外でもヘンリイ・ケイン『地獄の椅子』、スタンリイ・エリン『断崖』、フランク・グルーバー『走れ、盗人』、ウィリアム・P・マッギヴァーン『囁く死体』、コーネル・ウールリッチ『喪服のランデブー』のタイトルが見られる）、それらに伍してロラックの『殺しのディナーにご招待』が選出されていることは、バウチャーの保守的な趣味を抜きにしても大健闘といえ、本作品が優れていることの証左となるだろう。

H・R・F・キーティング他による「代表作採点簿」（一九八二）では「英国探偵小説の黄金時代の典型的産物というべき」と皮肉めいたコメントが付されているし、近年刊行されたマーティン・エドワーズの *The Golden Age of Murder*（二〇一五）には「クリストファー・ブッシュとE・C・R・ロラックはその生涯の最後に至るまでたくさんの本を粗製濫造した」と書かれていて手厳しい。だがわが国においては、植草甚一は「三冊に一冊は必ず面白いものがある」作家だといっているし、これが森英俊となると「三冊に二冊はおもしろい」となる。

本書が呼び水となってロラックの評価が高まり、その紹介がますます進むことを期待したい。

（註）以下の略歴では、末尾に掲げた参考文献とフランス語版ウィキペディアを参照したが、少しでも新しいことが加えられているとすれば、それはフランス語版ウィキペディアのロラックの項目（https://fr.wikipedia.org/wiki/E.C.R._Lorac）のおかげである。英語版に比べると、わずかながらとはいえ、情報が多いのは興味深いところ。創元推理文庫版の『曲がり角の死体』の解説には、フランスのマスク叢書総目録に載っているというプロフィール写真が掲載されており、これらを踏まえるなら、フランスではそこそこロラックが受容されていた（いる？）のかもしれない。

●参考文献

植草甚一「解説――イギリス本格派のヴェテランと未紹介の作家群」『ウィーンの殺人』東京創元社、一九五七・一〇。→『雨降りだからミステリーでも勉強しよう』（一九七二）収録。

加瀬義雄「解説」『殺意の海辺』ハヤカワ・ミステリ文庫、一九八六・一二。

森英俊「E・C・R・ロラック――三冊に一冊はおもしろい女流作家」『ジョン・ブラウンの死体』国書刊行会、一九九七・一二。

森英俊「E・C・R・ロラック」『世界ミステリ作家事典【本格派篇】』国書刊行会、一九九八・一。

中島なすか「訳者あとがき」『死のチェックメイト』長崎出版、二〇〇七・一。

森英俊「解説」『悪魔と警視庁』創元推理文庫、二〇一三・三。

駒月雅子「解説」『鐘楼の蝙蝠』創元推理文庫、二〇一四・三。

林克郎「解説」『曲がり角の死体』創元推理文庫、二〇一五・九。

＊

「探偵クラブ誓言」前田絢子訳。鈴木幸夫訳編『推理小説の詩学』研究社、一九七六・五。

ハワード・ヘイクラフト『娯楽としての殺人――探偵小説・成長とその時代』林峻一郎訳訳、国書刊行会、一九九二・三。

H・R・F・キーティング、ドロシー・B・ヒューズ、メルヴィル・バーンズ、レジナルド・ヒル「代表作採点簿／連載2　C～D」「同／連載4　H～L」名和立行訳『EQ』一九八四・三、一九八四・七。

仁賀克雄「E・C・R・ロラック」権田萬治監修『海外ミステリー事典』新潮社、二〇〇〇・二。

＊

Many Ann Grochowski 'CARNAC, Carol'. Lesley Henderson ed. *Twentieth-Century Crime and Mystery Writers. 3rd ed.* Cicago and London, St. James Press, 1991.

Roger M. Sobin ed. *The Essential Mystery Lists: For Readers, Collectors, and Librarians.* Scottsdale, Poisoned Pen Press, 2007.

Martin Edwards. *The Golden Age of Murder: The Mystery of the Writers Who Invented the Modern Detective Story.* London, HarperCollins, 2015.

〔訳者〕
青柳伸子（あおやぎ・のぶこ）
青山学院大学文学部英米文学科卒業。小説からノンフィクションまで、幅広いジャンルの翻訳を手がける。主な訳書に『老首長の国――ドリス・レッシング アフリカ小説集』、『蝶たちの時代』、『原子爆弾 1938～1950年――いかに物理学者たちは、世界を残虐と恐怖へ導いていったか？』（いずれも作品社）、『死のバースデイ』、『友だち殺し』（いずれも論創社）、『砂洲にひそむワニ』（原書房）など。

殺《ころ》しのディナーにご招待《しょうたい》
――論創海外ミステリ 190

2017年5月25日　初版第1刷印刷
2017年5月30日　初版第1刷発行

著　者　E・C・R・ロラック
訳　者　青柳伸子
装　画　佐久間真人
装　丁　宗利淳一
発行所　論 創 社
〒101-0051 東京都千代田区神田神保町2-23 北井ビル
電話 03-3264-5254 振替口座 00160-1-155266

印刷・製本　中央精版印刷
組版　フレックスアート

ISBN978-4-8460-1622-7
落丁・乱丁本はお取り替えいたします